GW01086370

Oscar Pill

Eli Anderson

Oscar Pill

La Révélation des Médicus

Albin Michel

Pour tout savoir sur l'actualité d'Oscar Pill et contacter l'auteur, rendez-vous sur www.elianderson.info ou Facebook.

Chères lectrices, chers lecteurs,

Pourquoi une « nouvelle édition revue par l'auteur » ?

C'est le cœur gros que j'ai mis un point final au cinquième et dernier tome de la série, après des années formidables auprès de mon Oscar ; j'étais ce père (de plume), fier et triste en même temps, qui voit son fils grandir, changer, assumer des responsabilités, puis partir vivre sa vie. Je ne pouvais pas me résoudre au mot « fin » – un peu comme beaucoup d'entre vous qui m'ont adressé des messages tellement touchants.

Alors, j'ai décidé de me replonger dans le premier tome comme on ouvre un album photo pour raviver les plus beaux souvenirs. Et avec la complicité de mes éditeurs, j'ai eu le plaisir et le privilège de retoucher ces photos, en quelque sorte : je leur ai donné plus de couleur, de vitalité, d'intensité, avec le recul et l'expérience de ces années passées – sans changer l'histoire qu'elles racontent, bien sûr.

Aussi, qu'il s'agisse de vos premiers pas dans le monde fascinant d'Oscar ou que vous soyez déjà ses inséparables compagnons de route, je vous souhaite, avec cette nouvelle édition, un voyage envoûtant – ou un savoureux recommencement.

Je finirai avec ces mots que vous avez été si nombreux à m'écrire : « Il n'y aura jamais de fin puisque Oscar reste dans nos cœurs. »

Mille mercis,

Eli Anderson
Paris, le 6 novembre 2012

À Melissa, Naomi, Jade,
Sasha, Noah et Sienna,
je n'aurai jamais assez d'histoires
à raconter et de livres à écrire
pour vous dire combien je vous aime.

1

Sibérie – Un nid d'aigle dans l'Oural

La neige grisâtre tourbillonne au-dessus de la steppe et le vent souffle en rafales, il s'infiltre dans le moindre interstice de la forteresse et hurle entre les pierres.

Sergueï secoue la tête, incrédule, et s'éloigne de la fenêtre avec un frisson. En s'exilant au fin fond de la Sibérie pour travailler dans la prison du Mont-Noir, au cœur des montagnes de l'Oural où les nuages et le froid peuvent persister des mois après l'hiver, il n'a jamais espéré spectacle moins sinistre que celui qui s'offre à lui. Mais il n'a pas imaginé non plus subir une tempête de neige en plein mois de juin. *Le monde devient fou.* Il se défait à regret de sa couverture et enfile une veste. Il prend son arme, en vérifie une énième fois le mécanisme et sort du bureau des gardiens.

Il emprunte une série d'escaliers selon un trajet compliqué qu'il est seul à connaître dans la sinistre prison. Chaque fois, il a le sentiment de descendre dans les entrailles de la terre : la température baisse, le silence se fait plus pesant et la torche s'éteint. Et lui commence à transpirer : une sueur glacée coule le long de sa colonne vertébrale. Il déteste ça. Ses pas sur les pierres givrées et le cliquetis de son trousseau résonnent entre les murs étroits jusque dans sa tête.

Il arrive enfin devant une lourde porte fermée par plusieurs serrures à déverrouiller selon un ordre très précis. Là encore, il est seul à connaître l'enchaînement. Il pénètre alors dans un carré aveugle. Il est face à une seconde porte, au milieu de laquelle un M cerclé d'or est gravé. Il sort de sa poche un pendentif et l'encastre dans le motif. Un panneau glisse, laisse apparaître une fente. Il s'en éloigne instinctivement. *« Ne croisez jamais son regard »*, lui avait ordonné le Grand Maître des Médicus dans la lettre qui accompagnait le meurtrier. *« Jamais ! »* Il n'a pas oublié la consigne.

Il se penche avec précaution.

– Vous avez fini votre repas ?

Aucune réponse. En treize ans, jamais il n'a entendu la voix de son seul et unique prisonnier, celui dont il a la terrible responsabilité. Les détenus les plus coriaces finissent par craquer ; pas *lui*. Tant mieux, au fond : la rumeur veut que cette voix glace son interlocuteur.

– Poussez le plateau vers moi, ordonne-t-il.

Il patiente quelques instants – sans illusion. Il se résout à avancer la main avec précaution. Chaque fois, chaque jour, lorsqu'il se sait obligé d'exécuter ce geste, c'est la même peur qui le saisit à la gorge. Avec cet homme, tout représente un danger.

Il agrippe vivement le plateau, plaque le pendentif contre la porte, et le panneau glisse et condamne la fente.

Il émerge du dédale sombre et humide et observe le plateau, surpris : une sardine à l'huile est intacte au beau milieu de l'assiette. Dans leur nid d'aigle au bout du monde, le régime alimentaire se limite à des haricots blancs, des lentilles et, exceptionnellement, un bout de viande filandreuse dans un bouillon. Une image lui revient immédiatement en mémoire : la boîte de conserve dans le colis reçu par son prisonnier la semaine dernière.

Sergueï hésite.

Il arrache la tête de la sardine et se tourne vers la boule de poils noirs affalée tout près de lui. Torquemada ouvre un œil, attrape le morceau au vol et le broie d'un coup de mandibules. Sergueï guette sa réaction : le chat, à l'affût d'un nouveau festin, ne présente aucun signe d'empoisonnement.

Rassuré, il va se jeter sur la sardine quand un flash l'éblouit et le projette en arrière. Dans la lumière rouge, deux points scintillent intensément, puis tout revient à la normale. Torquemada s'est réfugié dans un angle de la pièce, il crache furieusement, le poil hérissé. Sergueï saisit son arme, et inspecte la pièce. Rien. Un vertige et un mal de crâne fugaces l'obligent à s'asseoir. Puis tout rentre dans l'ordre.

Il avale la sardine avec avidité, guettant l'apparition d'un collègue jaloux, et s'empresse de déposer le plateau en cuisine.

Seize heures, l'heure de la pause quotidienne.

Dehors, le temps ne s'est pas calmé.

Alors qu'il déteste le froid et qu'il n'envisage pas un instant de sortir dans ces conditions, Sergueï se lève et enfile son manteau. Il éprouve le besoin irrépressible de faire le tour de la forteresse à pied. Il saisit une torche, passe comme un robot devant les vigiles qui gardent l'unique issue de la prison, et on lui ouvre les trois portes successives.

La neige recouvre progressivement le sol. Il est déjà transi de froid, mais il se sent poussé par une force intérieure, incontrôlable. Il entame sa marche sur la couche glissante et s'engage sur le chemin, au pied des murs gigantesques et noirs. Très vite, il est hors de portée de voix et de regard.

C'est à ce moment qu'il ressent ce petit « clac » dans la tête, derrière l'œil droit.

Son bras gauche retombe, sa jambe gauche devient molle et il s'effondre sans un bruit, et sans comprendre. Un flash l'éblouit.

– Qu'est-ce que... que...

Une botte noire se pose sur son visage, lui écrase la joue. L'œil du gardien roule dans tous les sens puis fixe l'homme vêtu de noir qui le domine et dont les traits sont cachés dans une brume. Un col rouge se détache de la blancheur du décor. Malgré la douleur et la paralysie, Sergueï se sent libéré, comme si un fantôme venait de quitter son enveloppe charnelle. Il prend enfin conscience de son erreur – fatale. Tout devient évident : le flash, les yeux qui ont scintillé, puis le vertige et le mal de crâne. Il parvient à prononcer quelques mots.

– Vous... étiez... dans la sardine...

Il reprend son souffle et poursuit :

– Ensuite, vous... vous êtes entré... dans ma tête... vous avez pris... possession de mon esprit et... et vous venez... d'en sortir.

Un rire se perd dans l'immensité des montagnes. Sergueï frissonne. Plus mordant que la température extérieure, un froid terrible envahit la moitié valide de son corps. Il veut encore parler, mais cette fois les mots restent au fond de sa gorge et se perdent dans un gargouillement.

L'homme retire sa botte du visage crispé et s'enveloppe dans le manteau du gardien. Il s'éloigne, droit sous la neige et face au vent plus cinglant encore, abandonnant le cadavre qui disparaît déjà sous la neige.

2

Pleasantville, États-Unis – Quartier populaire de Babylon Heights

Dans la cour du collège, les élèves se figèrent, surpris. Parfaitement bleu quelques minutes plus tôt, le ciel s'était couvert et un orage comme on en avait rarement vu au mois de juin avait éclaté. Ils avaient couru pour se mettre à l'abri sous le préau.

– On ne voit même pas au travers, s'étonna Oscar.

– Je savais qu'il fallait que j'ouvre une antenne de mon Bazar ici, se lamenta Jeremy O'Maley. J'aurais vendu des parapluies à la pelle...

Jeremy et son frère Barth, issus d'une famille irlandaise émigrée aux États-Unis, étaient deux piliers de Babylon Heights. Oscar avait grandi à leurs côtés et noué une solide amitié avec ces deux frères au caractère et au physique radicalement différents. Alors que Barth était un solide gaillard un peu rustre, Jeremy faisait oublier son corps chétif avec un sens aigu de la repartie et un esprit débrouillard.

– Ton Bazar ? répéta Oscar, que son ami parvenait encore à étonner. C'est quoi, encore, ce truc ?

– Je rêve ? Tu vis où ? Mon Bazar, c'est le magasin *incontournable* de Babylon Heights, ouvert tous les jours, pendant tout l'été, dans le garage de mes parents. Tu as besoin de n'importe quoi, tu viens me voir. J'ai tout.

– Tout ? demanda Oscar, amusé.

– Tout, je te dis. Tu viens voir ça cet après-midi ?

Oscar n'écoutait plus, concentré sur un point à travers le rideau de pluie.

– Je comprends, l'orage, c'est vachement plus intéressant que mon Bazar. Mais qu'est-ce que tu regardes ?

À l'autre bout de la cour, Ayden Spencer était allongé sur le sol, insensible au ciel déchaîné, et tremblait de tout son corps. Un garçon, plus grand et plus costaud que tous les autres, le dévisageait agressivement. Il portait les cheveux en brosse, des sweaters à capuche qu'il relevait sur la tête et des jeans baggy, à l'image des rappeurs agressifs qui hurlaient jour et nuit dans ses écouteurs. Même les élèves de la classe supérieure, ceux de treize ans, préféraient ne pas le provoquer. Ronan Moss, toujours le même à le harceler et le faire souffrir. Et quand Moss interdisait ensuite d'en parler à qui que ce soit, il valait mieux lui obéir.

Ayden évita le regard noir et tranchant de son bourreau. Enfant unique, il avait passé de longs mois à l'hôpital, pour une maladie osseuse qui avait nécessité plusieurs opérations pour consolider sa colonne vertébrale avec des vis et des plaques de métal. La fragilité de son squelette le privait de jeu et de sport. Maigre et maladivement timide, il avait peu d'amis.

Moss tendit la main.

– On est lundi, Spencer. T'as pas oublié ?

Ayden renonça à crier. Personne ne l'entendrait au milieu du vacarme. Et personne ne lui viendrait en aide.

– Je... j'ai pas d'argent, aujourd'hui.

Il reconnut la colère dans le sourire de son agresseur.

– Et ton argent de poche du week-end ? T'en as fait quoi ?

– Je l'ai pas eu.

– Pourquoi ? Tes parents sont trop pauvres, c'est ça ?

Les quatre autres qui l'encerclaient, trois garçons et une fille, se mirent à rire. Moss agrippa le cou d'Ayden.

– Va falloir que t'en trouves, de l'argent.

La main de fer de Moss l'étranglait. Une autre voix, forte, répondit pour lui.

– Il t'a dit qu'il en avait pas. T'as pas compris ?

Moss lâcha sa victime, écarta sans ménagement deux brutes de son groupe et affronta un garçon de taille moyenne, aux yeux bleus et aux boucles rousses.

– De quoi tu te mêles ?

Le nouveau venu se planta devant Ayden.

– Lève-toi. Tu vas pas passer la récré par terre, non ?

– C'est une affaire entre Spencer et moi, Pill, s'écria Moss. Alors dégage.

Ayden lança un regard suppliant vers celui qui était venu lui prêter main-forte : Oscar Pill, un élève de sa classe qu'il connaissait mal. Il saisit la main tendue et se releva.

– Te laisse pas faire, lui souffla Oscar. *Jamais*. Sinon, ça s'arrêtera pas.

Ayden tenait à peine sur ses jambes ; Moss et ses copains les dépassaient d'une demi-tête. Moss crocheta brutalement l'épaule d'Oscar.

– Tu m'as pas entendu ? Ça te regarde pas, alors dégage, ou tu vas avoir droit au même traitement.

Oscar se libéra d'un rapide mouvement d'épaule.

– Et c'est quoi, le « traitement » ?

Moss sourit. Pill lui offrait l'occasion de décourager définitivement ceux qui songeraient à se mesurer à lui.

– Un truc très spécial, dit-il entre les dents, que j'ai imaginé exprès pour ceux qui veulent jouer aux papas, comme toi. C'est parce que t'en as pas, c'est ça ?

Oscar sentit la rage monter en lui comme une vague.

– Toi aussi, mêle-toi de ce qui te regarde.

– Après ce que je vais te faire, tu pourras toujours aller pleurer dans les jupes de ta mère ou de ta sœur...

Oscar se jeta sur lui. Ils roulèrent sur le sol. Moss immobilisa un bras d'Oscar et, de l'autre main, lui écrasa la gorge. Oscar eut l'impression que sa tête allait exploser. Il chercha une aide du regard : Ayden Spencer s'était réfugié contre le mur, terrifié. Il plia alors sa jambe et poussa de toutes ses forces. Les deux corps basculèrent et Oscar prit le dessus. La colère décupla son énergie.

– Tu fais moins le malin, maintenant, hein ?

Une violente douleur dans le ventre l'obligea à lâcher prise : Cole Doherty, l'âme damnée de Moss, venait de lui décocher lâchement un coup de pied. Moss en profita pour lui asséner un coup de poing qui l'envoya dos au sol, groggy.

– Ça suffit !

Derrière eux, un homme en costume gris les toisait, furieux. On n'entendit plus que la pluie torrentielle sur le toit du préau.

– Évidemment, dit le professeur Penguin, c'est encore toi, Moss. Et toi aussi, Pill, ajouta-t-il, déçu. Retenue de deux heures pour tous les deux, demain, après les cours. Et c'est moi qui vous surveillerai.

Oscar se releva péniblement. Ayden tenta d'intervenir.

– Ce n'est pas la faute de Pill, monsieur, c'est...

Un simple regard de Moss suffit à le faire taire.

– C'est quoi ? s'irrita le professeur. Si tu as quelque

chose à dire, Spencer, dis-le, ou retourne en classe. Fin de la récréation.

Ayden s'éloigna sans un mot, bientôt suivi du reste de ses camarades.

– Tu ne fais pas le poids contre Ronan, mais... tu es plutôt mignon.

Oscar se retourna. Tilla, la plus jolie fille de la classe, le fixait en jouant avec une mèche de ses longs cheveux. Il se perdit dans son regard doré et rougit. Tilla éclata de rire et rejoignit le groupe de Moss. Oscar ramassa ses affaires et se dirigea vers le bâtiment.

– Pill ! l'interpella le professeur.

Il soupira ; il connaissait déjà le sermon par cœur.

– Je croyais qu'après notre discussion de la semaine dernière tu serais un peu plus raisonnable. J'ai l'impression d'avoir parlé pour rien.

– Ils étaient tous autour de Spencer.

– Et tu t'en es mêlé, comme toujours. On ne t'a pas demandé de jouer les justiciers : je connais Moss mieux que toi.

Laisser passer l'orage, c'était ce qu'il y avait de mieux à faire. Oscar songea à Ayden qui s'était empressé de filer sans le défendre. Le professeur avait raison, au fond : personne ne lui avait rien demandé, et personne ne le remercierait.

– Regarde dans quel état tu t'es mis, ajouta Mr Penguin

en lui tendant un mouchoir. Tu es couvert de sable et de sang !

Oscar passa le mouchoir sur son cou et sentit une brûlure : il saignait. Il posa la main sur la plaie et un fluide glacé coula de ses doigts sur sa nuque. Il retira sa main, surpris : une sensation électrique persistait sous la peau, mais l'aspect était tout à fait normal.

– N'y touche pas, lui ordonna le professeur, ça va s'infecter.

Il repoussa la tête d'Oscar pour examiner la blessure.

– Mais... tu n'as rien ! Même pas égratigné. C'est curieux, j'aurais juré...

Il secoua la tête.

– Tu as dû te couper ailleurs et te mettre un peu de sang sur le cou.

Oscar porta à nouveau la main à son col : la plaie avait bel et bien disparu. Penguin revint à sa première préoccupation.

– Ce n'est pas parce que tu es un très bon élève que tu peux tout te permettre, Pill. S'il faut une retenue pour te le faire comprendre, tu l'auras.

3

Pleasantville, quelques heures plus tôt

Berenice Withers semblait ne pas avoir remarqué la tempête qui sévissait autour d'elle. Elle marchait d'un pas étrangement sûr, enveloppée dans un manteau de pluie, tandis que le vent retournait son parapluie pour la centième fois. Elle jeta un coup d'œil à sa montre ; il était déjà 15 h 20. Le message urgent qu'elle avait reçu du Conseil suprême s'imposa à elle. Elle força le pas.

Elle évita avec agilité les voitures et finit par tourner dans une avenue résidentielle. Les immeubles grisâtres et les vitrines bariolées de la rue principale avaient cédé la place à de belles villas alignées derrière des jardins bien entretenus. Le ciel semblait s'être calmé et la pluie tombait plus régulièrement.

Elle s'arrêta devant la grille d'une imposante maison en pierre de taille. Sur une plaque en marbre ruisselante, on pouvait lire deux mots en lettres vert sombre :

Elle leva les yeux sur les hautes fenêtres : les rideaux étaient tous tirés. Le signe d'une urgence, et d'un danger. Cela ne s'était produit qu'une seule fois, il y a plus de treize ans. Elle scruta le parc de l'autre côté de la rue et repéra un homme réfugié sous le kiosque. Elle fit mine de poursuivre sa route. Une seconde plus tard, l'homme avait disparu. Elle rebroussa chemin, referma le parapluie, monta les marches du perron et sonna.

– Bonjour, Bones.

– Bonjour, madame Withers, répondit le majordome avec gravité.

Elle se défit de son manteau et de ses gants, et les tendit à Bones. Le hall, au sol couvert de grandes dalles en marbre, était désert, tout comme l'imposant escalier.

– Les *autres* sont-ils arrivés ?

– Oui, madame.

Bones l'aida à revêtir une cape en velours vert doublée de soie de la même couleur.

– Où se tient la réunion ?

Bones hésita et se racla la gorge avant de répondre.

– Dans le salon Jaune, madame.

Mrs Withers leva les yeux au ciel.

– Bonté divine, Bones, Winston Brave sait bien que...

Il se permit de l'interrompre.

– Oui, madame, mais il a jugé plus prudent d'y organiser la rencontre.

Il accompagna ses mots d'un regard à travers les carreaux biseautés de la porte.

– Il m'a bien semblé qu'on nous épiait, confirma Mrs Withers.

– Il est tapi au fond de son kiosque depuis le début de l'après-midi, précisa Bones.

– Il nous a vus entrer ?

– Non, la rassura le majordome : trois conseillers sont passés par le souterrain, et un par la porte de service. Je vous accompagne, madame.

– Ce n'est pas nécessaire, merci.

Elle soupira.

– Allons voler dans les plumes de notre ami, mon cher, puisque je n'ai pas le choix.

Le majordome ouvrit le battant d'une double porte.

– Bones, vous surveillerez de plus près notre mystérieux observateur ? Peut-être n'est-ce qu'un badaud qui se protège de la pluie, mais si ce n'est pas le cas...

Bones s'inclina sans un mot.

Mrs Withers entra dans le séjour baigné d'une lumière douce.

Elle contempla le feu aux reflets étrangement verts

qui crépitait dans la cheminée. Winston Brave exigeait que du bois y brûle, été comme hiver, de jour comme de nuit. « La flamme perpétuelle de Cumides Circle », comme il aimait à le dire. Elle se souvint alors des paisibles discussions qu'ils avaient eues, confortablement installés dans les canapés en velours, à l'heure du thé. Une époque révolue, balayée par le drame imminent. Elle détacha de son cou une longue chaîne au bout de laquelle pendait un bijou circulaire. Elle sortit un gant d'une commode, y glissa la main droite et plongea le pendentif dans le feu. Du bout des doigts, elle sentit le M gravé dans la pierre, au fond de l'âtre. Elle y appliqua son pendentif.

Dans un coin du salon, un pan de mur pivota et dévoila une pièce parfaitement cylindrique, logée dans la tourelle nord de la maison. La vieille dame entra et le mur se referma.

La petite pièce était vide – à deux exceptions près : une chaise tapissée du même tissu jaune que les murs et, au milieu, un socle avec une cage. Berenice Withers plaqua un mouchoir contre son nez. Elle s'approcha de la cage et fixa le canari jaune, impassible sur sa balançoire.

– Bonjour, Victor.

Le canari répondit par un trille nerveux. Manifestement, l'allergie était mutuelle. Elle l'aurait volontiers carbonisé dans la cheminée du séjour, mais elle avait besoin de lui, et les autres conseillers risquaient de ne pas apprécier la température. Elle prit son élan et se précipita contre les fragiles barreaux.

Une fraction de seconde plus tard, Victor se balançait sur son perchoir, étourdi, et quelques plumes volaient autour de lui.

Il était seul.

4

– Ce matin, *Laszlo Skarsdale s'est échappé du Mont-Noir.*

Winston Brave avait pesé sur chaque mot de sa voix grave et rocailleuse. Le Conseil fut frappé de stupeur. Le jeune et bouillonnant Alistair McCooley bondit sur son siège, et Anna-Maria Lumpini en pâlit sous son maquillage criard.

– Échappé ? Mais... Comment est-ce possible ?

Son voisin, un homme sec au profil acéré, posa une main gantée sur la sienne.

– Taisez-vous, Anna-Maria, et laissez Winston poursuivre.

Elle sentit un froid envahir ses doigts, qu'elle retira vivement. Son extravagance était à la mesure de ses formidables pouvoirs : elle était une des rares Médicus capables d'entrer dans un organisme végétal. Parmi les cinq autres éminents membres du Conseil, seul Winston Brave, Grand Maître, pouvait en faire autant. Aussi fallait-il plus que la suffisance de Fletcher Worm pour l'impressionner.

– Ne me donnez pas d'ordres, Fletcher, voulez-vous ?

Worm riva son regard gris sur celui qui présidait le Conseil.

– Winston, pouvez-vous nous donner des détails sur ce... drame ?

Mrs Withers crut déceler une ébauche de sourire sur son visage. Décidément, quelque chose les séparerait toujours, même si au fond elle avait confiance en lui et en son engagement auprès de l'Ordre.

L'imposant Maître des Médicus lissa d'un geste mécanique les pattes noires qui encadraient son beau visage et sa mâchoire carrée.

– Il y a peu de détails. On a trouvé sa cellule vide.

– Une trace d'effraction ? demanda Maureen Joubert, jeune femme vive qui allait toujours à l'essentiel. Des barreaux de fenêtre descellés, un trou ou une trappe sous le lit ?

– Rien. Ils ont fouillé la cellule de fond en comble.

– Un complice s'est-il infiltré dans la prison ? s'interrogea Alistair.

– Aucune visite n'était autorisée, évidemment, répondit le Grand Maître.

Mrs Withers connaissait bien Winston Brave : chaque mot était réfléchi et annonçait la suite.

– Qu'ont-ils découvert ? demanda-t-elle. Car ils ont bien découvert quelque chose, en définitive, non ?

– Le corps du gardien à l'extérieur de la forteresse. Et une autre chose : une boîte de sardines. Vide.

– Il s'est caché dans l'une d'elles, déduisit Mrs Withers.

– Il aurait pratiqué une Intrusion Corporelle pour s'évader ? demanda Alistair. Je croyais qu'on ne servait que des aliments hachés, justement.

– Cette boîte de sardines aura échappé à la vigilance du gardien, répondit Brave.

– Bonté divine ! s'écria la comtesse Lumpini en rajustant son imposante perruque auburn. Voilà qu'on nous impose la sardine, après l'estomac de cet atroce canari où vous nous avez réunis, Winston.

– Pour vous parler d'un fait aussi grave, le salon Jaune était le lieu le plus sûr. Je vais déclencher le niveau d'alerte maximale. Vous devez faire fonctionner vos réseaux d'information. Skarsdale libre, ses alliés de l'ombre ne vont pas tarder à le rejoindre. Nous aurons bientôt à affronter le puissant ennemi que nous connaissions avant son arrestation.

– Une fois de plus, intervint Worm de sa voix acide, nous ne pouvons que regretter que le Prince Noir n'ait pas été tué au lieu d'être simplement emprisonné.

Mrs Withers se tut. Il n'attendait qu'une chose : qu'elle réagisse. Ce n'est pas avec lui qu'elle comptait en parler, encore moins aujourd'hui. Elle se contenta de le dévisager. Ses cheveux étaient coupés si court qu'on devinait à peine qu'ils étaient devenus gris. Son nez aquilin prolongeait le front, et ses yeux fins s'étiraient très loin vers l'oreille. Depuis toutes ces années, il n'avait pas changé : même physique, mais aussi même attitude insaisissable.

– On ne va pas revenir sur le passé, décréta Brave. Dorénavant, votre mission est la suivante : partout dans le monde, les Médicus doivent se parler, s'entraider, guetter le danger et surtout s'unir contre le monstre qui va ressurgir.

Il se leva, les autres l'imitèrent.

– Suivez les consignes d'urgence. En priorité, je veux que les effectifs des sentinelles augmentent, dans notre monde mais aussi dans les cinq Univers. Fletcher, vous vous en occuperez. Maureen, je vous charge de recenser les Médicus valides auprès de chaque fédération de chaque pays, et vous, Anna-Maria et Alistair, vous remettrez en état le réseau de communication entre les Médicus.

– C'est comme si c'était fait, assura le jeune homme, combattif.

Le Grand Maître posa le regard sur chacun.

– Il y a treize ans, nous avons tous pensé que nous n'aurions plus à revivre ces moments sombres. Nous nous sommes aveuglés parce que nous ne voulions qu'une chose : la paix. Et la paix nous a endormis. Il faut se réveiller, et réveiller tous ceux qui nous entourent. Si nous parvenons à rattraper Skarsdale, nous épargnerons un drame terrible à l'humanité.

Tous acquiescèrent en silence.

– Restez très prudents, recommanda Brave, même si je doute que Skarsdale ou ses sbires cherchent à s'en prendre à nous... Du moins, pas encore.

La discrète Maureen Joubert fut la première à s'éclipser, déjà concentrée sur sa tâche. Worm adressa un signe de tête aux membres du Conseil et quitta l'estomac de Victor en remontant le col de sa cape sur son visage blafard. Alistair et la comtesse Lumpini le suivirent, engagés dans une discussion enflammée sur leur action commune.

Mrs Withers fut la dernière à partir. Brave la rappela.

– Restez, je vous prie. Nous devons nous entretenir d'un sujet... que *nous seuls* pouvons aborder.

5

Oscar s'était installé au fond de la classe, seul à une table, et y était resté pendant la récréation sur ordre du professeur Penguin. Ayden Spencer l'avait évité tout l'après-midi. Moss et ses amis, en revanche, n'avaient pas cessé de le provoquer. Même Tilla se retournait régulièrement.

La sonnerie de fin des cours retentit enfin, et il préféra quitter le collège au plus vite. Dans la cour, il aperçut Ayden, au loin, qui s'éclipsait. Il fendit la foule d'élèves qui se retournaient sur son passage : ceux qui tenaient tête à Moss n'étaient pas nombreux, et la nouvelle avait fait le tour du collège. Bientôt, tout le monde hésiterait à lui adresser la parole pour ne pas s'exposer aux représailles de Moss. Il ignora leur attitude, préoccupé par une tâche bien plus épineuse : annoncer à sa mère la retenue du lendemain.

Pas plus tard que la semaine dernière, Celia Pill avait déjà été convoquée.

– Votre fils a de grandes capacités, madame Pill, lui

avait dit Mr Penguin pour la énième fois. Tous les professeurs en conviennent. Il est intéressant, attachant, mais exaspérant parce qu'il n'en fait qu'à sa tête ; c'est quand il veut, comme il veut. Et ici, ça ne peut pas fonctionner comme ça.

Elle n'avait pas répondu : elle-même contrôlait son fils avec peine. Mais cet homme n'était pas celui à qui elle confierait ses difficultés de veuve. Se battre et se tenir droit, en toute circonstance : tel était son credo. Se battre non pas *contre*, mais *pour* ses enfants, même si l'adolescence compliquait la tâche. Elle jugeait la vie suffisamment cruelle avec Violette et Oscar, privés de leur père, pour ne pas leur infliger le spectacle d'une mère abattue et impuissante. Au fond, elle s'estimait plutôt heureuse du résultat : elle aurait pu finir avec un délinquant ou un voyou comme ce Moss. Au lieu de cela, son fils était certes indiscipliné et rebelle, mais c'était un bon garçon, intelligent et honnête. L'honnêteté du cœur et de l'esprit : voilà ce qu'elle voulait comme héritage paternel pour ses enfants.

Cependant, si indulgente soit-elle, elle ne le féliciterait pas pour un combat de coqs dans la cour du collège et une retenue, Oscar s'en doutait. Il marchait à grands pas sur le trottoir, perdu dans ses pensées, et n'entendit pas tout de suite son nom.

– Oscar ! Attends !

Sa sœur courait vers lui, tresses rousses au vent.

– J'arrête pas de t'appeler, et tu ne m'entends pas ! s'étonna Violette, essoufflée.

Le reproche l'amusa : on n'arrachait pas Violette à ses réflexions bizarres même en jouant de la trompette dans son oreille. Et le problème, c'est qu'elle était plongée *en permanence* dans des réflexions bizarres. Il l'observa de la tête aux pieds. À treize ans, son aînée s'habillait comme elle le faisait depuis qu'elle était en âge de le faire seule : avec ce qui lui tombait sous la main, pourvu que les couleurs et les formes lui plaisent. Aujourd'hui, elle avait limité les dégâts : par chance et certainement par hasard, elle avait choisi une robe d'été mauve à bretelles et des socquettes roses.

– Violette.

– Quoi ?

– Tes chaussures.

– En bas, autour de mes pieds.

– Je sais. Tu remarques rien ?

Elle les inspecta avec attention.

– Non, pourquoi ?

– Parce que *ce sont pas les mêmes*, voilà pourquoi. T'en as une noire et une rouge.

Violette se concentra encore quelques longues secondes.

– Joli, non ?

Au même moment, deux filles de la classe d'Oscar passèrent près d'eux et pouffèrent. Il soupira et reprit son chemin. Il était obligé de se l'avouer : sa sœur lui faisait honte, parfois. Violette fit un dernier sourire à ses chaussures et le suivit.

– Mais pourquoi tu cours, Osc... aaaaah !

Il s'arrêta.

– Ça va, ne crie pas, je t'attends.

Des voix adultes éclatèrent derrière lui et le forcèrent à se retourner. Une dame, affolée, parlait au-dessus d'une bouche d'égout découverte. Des ouvriers accoururent. Oscar se précipita au bord du trou noir.

– Violette ! hurla-t-il.

Un gémissement monta du fond.

– Elle courait tête en l'air, dit la dame, désolée. Je n'ai pas eu le temps de la retenir, elle est tombée comme un caillou dans un puits !

Fou d'inquiétude, Oscar bondit sur l'échelle qui descendait dans le trou et disparut.

– Attends, petit, s'écria un ouvrier, laisse-nous faire !

Oscar se retrouva au fond en quelques instants. Violette était assise dans une flaque de boue, souriante mais sonnée. Ses genoux et ses bras étaient couverts d'égratignures, et une bosse poussait déjà au milieu de son front.

– Je suivais le même chemin qu'une hirondelle dans le ciel, expliqua la jeune fille. J'ai pas vu qu'ici ça passait par ce trou...

– Comme d'habitude.

Il passa spontanément la main sur le front de sa sœur : une lueur verte rayonna autour de ses doigts et la bosse fondit. Violette n'avait rien senti, trop occupée à vérifier que son appareil dentaire était toujours en place. Oscar l'aida à se relever ; griffures et sang avaient disparu, eux aussi. Au-dessus d'eux, trois têtes se découpaient dans le bleu du ciel. Il espéra que personne n'avait remarqué ce qui venait de se produire.

– Sors d'ici, lui cria de nouveau l'ouvrier. On va s'occuper d'elle !

– Ça va ? demanda Oscar à sa sœur.

– Oui. Tu crois que l'hirondelle est encore là ?

– Allez, on rentre, dit-il simplement.

Docile, elle monta sur le premier barreau. Oscar la retint.

– Violette, pas la peine d'en parler à maman.

– De quoi ?

Oscar sourit. Elle avait déjà oublié qu'elle était tombée dans ce trou. Il n'insista pas.

– Regarde, dit-elle, c'est drôle : ma chaussure rouge avec les taches de boue, on dirait une coccinelle qui monte sur l'échelle.

– Ouais, c'est très drôle. Avance.

Dès qu'elle fut à leur portée, les ouvriers la soulevèrent comme une plume. Violette leur adressa un immense sourire.

– Génial, dit-elle. J'ai cru que je m'envolais !

– Nous, on a cru que tu ne remonterais pas, petite. Je rêve, elle n'a même pas un bleu ! s'étonna l'un d'eux. On peut dire que tu as eu une sacrée chance.

Oscar la poussa hors du chantier.

– Viens, maman nous attend.

Violette fouillait déjà le ciel des yeux. Oscar ne la quitta pas du regard et songea à ce qui s'était produit. Ce phénomène n'était pas dû au hasard ; il avait déjà remarqué que les inévitables blessures d'un casse-cou à deux roues cicatrisaient anormalement vite. Il s'était empressé d'en parler à sa mère. Celia avait blêmi.

– Tu t'es sûrement trompé, tu as *cru* que tu étais blessé. Ça n'existe pas, ces choses-là, tu entends ? Ça n'existe pas !

Elle l'avait pris à part dans la cuisine.

– Je te connais, tu es capable de te blesser pour voir si ça marche. Je *t'interdis* de le faire. Et je ne veux pas que tu en parles.

Jamais sa mère n'avait réagi aussi viscéralement. Il s'était contenté d'acquiescer, plus intrigué que jamais. Évidemment, il se garderait bien d'en parler aujourd'hui – à sa mère ou à qui que ce soit.

Ils poussèrent le portillon du 6897, Kildare Street.

Il était 17 h 15, la rue était encore très animée. Les maisons s'alignaient, toutes différentes et colorées. Les gens parlaient fort, s'interpellaient d'une fenêtre à l'autre et dans toutes les langues. Aux heures des repas, les traditions culinaires multiethniques prenaient possession de la rue : les épices orientales, le curry, l'ail et le basilic embaumaient. Tout le monde se connaissait, évidemment, et les enfants Pill étaient ceux de tous. Celia devait souvent sortir pour récupérer sa fille en grande conversation avec un commerçant. À plusieurs reprises, elle avait voulu déménager pour s'éloigner de l'endroit qui lui rappelait cruellement le temps révolu du bonheur avec son époux ; elle avait chaque fois changé d'avis. Cette grande famille qui l'avait tant aidée et entourée lui était trop précieuse. « On ne fuit pas l'amour », avait fini par lui dire une voisine, et elle avait retenu la leçon.

Oscar et Violette traversèrent le petit jardin qui ressemblait plutôt à un champ en friche : l'herbe poussait par touffes, les feuilles mortes de l'automne précédent se décomposaient au pied des arbres, et le liseron et les mauvaises herbes se disputaient l'espace libre. La maison, une construction en bois très simple dont la peinture beige s'écaillait, était dans un état à peu près comparable. Non seulement Celia n'avait pas les moyens de mieux entretenir les lieux, mais elle n'accordait pas beaucoup d'importance aux choses matérielles : elle préférait une maison vivante à une maison pimpante. De la vie, coûte que coûte.

Oscar grimpa l'escalier en hâte pour échapper aux questions de sa mère.

– Oscar ? Tu es en haut ?

Résigné, il redescendit comme si on le conduisait à l'abattoir et entra dans la cuisine. Sa mère se retourna. Elle écarta une mèche de ses longs cheveux noirs qui lui tombait devant les yeux, des yeux d'un extraordinaire violet qu'elle avait transmis à sa fille. Oscar, lui, avait hérité de son père des yeux bleus plus communs et ses cheveux roux.

– J'ai rêvé ou tu as filé dans ta chambre sans m'embrasser ? lui reprocha-t-elle.

Elle baissa les yeux sur le pantalon déchiré et le T-shirt plein de sable et de poussière.

– Qu'est-ce qui t'est arrivé ?

– Rien. Je suis tombé en rentrant de l'école.

Violette leva le nez de son assiette.

– Ah bon ? J'ai rien remarqué ! dit-elle innocemment.

Oscar lui aurait bien enfoncé son biscuit dans la bouche. Celia soupira.

– Tu nous laisses un instant, Violette ? Il faut qu'on parle, Oscar et moi.

Violette s'abîma dans la contemplation des motifs de la nappe, oubliant la conversation en cours et le mensonge de son frère. Celia regarda son fils bien droit dans les yeux.

– Je sais quand tu me caches quelque chose. Je veux

que tu me dises ce qui s'est passé. Ah, et à propos de cacher, inutile de chercher la revue de science dans le porte-parapluie.

Il bondit de sa chaise, mais Celia le retint.

– Tu ne bouges pas et tu réponds à ma question.

– Mais j'adore cette revue ! Tu peux pas...

– Si, je peux parfaitement. La preuve : elle est à la poubelle.

Oscar aimait lire et dévorait littéralement ce qui se rapportait à la science – notamment la médecine, qui le fascinait de manière inexplicable. Fait tout aussi inexplicable, Celia avait tout essayé pour l'en éloigner : elle surveillait et confisquait sans aucune raison valable. L'opposition virait à l'obsession – des deux côtés. Renonçant à comprendre sa mère, il était passé expert en cachettes insolites, même s'il détestait ce type de rapport entre eux.

– J'attends ta réponse, maintenant, insista la jeune femme.

Violette s'éclipsa, perdue dans un de ses mondes parallèles. Oscar se laissa retomber sur sa chaise.

– Je me suis battu.

– Et je peux savoir pourquoi ?

– Moss.

– C'est un peu court comme explication, dit-elle sévèrement.

– Ils étaient tous autour de Spencer, j'ai voulu l'aider.

Celia connaissait son fils : il ne supportait pas l'injustice et la lâcheté des autres. Elle avait élevé ses enfants dans cet esprit. Son ton s'adoucit.

– Tu dois grandir, mon Oscar, tu ne peux pas continuer à te battre et à n'en faire qu'à ta tête. Souviens-toi des menaces de Mr Penguin.

– Je sais, mais c'était plus fort que moi, je t'assure ! Spencer se laisse faire, il n'en parle à personne, même pas aux professeurs.

– C'est *toujours* plus fort que toi. Mais c'est ta deuxième école en trois ans, Oscar. Bientôt, on ne voudra de toi nulle part, parce qu'on ne veut pas d'un voyou, même s'il obtient les meilleurs résultats du monde, et même si on l'apprécie.

Oscar ne se considérait pas comme un voyou. S'il avait du mal à se soumettre aux règles et aux ordres, ce n'était jamais par méchanceté ou par provocation, mais parce que sa curiosité et ses envies étaient plus fortes que les obligations. « Tu es comme ton père : incapable de te contrôler ! » s'était un jour écriée Celia sous l'effet de la colère. Encore une raison de maintenir le cap : comment renoncer à ressembler à un père idéalisé qu'il n'avait pas connu ? Il sentit la main de sa mère passer dans ses cheveux.

– Je suis très fière de mon fils quand il défend ses amis en position de faiblesse, quoi qu'en disent tous les professeurs du monde.

– Papa aussi aurait défendu ses amis, non ?

Celia le serra contre elle.

– J'en suis certaine. Mais si tu pouvais arrêter de jouer les justiciers à longueur d'année, ça m'arrangerait. J'aurais moins de lessives à faire, dit-elle en examinant les vêtements d'Oscar. Et tu sais que je ne suis pas très douée pour ça.

Oscar leva le pied en guise de confirmation : ses chaussettes de sport blanches avaient sérieusement viré au bleu.

– Heureusement que tu ne sais pas non plus faire les ourlets : ça cache les chaussettes.

Celia se leva.

– Mr Penguin m'a manqué, cette semaine, mais je suppose que je vais bientôt être convoquée. J'essaierai d'inventer un nouveau gros mensonge pour qu'il ne te renvoie pas.

Oscar lui sourit.

– Tu veux de l'aide ?

– Ça ira. Débarbouille-toi, change-toi et fais tes devoirs. Si tu croises ta sœur et qu'elle est revenue sur terre, merci de faire circuler l'information : à table à 19 heures.

6

Mrs Withers revint sur ses pas.

Winston Brave se pencha par la fenêtre. Dans l'immense entrepôt, un tapis roulant faisait circuler des graines à profusion, tandis que de grandes cuves se remplissaient de liquide jaunâtre. Des individus aux formes étranges s'agitaient dans tous les sens ; l'espace ressemblait à une ruche en effervescence.

– Cet oiseau est trop bien nourri, j'en parlerai à Bones.

Il s'agrippa de justesse : une nouvelle contraction de la pièce venait de le déstabiliser.

– Anna-Maria a raison, ce salon Jaune est tout à fait inconfortable. Asseyons-nous.

Ils reprirent place sur leurs sièges respectifs. Mrs Withers parla la première :

– On ne retrouvera probablement pas Skarsdale, vous le savez comme moi.

– Ce sera très difficile. C'est pour cela que nous devons agir vite, Berenice.

– *Nous* ?

– Vous et moi. Vous êtes la personne en laquelle j'ai le plus confiance. Vous avez plus d'expérience que nous tous, à part peut-être Fletcher Worm, mais...

Il préféra ne pas finir sa phrase.

– Les autres conseillers sont de brillants Médicus, mais ils ont chacun leurs faiblesses et leurs fragilités ; or, pour faire ce que je vais vous demander, il faut être fort et persévérant.

– Qu'attendez-vous de moi ?

– Que vous participiez au plus vite à l'initiation des *jeunes* Médicus.

– Moi ? Former des Médicus ? s'exclama-t-elle, stupéfaite. Vous n'y pensez pas, mon ami ! Vous l'avez dit vous-même, les plus expérimentés d'entre nous vont avoir assez de travail comme ça !

– Nous n'avons pas le choix. Nous ne sommes plus très nombreux, et la plupart ont perdu la main ; certains n'ont pas pratiqué l'Intrusion depuis treize ans – depuis l'arrestation du Prince Noir, en fait. Nous avons été négligents, Berenice, très négligents.

– Vous êtes vraiment inquiet, n'est-ce pas ?

La gravité du Grand Maître valait toutes les réponses.

– Maintenant que Skarsdale est en liberté, dit-il, ses troupes vont trouver une nouvelle énergie. Et il ne tardera pas à attaquer à nouveau le monde pour anéantir l'humanité ou la soumettre à son pouvoir. Nous devons tous être prêts, même les plus jeunes.

– Que voulez-vous que je fasse ? Les connaissances se sont toujours transmises au sein des familles, et...

– C'est bien de cela qu'il s'agit, coupa le Grand Maître : je veux que vous bousculiez les parents. Il est urgent qu'ils fassent de leurs enfants des Médicus capables de se battre à nos côtés.

– Nous allons les affoler.

– Vous préférez voir notre ennemi s'abattre sur eux comme un loup sur des agneaux ? Ce n'est plus le moment de prendre des gants. Le danger est à nos portes et chacun doit participer à notre combat. Une façon de le faire, c'est d'initier ses descendants.

Mrs Withers inspira profondément. Une foule de souvenirs se bousculèrent dans sa tête, ravivés par l'allusion de Worm. Un beau visage lui apparut, celui de Vitali Pill, le plus jeune et le plus brillant conseiller. Et mort douze ans plus tôt. Puis elle se remémora le visage de la femme que Vitali avait aimée puis épousée bien qu'elle ne soit pas Médicus.

Et enfin, ceux de leurs enfants.

Le couple avait eu une fille puis un fils. Deux enfants qui avaient peut-être hérité des pouvoirs du père. Durant toutes ces années, elle avait discrètement enquêté pour s'en assurer. C'était le moment d'en être certaine.

– Vous avez raison, Winston, finit-elle par reconnaître. C'est maintenant que ces jeunes Médicus doivent être formés. Tous, *sans exception.*

D'un geste, le Grand Maître l'invita à poursuivre, intrigué.

– Certains n'ont hélas plus leurs parents pour faire d'eux des Médicus accomplis, dit-elle. Il faut combler ce vide.

– C'est vrai, reconnut Winston Brave. Mais comme vous l'avez si bien rappelé, même si vous avez été professeur d'université, aujourd'hui vous n'avez pas le temps de jouer les maîtresses d'école. Occupons-nous déjà des enfants dont les parents Médicus sont en vie.

Elle vint s'asseoir près de lui.

– Vous savez très bien où je veux en venir.

– Non, répondit Brave avec méfiance, mais vous allez me le dire.

Elle hésita une fraction de seconde.

– Je pense au jeune Pill.

Le Grand Maître se redressa, outré.

– Vous perdez la tête, Berenice ! Comment pouvez-vous seulement évoquer l'idée ?

– Winston...

– C'est hors de question, vous m'entendez ? *Hors de question !*

– Ce garçon est très particulier. Je ne pense pas que ce soit le cas de sa sœur, mais lui, oui, j'en suis convaincue. Ses pouvoirs se sont manifestés très tôt alors que rien n'a été fait pour qu'il les développe. N'y voyez-vous pas un signe ? Il mérite qu'on lui donne une chance de servir notre cause.

Elle hésita avant d'ajouter :

– Lui plus qu'un autre, peut-être.

– Un signe, un signe, répéta le Grand Maître. Je n'y vois que le signe de votre attachement à son père, voilà tout !

– Vous êtes aussi têtu qu'une mule, Winston ! Ou alors vous ne voulez pas admettre l'évidence.

Elle décida d'user de son ultime argument.

– Et que faites-vous de la Plaque d'Hippocrate ? De l'Inscription ? Vous l'avez lue de vos propres yeux !

Brave lui intima l'ordre de se taire.

– Vous êtes terriblement imprudente quand vous vous emportez. Nous avons déjà évoqué ce point il y a fort longtemps, il me semble, et nous étions d'accord, alors n'en parlons plus.

Le Grand Maître se réfugia dans une réflexion silencieuse qu'elle respecta, pleine d'espoir.

– Soit, finit-il par dire. J'accepte.

– Alors, vous me croyez, enfin ? s'exclama Mrs Withers, soulagée mais surprise par un tel revirement.

– Je n'ai pas dit ça, rectifia Brave. Mais *si vous avez raison*, je ne peux pas me permettre de nous priver de ce jeune homme et de ses dons.

– Vous ne me ferez donc jamais confiance. Il est Médicus, c'est une évidence.

– Si c'est le cas, et a fortiori si vous avez raison concernant *le reste*, ajouta Brave à voix basse, il requerra toute votre attention.

Il marqua une pause.

– J'accepte... à *une* condition, dit-il. Et cette condition n'est pas négociable, je vous préviens.

Berenice Withers savait qu'elle ne s'en tirerait pas à si bon compte. Elle se contenta d'acquiescer.

– Vous le formerez, mais ici, dit-il, à Cumides Circle. Il restera dans cette maison tant que vous estimerez avoir des choses à lui enseigner. Il pourra bien sûr en sortir, mais son éducation de Médicus se fera entre ces murs.

– Soit. Je le retrouverai à Cumides Circle, si vous y tenez.

– Ce n'est pas tout. J'exige que cela se fasse dans le plus *grand* secret. Seul le Conseil en sera informé – et encore, le plus tard possible. Si le reste de notre Ordre, je veux dire un quelconque Médicus dans le monde, apprend que j'ai donné mon accord pour qu'un Pill soit initié, nous en subirons tous deux les conséquences dramatiques.

– Parviendrez-vous à convaincre *tous* les membres du Conseil ? demanda Mrs Withers.

– J'en fais mon affaire, l'assura Brave, qui devinait

à qui elle faisait allusion. Contentez-vous de respecter mes conditions.

– Je m'en occuperai seule, ici et avec la plus grande discrétion. Je vous le promets. Cependant le plus dur reste à faire, soupira-t-elle.

– De quoi parlez-vous ?

– Vous voulez dire : de qui... La personne à laquelle je pense ne se laissera pas convaincre aisément. Encore moins que vous.

– C'est votre problème, ma chère, puisque c'est vous qui affirmez que ce garçon a son rôle à jouer en tant que Médicus. Vous avez jusqu'à samedi pour le persuader de vous rejoindre ici. Après, la porte lui sera fermée. *Définitivement.*

– J'y parviendrai, Winston. Coûte que coûte.

Bones aida Mrs Withers à revêtir son manteau. Elle traversa le hall, s'apprêtant à quitter Cumides Circle, puis elle se ravisa.

– Je n'en ai que pour quelques instants, dit-elle au majordome. Ne m'attendez pas.

– Très bien, madame.

Elle poussa une grande porte en bois et entra dans une salle tout en longueur. Au centre, une immense table et six fauteuils tapissés de velours vert occupaient l'espace. Les rideaux étaient tirés et une lumière tamisée tombait des lustres en cristal.

Elle se dirigea vers un mur couvert de portraits austères ; des femmes et des hommes qui portaient la même cape en velours vert. Un second point commun, plus discret, les réunissait : ils serraient quelque chose au creux de la main droite.

Elle s'arrêta enfin devant la seule toile étrangement illuminée. Un homme chauve, barbu et vêtu de noir de la tête aux pieds sous sa cape émeraude y était représenté, debout, droit et le regard fier. Sigismond Brave était l'aïeul de la très respectable famille Brave arrivée avec les premiers colons en Amérique il y avait plusieurs siècles. Et Grand Maître de l'Ordre comme son arrière-arrière-petit-fils, Winston. Mrs Withers effleura la main peinte : un M majuscule, fait d'un trait de lumière extrêmement brillant, apparut alors à la base des troisième et quatrième doigts. L'Ordre était vivant, bien vivant, le M emblématique était là pour en témoigner.

Mrs Withers sortit alors son pendentif et prononça quelques mots d'une voix claire :

Derrière ce mur apparaissez, les Éternels,
Pour nous annoncer une vie plus belle.

Le mur et les tableaux se volatilisèrent, laissant apparaître une salle absolument identique : mêmes dimensions, même table, mêmes fauteuils. Sigismond Brave s'y tenait debout, légèrement transparent, comme si une brume l'enveloppait.

Il l'invita à avancer. Elle s'approcha de la table, se pencha sur un bouquet et inspira profondément. Les lys de Sigismond annonçaient l'avenir proche de l'Ordre, c'était un regard sur le futur. Le bouquet n'avait jamais menti. Pour son plus grand soulagement, les fleurs exhalaient un parfum exquis, aujourd'hui comme depuis plusieurs siècles. Cependant, un détail l'attira : une feuille, au milieu du bouquet, avait jauni. Elle écarta quelques fleurs : d'autres feuilles laissaient apparaître des taches claires. Quelque chose se serra en elle, et l'inquiétude reprit le dessus. Elle leva les yeux : Sigismond avait disparu. Elle recula jusqu'à la limite de la salle secrète et saisit à nouveau son pendentif.

Derrière le mur disparaissez, chers Éternels,
Et réservez-nous les meilleures nouvelles.

Le mur et les tableaux se matérialisèrent comme si rien ne s'était passé. À une nuance près : le portrait de Sigismond avait plongé dans l'ombre.

7

Oscar s'arrêta devant la chambre de sa sœur. La porte était ouverte, et la pièce vide. Il entendit un bruit d'eau et des clapotis de la salle de bains.

Il s'enferma dans sa chambre et grimpa l'échelle qui lui permettait d'accéder à son lit en mezzanine. Il fouilla sous son matelas, sortit un petit album photo et se cala dans l'angle, au fond du lit, avec son coussin sur les genoux. C'était sa récompense, son plaisir secret – et son rendez-vous incontournable de chaque soir.

Il passa rapidement sur les photos de sa mère, de sa sœur et de lui-même et s'arrêta sur un cliché : celui d'un homme aux cheveux très courts, large de carrure, assis sur un fauteuil de jardin et qui riait aux éclats. Derrière lui, une jeune femme aux longs cheveux noirs l'enlaçait et riait, elle aussi. On devinait qu'elle attendait un enfant. Le couple avait l'air heureux. Juste à côté, on apercevait un landau.

Oscar passa les doigts sur la photo.

– Salut, papa, dit-il à voix basse.

Il attendit un court instant, comme si l'homme allait se manifester, et reprit :

– Aujourd'hui, c'était un peu agité à l'école... mais rien de méchant. Et puis tu sais, ça s'est reproduit, ce drôle de truc : je saignais, j'ai passé la main dessus, la blessure a disparu. Comme les autres fois. Et ça a marché sur Violette, tout à l'heure. J'en ai pas parlé à maman ; j'essaie même plus.

Il contempla la photo en silence. D'une façon ou d'une autre, son père lui répondrait. Pas forcément avec des mots : parfois, il lui semblait agir sous son impulsion, comme si son père guidait ses pas et ses mouvements, et qu'ensemble ils prenaient des décisions.

– Ochcar ?

– Quoi ?

– 'u 'arles 'out cheul ? demanda Violette derrière la porte.

– Nan, à mon sac.

– Toi auchi ? se réjouit-elle. Et il te 'épond ? Parche que 'e mien, 'as encore ! Che 'eux enkrer ?

Elle ouvrit la porte et regarda autour d'elle, surprise.

– Ochcar ?

– Là-haut.

Il fit glisser l'album sous son oreiller et se pencha.

– Qu'est-ce qui t'arrive ?

Violette remonta sur son front un masque de plongée et sortit son tuba de la bouche. Ses cheveux dégoulinaient. Elle s'essuya le visage avec un pan de sa robe.

– On part bientôt à la mer, t'as oublié ? Je m'entraîne dans le lavabo. Et puis j'aime me mettre dans la peau d'un poisson – sauf que c'est l'inverse.

– L'inverse de quoi ?

– J'ai de l'air dans mon aquarium, et de l'eau tout autour. Mais tu dis rien à maman, hein ? C'est une surprise.

Oscar éclata de rire.

– La surprise, ça va être l'inondation dans la salle de bains.

– Pour les sacs non plus, il vaut mieux rien lui dire, d'accord ? suggéra sa sœur, heureuse de partager sa nouvelle manie de converser avec les objets.

Oscar acquiesça.

– T'as raison, vaut mieux rien lui dire.

La voix de Celia interrompit leur dialogue d'extra-terrestres.

– À table !

– On mange quoi ? demanda Violette à tue-tête.

– Devine, tiens, bougonna Oscar en descendant sans entrain de son perchoir. Steak haché et frites, comme d'habitude...

Celia passa la tête dans la cage d'escalier.

– Votre plat préféré : frites et steak haché !

– Perdu, fit-il. Je l'ai eu dans le désordre.

Violette remit son tuba en bouche.

– Che crois que ch'ai 'as faim.

Oscar avait avalé son dîner en peu de temps et filé aussi vite.

– Hé, jeune homme, ton dessert !

Il devina le dessert comme il avait deviné le reste.

– Non, merci ! cria-t-il du haut de l'escalier. Pas envie de yaourt.

Il se pencha par-dessus la rampe à contrecœur.

– C'était très bon !

Il entendit alors la sonnette de la porte d'entrée, surprenante à cette heure tardive. Le visage de ce crétin d'Huxley s'imposa brutalement. L'idée même de ce type tournant sans cesse autour de sa mère le rendait fou. À ses yeux, Barry Huxley incarnait parfaitement le lourdaud qui joue de ses muscles dans des T-shirts d'adolescent et qui cherche à en mettre plein la vue avec sa Porsche.

Violette et Oscar ne l'avaient rencontré qu'à trois reprises. La première fois, Violette avait chantonné en observant le plafond pendant tout le dîner, malgré les coups de pied de sa mère sous la table. La deuxième fois, elle était rentrée avec deux heures de retard, après que Celia eut alerté tout le quartier. Quant à Oscar, il avait détesté ce type qui lui avait demandé d'emblée :

– T'aimes le baseball, p'tit gars, hein ? Forcément, si t'es un homme, un vrai, t'aimes le baseball, hein ? Hein ?

Leur troisième entrevue fut la pire. Celia avait organisé un pique-nique dans le parc Montgomery. Barry – baptisé Mister Hein – était arrivé avec une demi-heure de retard en braillant :

– Alors ? Toujours carotte, les mioches, hein ? C'était pas un déguisement ?

Oscar avait été d'une franchise accablante : il avait prévenu sa mère qu'il n'y aurait pas de quatrième fois. À peine avait-il entendu le rugissement de la voiture de sport qu'il avait filé par la porte de derrière, malgré les menaces et les cris de Celia. À son retour, la table était débarrassée, il n'y avait pas trace du passage de Mister Hein, et sa mère détournait le regard, silencieuse. Il s'était couché sans traîner, rongé par la culpabilité. La photo de son père ne lui avait été d'aucun secours ; il y avait lu le désaveu de Vitali. Le lendemain, sa mère l'avait accueilli avec un sourire et il l'avait serrée contre lui, sans un mot. Cependant, ce soir, en dépit de tout ce qu'il s'était résolu à accepter, l'idée de ce type débarquant à l'improviste l'exaspérait.

Mais Huxley n'avait pas débarqué à l'improviste, et il ne reconnut pas la voix du visiteur – ou plutôt de *la visiteuse*. Très vite, celle de sa mère couvrit la première : Celia s'était mise à crier.

– Il n'en est pas question, vous m'entendez ? Pas question !

– Je sais ce que vous éprouvez, dit la voix étrangère, mais...

– Non, coupa Celia. Vous ne savez absolument rien de ce que je vis depuis douze ans.

– Nous le savons tous. J'ai moi-même été bouleversée.

– Et vous n'avez rien fait pour lui ! Ni pour nous ! Et aujourd'hui, vous venez me demander...

Oscar fit un pas sur le palier. Il trébucha et se rattrapa in extremis à la porte du placard. À l'intérieur, les vases s'entrechoquèrent. Il se colla au mur et retint sa respiration. Celia passa la tête dans l'entrée, puis retourna dans le séjour.

– Celia, vous ne devez plus ressasser le passé. Des temps sombres s'annoncent, et il faut unir nos forces.

– Je vous ai déjà donné l'homme de ma vie. Si vous croyez une seule seconde que je vais encore vous confier quiconque de ma famille, vous perdez votre temps.

– Il en va de l'avenir du monde, mais *aussi* de celui de votre famille, justement. Si vous pensez être à l'abri du danger qui nous guette tous, vous vous trompez.

– Ma réponse est ferme et définitive.

Mrs Withers se leva et quitta le séjour. Oscar n'aperçut qu'un manteau gris clair, un chapeau et des lunettes rouges.

Celia ouvrit la porte. Mrs Withers lui tendit une carte.

– Réfléchissez encore. Personne ne sera épargné lorsqu'il aura retrouvé sa puissance. *Personne.* C'est une question de mois, peut-être de jours, qui sait ?

Celia referma et s'adossa au mur, tremblante. Puis elle monta les marches et poussa la porte de la chambre d'Oscar. Elle s'approcha du lit à pas de loup, caressa les cheveux de son fils, déposa un baiser sur son front et éteignit la lampe de chevet.

Quand elle eut quitté la chambre, Oscar se dépêtra des draps et se précipita à la fenêtre. Il scruta la rue : au milieu des habitués assis sur de petites chaises pliantes jusqu'à la tombée de la nuit, pas la moindre dame ni le moindre chapeau à l'horizon.

Oscar sursauta et ouvrit les yeux, en nage, soulagé d'être dans son lit. Un cauchemar, sans doute : il avait encore à l'esprit l'image d'une femme aux cheveux blancs avec des lunettes rouges transformées en une arme redoutable, de son père en train de se battre contre elle, et enfin celle, terrible, de Vitali mourant.

Il remarqua alors la lumière dans le couloir. Il sortit sur le palier : la chambre de sa mère était vide, le lit n'était même pas défait. Un gémissement très faible monta soudain. Il se laissa guider par la voix jusqu'à la porte de la cave, que sa mère maintenait toujours fermée. Ce soir, elle était ouverte, et Oscar sentit son cœur se serrer : la voix était celle de Celia, qui *pleurait*. Au même instant, il perçut une chaleur intense dans sa main. Oscar ouvrit son album sur la photo de ses parents : curieusement, son père levait la tête vers sa mère. La soutenir, veiller sur elle : autant de choses qu'il ne pouvait plus faire. Oscar descendit les quelques marches.

Ses yeux s'habituèrent vite à la pénombre. Il évita les cartons empilés, les bibelots poussiéreux, le lit de bébé. Il devina un halo jaune sur le plafond, au bout de la cave en L. Il se cacha derrière une armoire.

Celia était à genoux devant un grand coffre soigneusement dissimulé sous un tas de vieilles couvertures. Elle pleurait doucement en caressant un long manteau en velours vert. Dans l'autre main, elle tenait une ceinture faite d'une succession de petites sacoches en cuir vides – cinq, précisément.

– Tu... tu me manques tellement. Ils nous ont abandonnés, et maintenant ils reviennent. Qu'est-ce que je dois faire ? Je suis perdue. Il est si jeune, je ne peux pas l'imaginer avec ça, dit-elle en soulevant l'étoffe et la ceinture, à courir les mêmes dangers que toi dans ces maudits Univers.

La ceinture s'anima dans la main de Celia et les boucles dorées qui fermaient les sacoches scintillèrent, transformées en braises. Celia sursauta.

– Vitali ?

Elle regarda autour d'elle, animée par un espoir fou. Oscar recula, buta contre une caisse en bois et tomba à la renverse. Il entendit simplement le coffre qu'on refermait dans la précipitation. Celia braqua une lampe torche sur lui. Elle passa furtivement la manche de son chemisier sur ses yeux et tenta de sourire :

– Pourquoi tu ne dors pas, mon Oscar ? Monte, maintenant.

Il ne posa aucune question et obéit.

– Promets-moi de ne pas revenir ici, dit-elle encore avec douceur. Tout cela n'est pas pour toi.

Il acquiesça et disparut dans la pénombre de l'étage.

Quand il fut dans son lit, l'album avait retrouvé sa température habituelle et son père, sur la photo, regardait à nouveau devant lui. Seul le sourire était plus discret.

8

Oscar avait longtemps retourné les bribes de conversation entre Celia et l'inconnue volées depuis le premier étage, avant de trouver le sommeil. Sa mère dut l'arracher à son lit pour l'obliger à faire sa toilette, s'habiller et avaler un bol de céréales, puis il partit en courant avec des gâteaux en poche.

Quand il passa les portes du collège et se glissa dans la classe où tous étaient déjà installés, le professeur Penguin le toisa d'un air sévère.

– Si tu le souhaites, à la rentrée, on peut repousser le début des cours de dix minutes pour te permettre de dormir un peu plus.

Toute la classe se mit à rire – Moss plus fort que les autres, et sa bande l'imita.

– Viens plutôt t'asseoir ici, devant mon bureau, ordonna Mr Penguin.

Oscar posa son sac au premier rang et attendit que l'enseignant reprenne le fil de son cours pour se retourner : Tilla l'observait avec ce petit sourire ambigu, à la fois moqueur et séducteur.

La matinée se déroula sans incident. Oscar finit son travail avant tout le monde et recomposa le puzzle de ce qu'il avait appris : selon Celia, la femme aux lunettes rouges était liée à la mort de Vitali. Peut-être même en était-elle responsable. Son père était mort un an après la naissance de Violette et juste avant la sienne, mais Celia était restée vague quant à la cause du décès : elle avait parlé d'un grave accident d'avion sans jamais donner de détails. Les premiers temps, Celia n'avait pas pu, pas su dissimuler son désespoir. C'est à partir de cette époque – donc très tôt – que le comportement de Violette avait basculé dans la rêverie et l'étrangeté, sans plus jamais qu'elle évoque son père, même avec son frère. Il s'en était ouvert à Mr Dawesar. « Tu sais, Oscar, quand on a du chagrin, certains pleurent, d'autres se taisent, et d'autres, enfin, se cachent dans les rêves », lui avait répondu l'épicier indien. « Dans un rêve, la vie est plus douce, on peut la voir comme on a envie qu'elle soit. » Oscar avait conclu que chacun embellissait la vie à sa manière : Violette rêvait, tandis que d'autres conversaient avec des photos.

Il avait aussi cessé d'interroger sa mère. Les questions la faisaient souffrir et ne trouvaient jamais de réponses claires. Mais aujourd'hui, ces réponses allaient peut-être prendre le visage et la voix d'une mystérieuse vieille dame, à qui il ne laisserait pas le choix.

La sonnerie puis une voix l'arrachèrent à ses pensées.

– Tu viens à la cantine avec nous ? demanda Jeremy.

– Décide-toi, le pressa Barth, colosse toujours affamé. Je meurs de faim !

À la cantine, Oscar se réjouit de l'absence de Moss dans la file d'attente. Depuis que ce dernier avait quitté Babylon Heights, un chauffeur venait le chercher et le ramenait en début d'après-midi. Tant mieux : deux heures de retenue ensemble, c'était plus que suffisant.

Ils s'installèrent à une table libre au milieu du vacarme. En face d'eux, trois filles les observaient. Parmi elles, Tilla faisait semblant de ne pas regarder tout en glissant des mots à l'oreille de ses copines.

– Tiens, dit Jeremy, y a de la dinde au menu, aujourd'hui.

Oscar avait beau se méfier de Tilla, aussi jolie que venimeuse, et de son jeu de cache-cache, il n'y était pas insensible. Il était loin d'être le seul : tout le monde recherchait sa compagnie, même les filles – et Moss, bien sûr, ravi qu'on puisse les voir ensemble.

– Quelle allumeuse, celle-là, dit Barth, habitué aux jeux de je-t'attire-puis-te-repousse des adolescents plus âgés.

Oscar ignora la remarque. Tilla le fixa, puis détourna le regard comme si elle était subitement intimidée. Oscar sentit le feu monter en lui jusqu'au visage. Il rougissait facilement – et détestait ça. Heureusement, une voix détourna l'attention de ses voisins.

– Je peux m'asseoir avec vous ?

Les frères O'Maley poussèrent leurs plateaux pour faire de la place à Ayden Spencer. Oscar continua à manger sans bouger d'un centimètre.

– C'est pas l'heure de regarder les filles, dit Jeremy qui n'avait rien manqué du manège entre Tilla et Oscar. Ayden voudrait s'asseoir.

– Moi, j'ai pas envie d'être assis à côté d'un lâche.

Ils le dévisagèrent, surpris par sa réaction. Spencer baissa les yeux.

– Je... excuse-moi pour hier... pour ta retenue...

– Merci de m'avoir défendu devant Penguin. J'aurais dû te laisser te débrouiller avec Moss.

Il prit son plateau et s'installa à une autre table.

Quand la sonnerie de fin des cours retentit, les collégiens se levèrent avec précipitation. Oscar ne bougea pas de sa place. Spencer partit sans le regarder, et les frères O'Maley lui adressèrent un petit signe et un clin d'œil avant de disparaître. Il tourna la tête : deux rangs derrière lui, Ronan Moss le toisait avec un sourire moqueur. Oscar sentit une tension monter en lui. Heureusement, ils n'étaient pas seuls.

– Vous avez deux heures pour réfléchir et écrire sur le sujet suivant, décréta Penguin : « Pourquoi est-on violent ? Comment lutter contre ? » La note comptera autant qu'une autre et figurera sur votre bulletin de l'année.

Oscar détestait les rédactions. Les mathématiques et même la grammaire, disciplines exactes et rationnelles, lui correspondaient bien plus. Il recopia le sujet sur sa feuille. Il sentait le regard de Moss comme un doigt qui s'enfoncerait dans son dos. Des images se bousculèrent dans son esprit de manière très confuse. En quelques instants, tout disparut autour de lui. Il ferma les yeux et vit sa rue, la maison, le lit de sa mère avec un seul oreiller et défait d'un seul côté, la photo de son père, Violette qui rêvait. Barry Huxley se matérialisa, puis Moss. Les images s'enchaînèrent comme un film, entrecoupées de turbulences, de palpitations et d'élans de violence intérieure qu'il canalisait mal.

La voix du professeur l'en arracha comme si on l'avait aspergé d'eau glacée.

– Il vous reste cinq minutes.

Il se tourna vers la vitre : il était défait, ses traits étaient tendus. Il jeta un coup d'œil sur la feuille noircie de Moss ; la sienne était aussi blanche qu'il y avait deux heures. Penguin le dévisageait, soucieux. Il crut entendre les secondes qui s'écoulaient ; c'étaient les battements de son cœur. Il répondit aux deux questions sans réfléchir, tel un automate. Les mots s'alignèrent, incontrôlables.

– Vous pouvez laisser vos copies sur la table et partir.

Oscar retourna sa feuille et se dirigea vers la porte en marmonnant un au revoir inaudible. Il était déjà dans la cour quand Moss l'interpella.

– T'as peur de moi, c'est ça ?

Ne pas s'énerver. Ne pas répondre. Moss accéléra le pas et le rejoignit.

– Tu préfères fayoter devant le prof ?

Oscar se souvint de la promesse faite à sa mère, la veille : éviter les ennuis à tout prix.

– Normal, continua Moss. Normal pour un *trouillard.*

Oscar se figea sur place.

– Répète.

– T'es qu'un trouillard qui a peur de se battre. Ton père aussi, à tous les coups. Il a paniqué dans son avion, c'est pour ça qu'il s'est écrasé.

Oscar jeta son sac par terre.

– Qu'est-ce que vous faites encore ici ? s'écria Mr Penguin d'une fenêtre de la salle de classe. Moss, tu rentres chez toi tout de suite !

– Un trouillard, répéta Moss avant de disparaître dans une voiture.

Oscar ramassa son sac et passa les grilles de l'école. Une voix le rattrapa.

– Tu n'as pas aimé ce que ton camarade t'a dit, n'est-ce pas ?

9

Ils n'étaient pas seuls sur le trottoir, à l'ombre des marronniers, mais Oscar ne vit qu'elle.

Mrs Withers le fixait de ses petits yeux verts et brillants, elle aussi, et revit le visage inoubliable du père. Par-dessus tout, elle retrouvait l'énergie et la sincérité de Vitali.

– Tu n'as pas apprécié et tu as raison : ton père n'était pas un « trouillard ». Il était formidable et courageux.

– Comment vous l'avez connu ?

Elle hésita. Compte tenu de la réaction de Celia, il était probable que le fils n'ait jamais entendu parler des Médicus et encore moins des pouvoirs du père. S'il fallait user de prudence et de tact, c'était maintenant.

– Ton père était médecin, en quelque sorte.

– Ma mère m'a dit qu'il était pilote.

– C'était son métier officiel, mais à part cela, il avait le pouvoir de soigner les gens. D'une façon... particulière.

– Vous mentez. J'ai entendu votre conversation, hier : c'est à cause de *vous* que mon père est mort.

Décidément, rien ne serait simple. Mais qu'attendre d'autre d'une jeune veuve et d'un adolescent privé de père depuis la naissance ?

– Tu as beaucoup de choses à apprendre sur ton passé et sur ton père, Oscar. Sache que je l'aimais beaucoup. C'était un homme extraordinaire, et tu l'es aussi.

Oscar la dévisagea. Elle lui paraissait folle.

– Tu as déjà constaté que tu avais certains... pouvoirs, poursuivit-elle. J'en suis convaincue.

Elle posa sa main sur lui. Oscar éprouva la même sensation électrique. Il se dégagea.

– Il faut que je rentre. Ma mère m'attend.

Il aurait voulu partir, mais son corps – ou plutôt son esprit – lui ordonnait de ne pas perdre la chance qui se présentait. Mrs Withers lui sourit.

– Tu possèdes les mêmes pouvoirs que ton père. C'est une chance immense, tu dois la saisir. Tu es assez grand pour décider.

– COMMENT OSEZ-VOUS ?

Surgie de nulle part, Celia s'interposa entre eux, folle de rage.

– Comment osez-vous harceler mon fils à la sortie du collège ? Si vous vous approchez encore une fois de ma famille, je porte plainte contre vous ! Vous et les *vôtres* ! ajouta Celia avec des flammes dans les yeux. Vous m'avez comprise ?

Mrs Withers perdit son sourire mais pas son sang-froid.

– Je crois que c'est vous qui ne m'avez pas comprise, ma chère Celia...

– Je ne suis pas votre chère Celia, et je vous interdis de parler à mon fils !

– Que cela vous plaise ou non, je vais vous expliquer la situation et vous allez m'écouter.

Mrs Withers semblait plus droite, plus grande, et son visage s'était durci.

– Oscar, tu veux bien nous laisser quelques instants ?

À contrecœur, il s'éloigna sans les quitter du regard, inquiet pour sa mère. Mrs Withers entraîna la jeune femme à l'écart.

– Lâchez-moi ! s'écria Celia sans parvenir à se défaire de l'étonnante poigne. Vous forcez mon fils à écouter vos bêtises, maintenant moi, mais que voulez-vous à la fin ?

– Mais vous protéger, vous ne le comprenez pas ?

Elle la lâcha.

– Je sais que ce n'est pas facile depuis ce drame, ni pour vous ni pour vos enfants. Mais il faut oublier tout cela un instant, affronter la réalité et cesser de vous voiler la face : nous sommes *tous* en danger.

– Mais je ne suis pas Médicus, et mes enfants non

plus. Mon mari s'est battu, il a payé de sa vie, alors maintenant, c'est votre tour.

– Vous oubliez une chose : le Prince Noir ne veut pas seulement dominer le monde ; il voudra aussi *se venger* de celui qui l'a fait emprisonner pendant treize longues années : votre mari.

– Mais il est mort !

– C'est pour cette raison qu'il va s'en prendre à *vous*. Pour adresser un signal fort à tous ses opposants.

Elle se tut un instant, puis poursuivit.

– Il va s'en prendre à vous et *à vos enfants*, bien sûr. Même si votre fille et vous n'êtes pas Médicus.

– Je ne vous crois pas ! s'écria Celia, désespérée. Vous dites ça pour me faire peur !

Autour d'elles, les gens se retournèrent. Mrs Withers enchaîna, impitoyable.

– Skarsdale craindra également que le fils de Vitali Pill n'ait le même pouvoir que son père dans quelques années. Il n'aura qu'une obsession : l'éliminer. Peut-être que je me trompe, mais vous ne pouvez pas courir ce risque.

Celia se prit la tête entre les mains. Elle avait espéré pouvoir tirer un trait sur cette période terrible, effacer ces histoires de Médicus et de Pathologus, mais tout revenait en force.

– Vous pouvez continuer à croire que je suis responsable de votre malheur et nier la réalité, acheva

Mrs Withers, mais vous mettez votre famille en péril. Et personne ne viendra vous défendre. À part moi, peut-être. À vous de choisir.

Celia ne retint plus ses larmes.

– J'ai peur pour lui, vous comprenez ?

Berenice Withers posa alors une main réconfortante sur son épaule.

– Ce n'est pas ainsi que vous le protègerez, bien au contraire : vous l'exposerez à un terrible danger.

Celia se ressaisit : Oscar s'était rapproché.

– Ce n'est rien, mon chéri. Juste un peu d'émotion. Mrs Withers me raconte des choses tristes.

– C'est quoi, ce danger ?

Celia adressa un regard suppliant à Mrs Withers.

– Ce n'est pas le meilleur endroit pour en parler, répondit cette dernière, mais le temps presse.

Elle se tut un instant pour mettre de l'ordre dans ses idées.

– Il y a treize ans, le Prince Noir, Laszlo Skarsdale, a voulu dominer le monde. Lui et les siens, qu'on appelle les Pathologus, entraient dans le corps humain et le détruisaient en déclenchant des maladies contre lesquelles les médecins ne pouvaient rien. Un seul homme a réussi à stopper l'ascension du Prince Noir : ton père.

– Comment ?

– Il était *Médicus*. Seuls les Médicus sont capables de

voyager dans le corps pour y affronter les Pathologus et combattre leurs terribles maladies.

Entrer dans un corps. Les questions lui brûlaient les lèvres, mais Oscar préféra se taire et écouter la suite.

– Ton père a vaincu le Prince Noir qui a été emprisonné dans la forteresse du Mont-Noir, dans un endroit reculé du monde, reprit Mrs Withers. Malheureusement, il est parvenu à s'en échapper. Même s'il n'en reste plus beaucoup, tous les Médicus doivent se préparer à lutter, car cet homme va vouloir reconquérir le monde. Tu me comprends ?

Celia voulut prendre son fils contre elle. Il la repoussa sans brusquerie et acquiesça.

– Le Prince des Pathologus ne va pas forcément s'en prendre à toi, mais il faut que tu puisses te défendre, et que tu participes à notre combat.

– Je serais...

– ... un Médicus, oui, Oscar. En tout cas, tu en montres tous les signes. C'est le moment pour toi d'apprendre à voyager dans un corps et ses cinq Univers, comme l'a fait ton père. Personne ne peut t'en empêcher, dit-elle en regardant Celia, mais personne ne peut te forcer non plus. C'est à toi de choisir ta destinée.

Oscar laissa son regard se perdre dans la cour déserte, désemparé.

– Tu n'as pas à me répondre maintenant. Mais si tu

acceptes ma proposition, il te faudra de la patience, du courage et de la force. Je sais que tu y parviendras.

– Si *nous* acceptons, intervint Celia, que se passera-t-il pour Oscar ?

– Il passera l'été à Cumides Circle, chez le Grand Maître des Médicus.

Celia blêmit.

– Chez Winston Brave ? Mais pourquoi ?

– Parce que tout y est réuni pour que l'apprentissage s'y déroule dans les meilleures conditions et dans le plus grand secret, se contenta de répondre Mrs Withers.

Le Grand Maître des Médicus. Winston Brave. Le nom sembla étrangement familier à Oscar.

– C'est où ? demanda-t-il.

– Tu le sauras en temps voulu, trancha Mrs Withers. Samedi matin, je me rendrai chez vous. Si tu es d'accord pour me suivre, ta valise devra être prête.

– Sa valise ? Mais il peut y travailler puis rentrer le soir, objecta Celia.

– La nuit y est aussi instructive que le jour, se contenta de répondre Mrs Withers.

Elle les salua d'un signe.

– Samedi matin, à 9 heures, je serai à Kildare Street.

Oscar la suivit du regard jusqu'à ce qu'elle disparaisse derrière un immeuble.

– On rentre, décréta Celia.

Ils se dirigèrent vers Toinette, la Twingo verte cabossée, héritée d'une lointaine tante française émigrée en Amérique. Oscar prit place à côté de Celia. La décoration intérieure, signée Violette, l'apaisa instantanément. Sa sœur avait plaqué des autocollants de toutes les couleurs du sol jusqu'à la planche de bord, vaporisé des paillettes jusque dans la boîte à gants, et noué des rubans fluo et des guirlandes lumineuses un peu partout. Un sapin de Noël sur roues, et en toutes saisons. Celia et Oscar avaient adoré, Violette était aux anges et sa mère avait dû lutter pour qu'elle n'y dorme pas la première nuit.

Oscar ouvrit la fenêtre. Il vit démarrer une longue berline noire. Malgré les vitres fumées, il croisa le regard glacé de Moss. Ce n'était plus de la moquerie, mais un regard mauvais, celui d'un ennemi déclaré. Il ne restait plus qu'un jour de cours, mais Oscar sentit confusément que le danger ne s'éloignerait pas pour autant.

10

Le lendemain matin, dans la cuisine du 6897, Kildare Street, Violette chantonnait en se balançant sur sa chaise. En face d'elle, Oscar tournait lentement une tranche de pain dans sa tasse sans réussir à avaler quoi que ce soit. Celia, elle, se déplaçait nerveusement dans la pièce. Pour la première fois en douze ans, elle avait trouvé un prétexte pour ne pas se rendre au bureau ce matin.

Ils n'avaient pas plus dormi l'un que l'autre, ruminant tout ce qui s'était dit avec Mrs Withers la veille. Celia avait décidé de n'aborder le sujet avec son fils qu'au retour du collège, au calme, en tête à tête.

Oscar se leva. La belle journée qui s'annonçait contrastait avec les ombres et l'angoisse qui l'habitaient. Violette papillonna jusqu'à sa chambre et redescendit avec deux baskets miraculeusement identiques – et un parapluie à pois jaunes.

– Qu'est-ce que tu as sous le bras ? demanda Celia.

– Des pots de yaourt pour les colibris.

Son frère et sa mère en oublièrent leurs préoccupations. Violette parvenait encore à les surprendre.

– J'ai lu qu'ils n'ont pas toujours de quoi fabriquer un nid lorsqu'ils vivent en ville, expliqua-t-elle. Alors je vais disposer ces pots dans les arbres, sur le chemin du retour.

Oscar se laissa gagner par le rire.

– Bien sûr, répondit Celia, songeuse. Bon, prends tes pots, vous allez être en retard.

Ils firent le trajet en silence. Oscar identifia enfin la cause essentielle de ses tourments : il redoutait l'échec. Il ne se pardonnerait jamais de ne pas être en mesure de défendre les siens – et de ne pas avoir repris le flambeau.

– Allez, filez !

Ils étaient arrivés devant les grilles du collège. Violette courait déjà, lui se retourna vers sa mère.

– Je ne veux pas y aller.

– Qu'est-ce qui te prend ? C'est la dernière matinée !

– À Cumides Circle : je n'y irai pas. Je ne suis pas un Médicus, j'en suis sûr.

– Alors tu n'y iras pas, quoi qu'en dise cette dame. D'accord ? *Tu n'y iras pas.*

Il sourit tant bien que mal et claqua la portière. Celia démarra. Il traversa la cour en trombe et se faufila avec maladresse dans le rang.

– Il aura fallu attendre les vacances pour te voir arriver avec autant d'empressement en classe ! fit remarquer le professeur Penguin.

Les élèves s'installèrent dans un brouhaha total, surexcités par la fin des cours imminente. Jeremy, à côté d'Oscar, n'arrêtait pas de s'agiter.

– Dans quatre heures, c'est les vacances. Et qui dit vacances dit ruée sur « Le Bazar de Jeremy » ! Je t'ai déjà proposé de t'associer à nous ?

– Pas encore, répondit Oscar, amusé.

– C'est fait. Qu'est-ce que t'attends pour sauter de joie ?

– Que tu te taises, pour qu'on se retrouve pas en retenue le dernier jour.

Le professeur Penguin usa de sa règle contre le bureau pour obtenir le silence, puis circula entre les rangées. Au fond de la salle, Moss et son clan chuchotaient en toisant Oscar. Mr Penguin déposa un feuillet sur la table de ce dernier puis sur celle de Moss. Oscar pâlit en se souvenant de sa piètre prestation. Il tenta de faire glisser sa copie dans son sac pour éviter d'être ridiculisé en public, mais Jeremy fut plus rapide.

– A+ en rédaction ! Avec Penguin, faut le faire...

– J'espère que ma présence ne te gêne pas, O'Maley, s'inquiéta l'enseignant.

Jeremy se reprit aussi sec.

– Je voulais dire : avec *l'admirable professeur* Penguin.

Oscar se jeta sur lui pour lui arracher la feuille des mains. Jeremy la tendit à bout de bras et lut :

« Pourquoi est-on violent ?

On est violent quand parler ne sert à rien.

Comment lutter contre ?

Au lieu d'être violent, parfois, on peut rêver. »

Jeremy se tut, saisi par ce qu'il venait de lire, et toute la classe, loin de se moquer, en fit de même. Oscar, écarlate, récupéra la feuille et la fourra dans son sac. Il eut juste le temps de lire le commentaire qui accompagnait la note : *« Certaines phrases valent bien plus que de longs discours. Un jour, tu trouveras les mots, même si tu crois qu'ils ne servent à rien. »*

– C'est de toi ? s'écria Jeremy, admiratif. Tu sais qu'en imprimant ça sur des T-shirts ou des casquettes on ferait fortune !

Tout le monde se mit à rire. Moss cria plus fort que les autres :

– Tu te prends pour un écrivain, Pill ?

– Moi, j'ai trouvé ça très beau, dit Tilla en réservant son regard le plus intense à Oscar.

Jeremy brandit la copie de Moss :

– Mais qu'est-ce que je lis, en haut ? Oh, un D ! Toi, au moins, y a pas de doute, t'es pas un écrivain...

La classe s'esclaffa de plus belle. Oscar lui-même céda à l'hilarité. Mr Penguin fit mine de s'emporter, en vain : s'il fallait retenir quelque chose du dernier jour de cours, c'était la rédaction d'Oscar. Les garçons avaient en tête la première phrase sur la violence, et les filles celle sur les rêves. Oscar ne se fit aucune illusion : Moss et les siens, eux, rêvaient de revanche.

Lorsque la sonnerie retentit à midi, même le professeur ne put rien contre l'ouragan. Au milieu de la cohue, Tilla vint se planter devant Oscar. Il se concentra sur le rangement de son sac.

– Qu'est-ce que tu fais pendant l'été ? demanda-t-elle.

Il fut immédiatement rattrapé par son choix – et ses incertitudes. Cette fois, il ne bafouilla pas seulement à cause de Tilla.

– Cet été ? Je... Je...

– Il va rester dans sa maison pourrie de Babylon Heights, forcément.

La large silhouette de Moss était apparue derrière Tilla.

– Tu viendras chez moi, lui proposa-t-il : on a une piscine, maintenant.

– Peut-être, dit-elle, on verra. Salut, Oscar.

Elle se laissa entraîner par Moss.

– On pourrait se faire inviter, suggéra Barth, comme ça je le noierai dans sa piscine...

– Vous vous souvenez où ils vivaient, les Moss, avant de déménager à Blue Park ? s'esclaffa Jeremy. Une ruine derrière Fawn Street, près de la déchetterie ! Même moi, j'aurais été incapable d'en tirer quelque chose.

La subite fortune des Moss avait de quoi intriguer, mais les déboires en justice de Rufus, le père de Ronan, laissaient penser au pire. Oscar, lui, ne s'était pas posé de questions. Comme sa mère et sa sœur, il se fichait éperdument de l'argent, a fortiori de celui des autres. Il aperçut Spencer qui quittait le collège en rasant les murs d'une démarche étrange, très raide. Ayden trébucha sur une marche et tomba. Son T-shirt se souleva et laissa apparaître une coque rigide qui enveloppait son buste. Les frères se précipitèrent pour l'aider. Un peu plus loin, les rires moqueurs de Moss et de ses acolytes fusèrent.

– Hé, Robocop, fais gaffe, tu vas casser ton armure ! brailla Moss.

Barth s'apprêtait déjà à lui faire ravaler ses railleries.

Il était un des rares élèves que Moss n'osait pas provoquer. Jeremy le retint.

– Laisse tomber. Ça va, Spencer ?

Ayden acquiesça et partit sans un mot.

11

Oscar traîna dans Babylon Heights sans se décider à rentrer.

Il fit une halte dans la blanchisserie de Mr Tin. L'avantage du petit homme chinois, c'est qu'il devinait tout, parlait très peu et se contentait de sourire. Oscar adorait s'installer entre les piles de linge propre pour lire ses magazines, certain que sa mère ne viendrait pas le chercher dans un endroit aussi improbable. Deux heures s'écoulèrent sans qu'il s'en rende compte, et il décida de rentrer. Mr Tin le salua d'un signe de la main sans poser de question.

Il fit un détour par les ruelles peu fréquentées d'un quartier qu'il connaissait comme sa poche. Quelques minutes plus tard, il traversa en catimini le jardin voisin et se faufila sous la haie de thuyas. Il entra chez lui par la porte de derrière. Le garage était vide, sa mère n'était pas encore là. Il en fut soulagé, en un certain sens : il était temps d'affronter, seul, la question qui scellerait son destin.

Il monta et s'enferma dans sa chambre.

Il savait pertinemment que le choix qu'il avait exprimé ce matin n'était pas le sien : jamais il n'avait pris de décision sous le coup de l'appréhension ou de l'angoisse. Partagé entre la fierté de l'hérédité et la crainte de décevoir, il observa ses mains et perçut très brièvement ce courant électrique sous la peau, puis plus rien.

Alors il se leva.

Celia ouvrit la porte et appela ses enfants, en vain. Elle jeta un coup d'œil sur sa montre, contrariée : il était 18 heures. Dès leur retour, elle mettrait les choses au point pour que l'été ne soit pas un joyeux n'importe quoi.

Tout l'après-midi, elle avait été irritable, tendue, puis elle avait fini par ne plus prêter attention au contexte professionnel, recluse dans une bulle de préoccupation maternelle. Une heure avant de quitter le bureau, elle était même parvenue à ignorer le harcèlement de son patron. Cinq minutes avant l'heure, elle n'y tenait plus : elle avait commencé à ranger ses affaires et branché le répondeur.

– Vous prenez une autre demi-journée de congé ? lui avait demandé Frank Geldhof.

– Je finis mon travail dans cinq minutes.

– Si vous partez plus tôt, répliqua son patron, je vous compte une demi-journée.

Elle baissa les yeux pour fuir la vision d'un chef aigri et hargneux du haut de son mètre cinquante-neuf, toujours perdu dans un costume trop grand.

– Il me le faut pour demain matin, bien sûr, lâcha-t-il en jetant sur le bureau de Celia une épaisse liasse de feuilles.

– Bien sûr, répéta Celia en contenant une violente pulsion meurtrière.

Elle avait tapé le document en une demi-heure sans mot dire, alors que Geldhof était parti à 17 heures, puis elle s'était ruée sur Toinette. Elle avait roulé pied au plancher pendant tout le trajet, furieuse de n'être pas de retour assez tôt pour se consacrer à son fils.

Elle entra chez elle en songeant à la réaction d'Oscar, ce matin. Même si les mots l'avaient soulagée, la mauvaise conscience la rongeait. Vitali avait été fier d'être Médicus, et fier d'avoir mené son combat ; elle s'apprêtait pourtant à priver Oscar de ce destin.

Un détail – capital – attira immédiatement son attention : la porte de la cave était ouverte. Elle laissa tomber son sac sur le sol, descendit les marches et suivit la lumière dorée qu'elle reconnaissait. Devant le coffre, elle ferma les yeux quelques instants. Lorsqu'elle les rouvrit, Oscar s'était retourné.

Il semblait plus grand, plus droit, plus fort. Et peut-être même un peu plus vieux. Pendant une fraction de seconde, elle crut revoir son mari. Entre les doigts d'Oscar, la ceinture brillait de mille feux et ondulait. Le cuir ressemblait à de l'or, et les cinq sacoches avaient repris forme.

– La ceinture des Trophées se transmet de père en fils, mon Oscar, dit-elle avec émotion. Et surtout, elle reconnaît celui qui doit la porter.

Oscar contemplait la ceinture, le cœur battant.

– Je ne crois pas l'avoir vue briller si fort entre les mains de ton père, dit encore Celia.

La ceinture se mut avec tant d'intensité qu'il la laissa s'échapper. Elle flotta un instant, puis tournoya autour de lui et s'enroula autour de sa taille. Il sentit un feu intérieur l'envahir, comme une force immense qui poussait en lui et lui coupa la respiration. Celia posa la cape sur les épaules d'Oscar, les larmes aux yeux.

– Mon fils, un Médicus.

– J'irai chez Mr Brave, maman. J'irai à Cumides Circle.

– Je sais, dit-elle tout bas. Je suis très fière de ta décision.

Elle ajouta en le serrant contre elle :

– *Lui aussi* serait fier.

12

Oscar était face à Mrs Withers qui le fixait, armée de son indéfectible sourire. Il regarda tout autour de lui, dans cette petite entrée tapissée d'un vilain papier peint jauni. Celia, bien incapable de le changer, avait pris le parti de le cacher en accrochant aux murs tout ce qui pouvait l'être : des tableaux, des affiches de spectacles, des cartes postales, des photos des enfants et leurs dessins d'école... Autant de traces d'un passé joyeux et insouciant qui allaient lui manquer. Il se surprit même à sourire à la pauvre plante verte déshydratée qui dressait vaillamment trois misérables feuilles décolorées vers l'ampoule pendue au plafond.

Celia devina l'émotion et l'appréhension de son fils, et lui prit la main. Mrs Withers répéta sa question :

– Es-tu prêt à partir, Oscar ?

Il lâcha la main de sa mère et répondit d'une voix claire :

– Oui, je suis prêt.

– Alors Jerry va pouvoir emporter tes affaires.

Un petit homme barbu, en retrait sur le palier, fit irruption. Il portait un costume noir et une cravate verte en velours. Oscar jeta un coup d'œil sur la valise rafistolée que Celia avait remplie comme si son fils partait pour un tour du monde. Au fond, il y avait aussi la cape de son père. Jerry s'inclina brièvement et leur adressa un sourire jovial. Il souleva la valise comme s'il s'était agi d'une plume et disparut.

– Il est temps de partir, déclara Mrs Withers. La journée sera longue.

Oscar rebroussa chemin et grimpa les marches quatre à quatre. Il poussa une porte sans frapper.

Violette était assise sur le lit, les genoux ramenés à elle, dos au mur et un livre en main. Il le lui prit et le retourna.

– Il était à l'envers.

Violette se mit à chantonner un peu plus fort que d'habitude. Oscar s'assit tout contre elle.

– Je vais revenir tous les week-ends. Et l'année prochaine, on partira à la mer. Tous les trois.

Elle posa le livre sur ses genoux.

– J'aime bien lire à l'envers, dit-elle en retenant ses larmes. Ça raconte d'autres histoires.

Elle se tut un instant avant d'ajouter :

– Tu reviens quand ?

– Samedi prochain.

Elle lui fit un grand sourire et reprit sa lecture. Il

la contempla avec tendresse, ferma la porte derrière lui et descendit. Sa mère le serra contre elle.

– Je t'appellerai tous les jours, dit-elle d'une voix forte à l'intention de Mrs Withers. Et si tu changes d'avis, je viens te chercher. C'est clair ?

– Je n'emmène pas Oscar en prison, précisa Mrs Withers. Vous pourrez vous parler tous les jours, bien sûr. Maintenant que tout le monde est rassuré, nous pouvons y aller.

Oscar quitta la maison sans se retourner. Une longue voiture couleur émeraude aux vitres fumées les attendait. Jerry leur ouvrit la porte.

– Je vous en prie, monsieur Oscar.

Oscar se tourna vers Mrs Withers, impressionné.

– Je crois que nous y serons plus vite si tu entres dans la voiture, lui dit-elle, amusée.

Il s'installa sur la banquette arrière et Mrs Withers prit place à son côté. Il jeta un œil à l'extérieur et vit Celia fermer la porte de la maison. Son destin était scellé.

La voiture roulait silencieusement.

Oscar reconnut les couleurs : les sièges étaient recouverts de cuir vert, et les coutures sur les poignées, les accoudoirs et le volant étaient dorées, comme le sigle brodé sur les appuie-tête et le levier de vitesse : un M majuscule entouré d'un cercle.

– Où on va ?

– Est-ce que tu connais le quartier de Blue Park ? demanda Mrs Withers.

– Non.

Il savait cependant que les plus riches familles de Pleasantville y vivaient. Tilla racontait souvent tout ce qu'elle avait vu chez les Moss : une immense maison, un jardin grand comme un parc... Un inventaire qui faisait fuir Oscar et ses amis.

« À votre avis, elle est amoureuse de lui pour sa maison ou pour sa voiture ? » se moquait Jeremy.

Le visage de Tilla s'imposa et le fit sourire. Il allait vivre à Blue Park, lui aussi, et peut-être la demeure de Mr Brave était-elle plus impressionnante encore.

– Madame, où dois-je vous déposer ? demanda Jerry.

– Nous devons être très discrets.

– Je peux faire ouvrir le portail et entrer avec la voiture jusqu'au perron.

– Laissez-nous plutôt le long de Blue Park, près du kiosque. Et ayez la gentillesse de vous occuper de la valise d'Oscar, je vous prie.

– Très bien, madame Withers.

La voiture s'arrêta près d'un talus en bordure du parc municipal. Jerry inspecta les alentours : personne. Il ouvrit la portière arrière. Mrs Withers sortit avec une étonnante agilité et entraîna Oscar dans le parc.

– Dépêchons-nous. Il y a toujours beaucoup d'yeux indiscrets à proximité de Cumides Circle.

Oscar regarda autour de lui sans comprendre.

– Mais je croyais que...

– Patience, Oscar, patience !

Elle progressa à travers les arbres en prenant soin de rester invisible depuis les allées. Elle semblait connaître le chemin les yeux fermés, évitant tous les obstacles sur lesquels Oscar butait. En quelques minutes, il fut couvert de feuilles mortes, d'écorchures et de brindilles, et il s'arrêta au beau milieu d'une végétation dense : il était seul.

– Madame With...

Une main sortit d'un buisson et l'attira avec force.

– Pas un mot, chuchota Mrs Withers.

Ils se tenaient dans une petite trouée, au milieu des arbres. Elle passa un pendentif fait du mystérieux M encerclé devant un gros tronc : un symbole identique scintilla sur l'écorce. Elle posa la main droite sur la Lettre et récita à voix basse :

Devant un Médicus, tu t'ouvriras,
Et dans l'ombre de la terre tu le guideras.

... Et il ne se passa rien.

– L'Arbre Passeur détecte sans doute ta présence. Prends ce pendentif et fais la même chose que moi.

Oscar la dévisagea, désemparé.

– L'Arbre Passeur ? La... la même chose que vous ? Mais...

– Ne discute pas, je t'expliquerai tout plus tard.

Oscar s'exécuta. Cette fois encore, la Lettre apparut sur le tronc comme sur un miroir et il posa la main sur la surface rugueuse.

– La main droite, Oscar. La main droite.

Il corrigea son geste.

– Et maintenant, répète après moi :

Devant un Médicus, tu t'ouvriras,
Et dans l'ombre de la terre tu le guideras.

Oscar obéit, avec l'étrange impression de vivre un rêve éveillé.

– ... *Et dans l'ombre de la terre tu le guideras.*

Un rectangle se découpa dans le tronc et glissa vers le haut pour ménager une ouverture de la taille d'un adulte. À l'intérieur, il faisait trop sombre pour distinguer quoi que ce soit. Mrs Withers sourit.

– Sauf ordre du Grand Maître, un Arbre Passeur ne laisse passer qu'un Médicus, mon cher Oscar. Et depuis toutes ces années, celui-ci, le plus ancien de tous, ne s'est jamais trompé. *Jamais.*

Oscar sentit son cœur s'emballer.

– Allons-y, dit-elle, n'attendons pas que quelqu'un nous surprenne.

Ils entrèrent tous deux dans le tronc creusé, et le panneau de bois retomba comme la lame d'une guillotine, les plongeant dans une obscurité absolue.

13

Deux M lumineux se matérialisèrent au-dessus de leurs têtes et sous leurs pieds. La cabine transparente se mit en mouvement, et Oscar et Mrs Withers s'enfoncèrent dans les profondeurs de Blue Park.

Lorsqu'ils s'immobilisèrent, Oscar fut incapable de dire s'ils étaient descendus d'un mètre ou au centre de la Terre. Mrs Withers tendit son pendentif à bout de bras.

– Que la Lettre Originelle nous éclaire et nous mène où notre cœur veut aller !

Des pendentifs de grande taille, en suspension dans l'air, s'allumèrent tout le long d'un tunnel. Ils s'y engagèrent, mais très vite, Oscar vit son guide disparaître loin devant lui, alors que les M s'éteignaient un à un.

– Madame Withers ! Attendez-moi !

Il la distingua enfin dans la pénombre. Il courut pour la rejoindre mais un choc violent interrompit sa course et le projeta en arrière. Il se releva et avança avec prudence. Ses mains rencontrèrent une paroi invisible.

– Sais-tu comment les Médicus nomment ce tunnel ? demanda d'une voix lointaine Mrs Withers, de l'autre côté de la cloison. Le Scanner du Cœur.

Oscar tâtonna nerveusement à la recherche d'une ouverture.

– Parce qu'il lit dans ton *cœur,* poursuivit-elle : tu ne peux t'y engager que si tu as vraiment l'envie et le courage d'aller là où il va. Sinon, le Mur des Angoisses se forme devant toi, transparent et infranchissable, et les lumières disparaissent de ton champ de vision. Alors pose-toi la question, Oscar : ce tunnel mène à Cumides Circle ; as-tu *sincèrement et profondément* envie d'y aller ?

Oscar affronta une nouvelle fois ses doutes et ses craintes. *Je suis un Médicus et je n'ai pas peur. Mon père me voit, il est fier.* En une fraction de seconde, le mur s'évapora et les M se rallumèrent.

– Dépêchons-nous, dit Mrs Withers, satisfaite. Bones va s'inquiéter !

Ils accélérèrent le pas. Le tunnel serpenta un long moment puis se divisa en deux. D'un côté, la galerie illuminée se prolongeait certainement jusqu'à Cumides Circle, et de l'autre s'ouvrait un boyau sombre. La curiosité et l'indépendance reprirent le dessus : Oscar s'engagea dans le second. Il ignora la voix de Mrs Withers, derrière lui, et avança dans l'obscurité. Un immense M pourpre apparut et lui barra le chemin. Mrs Withers le retint.

– Ne cherche jamais à emprunter ce tunnel, et encore moins à traverser la Lettre de Sang : tu serais foudroyé sur-le-champ !

Oscar contempla la Lettre menaçante. Où menait ce tunnel ? Pourquoi était-il protégé de la sorte ? Il rebroussa chemin avec un dernier regard vers le mystérieux boyau qui retombait dans l'obscurité, et suivit Mrs Withers dans le premier tunnel.

Ils atteignirent enfin une porte en pierre. Berenice Withers parla d'une voix claire :

L'âme juste du Médicus tu reconnaîtras
Et au bout du tunnel tu t'ouvriras.

Oscar répéta les mots spontanément, cette fois, et la porte pivota sur son axe : la statue d'un homme en habit d'époque apparut. Mrs Withers monta sur le socle et posa sa main droite sur celle de la statue ; Oscar l'imita. Le M des Médicus se dessina sur le dos de sa main. La statue s'anima et les enlaça. Le socle pivota et l'ombre du tunnel fit place à une lumière vive.

Oscar sauta et Mrs Withers le suivit, presque aussi leste. Elle sourit à la statue.

– Mon cher Sigismond, c'est toujours délicieux d'être dans vos bras.

La statue s'inclina légèrement puis se figea dans sa position initiale.

Oscar regarda autour de lui, ébloui. Il se trouvait dans le hall d'une maison comme il n'en avait jamais vu. Le plafond s'élevait à perte de vue, percé d'une verrière qui laissait passer le beau soleil d'été. Au fond, deux escaliers s'enroulaient autour d'une double porte en bois fermée.

– Bienvenue à Cumides Circle, la demeure de Winston Brave. Brillant avocat à la cour – et Grand Maître des Médicus. La seconde fonction est tout aussi brillante, mais plus confidentielle.

Oscar fit quelques pas sur l'immense damier en marbre émeraude et blanc, curieux et impressionné à la fois. Mrs Withers mit un terme à sa contemplation.

– Oscar, je te présente Bones, qui s'occupe de Cumides Circle – et de bien d'autres choses que tu découvriras plus tard.

Il n'avait pas remarqué la présence immobile d'un homme, tout près de lui. Bones était maigre, avec un visage très creusé, jaune comme de la cire et une couronne de cheveux gris-brun. Ses paupières étaient légèrement fermées, à la manière d'un somnambule – ou d'un prédateur qui feint le sommeil en guettant sa proie.

– Bonjour, monsieur Oscar, finit-il par dire, d'une voix teintée d'ennui. Bienvenue à Cumides Circle.

Les mots sonnaient atrocement faux.

– Votre valise est déjà dans votre chambre. Je peux vous y conduire.

Ça ressemblait plus à un ordre qu'à une suggestion. Oscar se raidit et interrogea Mrs Withers du regard.

– Je dois partir, répondit-elle : j'ai quelques affaires urgentes à régler. Je te confie à Bones et te retrouve après le déjeuner.

Oscar se trouva seul avec Bones, et le hall de la demeure lui parut encore plus grand. Le majordome emprunta l'escalier en silence et Oscar le suivit. Ils gravirent les marches tapissées d'un velours vert émeraude rebrodé du M d'or jusqu'au premier étage.

Ils s'engagèrent dans le couloir de droite. Oscar déchiffra l'inscription gravée sur une petite plaque, sous le buste blanc d'une belle jeune femme logé dans une alcôve : *Selenia Wing*. Il aurait volontiers interrogé Bones sur l'identité de cette Selenia, mais le majordome l'attendait déjà au bout du couloir. Il passa devant cinq portes et Bones ouvrit la sixième et dernière. Oscar lut le nom qu'elle affichait : *Alfred Bowden*.

Ils entrèrent dans une grande chambre lumineuse. Un lit au matelas très épais occupait l'angle, près d'une armoire. Entre deux fenêtres, on avait disposé un bureau, un fauteuil et des étagères.

– Voulez-vous de l'aide pour ranger vos affaires ? demanda Bones.

– Non merci, je vais le faire moi-même.

Bones consulta sa montre.

– Vous êtes attendu à midi *précis* dans la salle à manger.

– C'est où ?

– Je vous y conduirai, répondit le majordome en sortant.

Oscar attendit qu'il se soit éloigné et abaissa la poignée : il n'était pas enfermé. Il observa l'immense chambre et s'approcha d'une fenêtre.

Le jardin de Cumides Circle s'étendait à perte de vue, aussi grand que Blue Park. Les visages de Celia et Violette lui apparurent ; sa famille lui manquait déjà. Mais sa détermination prit le dessus : il ne perdrait pas de vue son objectif ; pour les siens, pour son père, pour lui-même. Il prit son ballon de foot sous le bras et décida d'aller dribbler jusqu'à l'heure du déjeuner.

Il ouvrit la porte, se mit à courir dans le couloir, trébucha et s'étala de tout son long. Il se retourna : le tapis, qui s'était soulevé pour faire une bosse, s'aplatissait lentement sous ses yeux ébahis.

– Vous ne vous êtes pas fait mal ?

Bones l'observait sans bouger le petit doigt.

– Mr Brave n'aime pas qu'on coure, précisa-t-il de sa voix traînante.

– Les tapis non plus, ajouta Oscar.

– Ils ont pour consigne de rappeler aux invités les règles de Cumides Circle. Puis-je vous demander où vous comptiez vous rendre ?

– Dans le jardin. J'ai le droit, non ? Je croyais que j'étais pas en prison.

Bones le dévisagea, surpris.

– Vous pouvez sortir où et quand bon vous semble. Je vais même vous y conduire.

Oscar le suivit jusque dans le hall. Ils entrèrent dans une grande cuisine où une femme s'activait dans tous les sens.

– Bonjour ! Vous êtes monsieur Oscar ? Je m'appelle Cherie, je suis la cuisinière de Mr Brave. Vous connaissez déjà mon mari, Jerry.

Oscar acquiesça sans un mot, stupéfié par le contraste entre Jerry et son épouse. Cherie ressemblait à un balai à l'envers : elle était filiforme dans une longue blouse de la même couleur que ses cheveux jaune paille. Elle ne cessait de cligner des paupières et parlait à une vitesse étonnante.

– Mon Jerry vous a tout de suite aimé ! Et quand il aime, vous savez, il ne se trompe pas ! Quant à moi, vous me verrez tous les jours aux heures de repas, mais si vous avez une petite faim, vous savez où me trouver, maintenant, n'est-ce pas ? J'ai toujours quelque chose à se mettre sous la dent. Qu'est-ce que vous aimez ? Parce que moi, je peux tout faire : les gâteaux, les poissons, les...

– Merci, Cherie, la coupa Bones. Je montre à Mr Oscar comment accéder au jardin, et vous le reverrez pour le déjeuner. Mr Brave l'att...

– On vous a demandé quelque chose, à vous ? répliqua la cuisinière, les poings sur les hanches. À tout à l'heure, monsieur Oscar.

Elle plongea la tête dans le réfrigérateur sans plus leur porter attention. Le majordome haussa les épaules et invita Oscar à emprunter la porte vitrée, au fond de la cuisine.

– Voilà, dit Bones. Le jardin de Cumides Circle s'étend jusqu'à l'avenue qui longe Blue Park. Prenez garde, on s'y perd aisément. Et n'oubliez pas : Mr Brave vous attend pour le déjeuner dans une heure.

Oscar se promena un long moment, poussant du pied son ballon.

Au fond d'une allée, il devina un mur très élevé et recouvert de lierre. Était-il au bout de la propriété ? Deux arbres se rabattirent pour lui couper la route. Stupéfait, il les contourna et décida de traverser un monticule coloré. Toutes les fleurs virèrent au rouge et dressèrent leurs corolles vers lui, menaçantes. L'herbe se mit à pousser jusqu'à sa taille. Orties et ronces surgies de nulle part battirent l'air agressivement. Il rebroussa chemin, effrayé ; le message était clair.

Refroidi par cette végétation hostile, il repartit en direction de la maison.

Très vite, il regretta de n'avoir pas pris de repères. Malgré son excellent sens de l'orientation, il ne reconnaissait rien ou plutôt tout se ressemblait. Il observa attentivement un parterre de rosiers et comprit enfin : les fleurs et les arbres se déplaçaient avec lenteur, et les allées se déformaient comme des serpents ondulant sur le sol. Dans cet étrange décor changeant, il ne restait qu'une chose à faire : repérer le toit de Cumides Circle et se diriger dans sa direction, en espérant que la maison n'ait pas bougé elle aussi.

Il effleura un arbre avec prudence. Il n'y eut aucune réaction. Il s'accrocha à une branche haute et posa le pied contre le tronc. À peine avait-il réussi à se hisser que la branche ramollit sous ses pieds. Une autre coula entre ses doigts, et un instant plus tard, il se retrouva allongé sur le gazon. Les branches, elles, s'étaient reconstituées.

– On finira bien par venir me chercher, se dit-il, résigné.

Il se pencha pour ramasser son ballon de foot – trop tard : une branche du chêne balaya le sol et shoota avec vigueur. Un noisetier frappa à la volée pour smasher dans le feuillage du chêne. Le ballon roula plus loin sur la pelouse dans un tonnerre d'applaudissements : toutes les fleurs battaient de leurs feuilles, captivées.

Oscar s'écarta docilement, sans trop savoir s'il devait interrompre l'invraisemblable match. Fasciné, il finit par dribbler quelques buissons en travers de son chemin et tira à ras du sol pour faire décoller la balle. Le chêne la renvoya directement dans les rosiers. Quand elle émergea de la mêlée, elle était percée de toutes parts et à plat.

Oscar ramassa le cadavre plein d'épines. Les roses rougirent et se recroquevillèrent.

– Le match est interrompu, décréta le jeune Médicus. Les roses, carton rouge ! Et maintenant, comment je fais pour rentrer, moi ?

Le chêne abaissa sa plus haute branche devant son jeune coéquipier. Oscar hésita un instant, puis s'assit et s'agrippa au feuillage. Il s'éleva et domina alors le jardin et les propriétés environnantes. Une demeure sombre, hérissée de tourelles et noyée dans une pinède noire, attira son attention. Elle paraissait lointaine, en dehors de la ville. Le chêne secoua ses branches et Oscar dut s'allonger pour ne pas tomber.

– D'accord, d'accord, je me dépêche !

Il repéra enfin Cumides Circle, plus proche qu'il ne l'imaginait.

– Encore une toute petite minute !

Il venait de remarquer, sur sa droite, un étang dissimulé derrière un labyrinthe végétal.

– C'est une minute de trop, coupa une voix proche – et maintenant familière.

La branche s'abaissa.

– Vous auriez pu vous blesser, reprocha Bones, fâché. Et dites-vous que si vous voyez au loin, on peut aussi vous voir.

– Cet arbre m'a aidé à retrouver la maison, répliqua Oscar.

– Ne vous laissez pas influencer. Vous pourriez vous mettre en danger.

Oscar faillit lui répondre sur le même ton, puis se ravisa. Il valait mieux en faire un allié, le temps d'être initié aux pouvoirs de l'Ordre. Il fit un effort considérable pour prendre un air désolé, puis posa la question qui lui brûlait les lèvres :

– Comment se fait-il que ces arbres et ces fleurs bougent et nous comprennent ?

– Parce que Mr Brave et la comtesse Lumpini sont entrés dans l'organisme de toutes les plantes de Cumides Circle. Ils ont... *très légèrement* modifié leurs gènes. Mr Brave leur a ainsi confié la mission de protéger Cumides Circle – et les imprudents qui s'y égarent. Ce sont les meilleurs vigiles qui soient.

– C'est pour ça qu'ils m'ont empêché de m'approcher du mur ?

– C'est une consigne de Mr Brave. Cet arbre ne l'a pas respectée, il faudra que j'en parle au Grand Maître.

Je me demande s'il ne vaudrait pas mieux le déraciner, menaça-t-il à haute voix.

Oscar adressa un clin d'œil au chêne.

– Vous êtes déjà en retard, déclara Bones. Veuillez me suivre, il ne faut pas faire attendre le Grand Maître.

14

Bones toisa Oscar avec insistance. Ce dernier tenta de discipliner sa tignasse rousse, glissa un pan de sa chemise dans le jean, et ouvrit la porte.

Il foula le tapis qui couvrait presque tout le parquet, sous les canapés et jusqu'à la cheminée. Il se concentra sur les motifs : des combattants en cape vert et or, étrangement animés, se battaient contre des gens vêtus de noir et de rouge, au milieu des flammes, des mers et des forêts, et tournèrent la tête à son passage. Les murs étaient tapissés d'un tissu soyeux sur lequel le M emblématique apparaissait en léger relief. La Lettre omniprésente avait quelque chose de rassurant.

Il passa devant une cheminée au feu étrangement vert, lui aussi, et entra dans la salle à manger.

À l'extrémité d'une immense table, dans un fauteuil en bois surmonté de la Lettre, était assis un homme imposant. Ses mains jouaient avec un pendentif similaire à celui de Mrs Withers – à une différence près, qu'Oscar remarqua très vite : au centre de la Lettre, une pierre verte brillait d'un éclat incomparable.

– Prends place, dit-il de sa voix grave et profonde.

Un fauteuil avait été placé à l'autre bout de la table, et le couvert était mis. Oscar s'assit et tenta de sourire, sans prononcer un mot.

– Avant tout, précisa Mr Brave, si j'ai accepté que tu sois ici, c'est uniquement parce que j'ai confiance en Mrs Withers. Elle est convaincue que tu possèdes les pouvoirs d'un Médicus.

La voix était devenue sèche, et son regard si intense qu'Oscar eut le sentiment qu'on creusait tout au fond de lui et s'immisçait dans ses pensées.

– Si elle ne s'est pas trompée à ton sujet et si tu vas au bout de ta décision, tu auras l'occasion de te battre aux côtés des tiens pour sauver le monde. Aujourd'hui *plus que jamais*, hélas. Car c'est pour cela que tu es ici, tu le sais ?

Oscar acquiesça.

– Le Prince Noir, lâcha Winston Brave. Tu vas devoir retenir ce nom.

– Qu'est-ce qu'il peut nous faire ?

– Il est un peu tôt pour tout expliquer, et tu en apprendras bien plus en pratiquant l'Intrusion Corporelle.

– Je... je ne l'ai jamais fait.

– Tu es ici pour que nous t'accompagnions dans tes premiers pas dans le corps et ses cinq Univers. Si tu en es *capable*, précisa Mr Brave.

Blessé dans son amour-propre, Oscar se garda de répondre. Cherie posa une assiette débordante devant lui et se lança dans un long commentaire avec un débit de mitraillette.

– ... Et donc, vous allez adorer mon poulet en sauce, conclut-elle, c'est ma spécialité !

Ce qui ressemblait à peu près à une cuisse de poulet – mais ce n'était qu'une supposition – flottait dans un liquide orange nappé de flaques multicolores, au milieu d'autres morceaux vert et brun méconnaissables.

– Merci, Cherie, articula péniblement Oscar.

Winston Brave se contentait d'observer la scène.

– Mangez, ordonna Cherie, et je vous en rapporte une assiette pleine !

Elle ne bougeait pas, droite dans son tablier, impatiente de constater l'effet de son « talent » sur son nouveau protégé.

– Merci, Cherie, vous pouvez nous laisser, intervint Brave.

– Mais...

– Si Oscar a encore faim, nous vous le dirons.

Cherie s'éclipsa en marmonnant.

Le Grand Maître se pencha.

– Rolls ! Royce ! Ici !

Un cliquetis de griffes résonna et Oscar sentit deux masses chaudes et poilues se faufiler entre ses jambes. Il jeta un coup d'œil sous la table : deux bassets hound obèses couraient ventre à terre vers leur maître. Mr Brave les caressa et les deux chiens se posèrent sur leur arrière-train. Les yeux et les babines pendaient et tremblotaient au moindre mouvement, et le bout de leurs oreilles traînait sur le sol.

– Occupez-vous de l'assiette d'Oscar, mes beaux. *Maintenant.*

Rolls et Royce se précipitèrent à l'autre bout de la table avec une grâce pachydermique dans un méli-mélo de pattes, l'un bousculant l'autre, et finirent par s'écraser contre les pieds du fauteuil. Oscar s'agrippa au rebord de la table.

– Ton assiette, fit simplement Winston Brave.

Oscar tendit sans hésiter le plat vers les deux gueules baveuses qui plongèrent dans l'infâme mixture en léchant, mordant, croquant, avec des bruits aussi surprenants qu'inquiétants. Lorsqu'il reprit son assiette, elle était rutilante. Il sourit aux chiens en espérant qu'ils ne succomberaient pas à cette terrible épreuve, même si ce n'était pas leur première expérience.

– Cherie est aussi dévouée et bavarde qu'elle est mauvaise cuisinière, reconnut Winston Brave. Si tu veux échapper au dessert, suis-moi.

Il se leva et Oscar prit conscience que le corps et l'allure allaient de pair avec la voix : le Grand Maître des Médicus semblait occuper tout l'espace. Il le suivit à travers la salle jusqu'à un miroir sur pied. Brave le fit glisser sur un rail, et dévoila une porte étroite. Il incrusta son pendentif dans le dessin creusé dans le bois : la porte s'ouvrit.

Ils entrèrent dans une pièce plus petite et sans fenêtres, dont les murs étaient couverts de tableaux et de livres. Un bureau en bois verni occupait presque tout l'espace, et une lampe, dont le pied était fait d'un serpent enroulé autour d'une coupe, projetait tout autour le M majuscule imprimé sur l'abat-jour.

Winston Brave verrouilla la serrure avec la Lettre d'or, et s'approcha d'un buste.

– Bonjour, oncle Charles.

Le visage de marbre s'anima.

– Mon cher oncle, voici Oscar. Oscar, je te présente Charles Brave, illustre Grand Maître des Médicus.

Winston Brave guetta la réaction de son aïeul – ou plutôt ce qu'il en restait. Charles, de son vivant déjà, était connu pour son effroyable caractère. L'actuel Grand Maître craignit d'être tombé au mauvais moment, et sa crainte était justifiée : le buste retrouva sa posture initiale, et ferma les yeux.

– Vous le reconnaissez peut-être, poursuivit Brave : il est le fils de *Vitali Pill*.

Il avait insisté sur le nom. Cette fois, la tête de marbre se tourna vers Oscar et cligna les yeux. Les exploits de Vitali, vécus ou relatés, étaient gravés dans les mémoires. Mais Charles avait sans doute eu vent, aussi, du sort de Vitali. Qu'est-ce qui l'emporterait ?

– Bientôt, ce jeune garçon voyagera dans le corps et se battra à nos côtés, ajouta Brave. Il lui faut donc ce que possède tout Médicus, Charles.

Le buste secoua la tête, scandalisé.

– Mon oncle, nous devons faire confiance à Berenice Withers, que vous estimez beaucoup. Elle en prend l'entière responsabilité et j'ai décidé de la soutenir.

Après une série de grimaces outragées – il était heureusement privé de parole –, Charles capitula.

– Monsieur, votre oncle... il est vivant ?

Winston Brave sourit.

– Oui et non. Les Médicus et les Pathologus ont un point commun : ils ne disparaissent complètement que s'ils sont tués lors d'un combat *à l'intérieur d'un corps*. En revanche, s'ils meurent *en dehors* du corps, quelle qu'en soit la raison, leurs pouvoirs sont transférés à un autre individu, et leur esprit persiste et migre selon leur volonté dans une sculpture, un livre, un objet quelconque – ou plusieurs à la fois.

– Alors... si mon père est mort dans un accident...

– Son esprit persiste peut-être quelque part, mais on ne peut pas en être sûr s'il n'a pas décidé de le faire savoir.

Oscar, plein d'espoir, songea à la précieuse photo de son père.

– Si tu es vraiment un Médicus, Oscar Pill, tu devras en être fier et surtout t'en montrer digne. Et peut-être qu'un jour l'esprit de ton père se manifestera.

Un bruit étrange attira l'attention d'Oscar. La bouche de Charles s'était ouverte démesurément. Le visage vira au rouge, puis au bleu foncé, et finit par tirer sur le violet.

– Je crois que votre oncle a un petit problème...

Winston Brave se précipita sur le buste.

– Où avais-je la tête ? dit-il, confus.

Il plongea la main dans la bouche béante et la retira tout aussi vivement. Charles prit une grande inspiration et se mit à cracher et à tousser, retrouvant progressivement sa couleur d'origine.

– Tout va bien, oncle Charles ?

Le buste foudroya son neveu du regard, puis ferma les yeux. L'esprit de Charles s'était réfugié tout au fond de la sculpture, il n'y avait plus rien à en tirer.

– Je crois qu'il est judicieux d'en rester là, jugea le Grand Maître. Approche.

Il ouvrit la main. Oscar écarquilla les yeux, stupéfait.

– C'est... c'est pour moi ?

– Prends-le et serre-le quelques instants dans la main.

– La main droite ? supposa Oscar.

– « Celle que l'on pose sur le cœur et qui ouvre le corps », confirma Winston Brave.

Oscar saisit alors ce qui brillait dans la paume de son hôte : une chaîne et un pendentif. Une chaleur naquit au creux de sa main, remonta le long du bras, traversa sa poitrine et se concentra dans son cœur avant de monter jusqu'à sa tête.

Winston Brave l'observa, troublé – et ne put que se ranger à la conviction de Berenice Withers. Il passa alors la chaîne autour du cou d'Oscar et posa sa main droite sur le M.

– Charles est le Gardien de la Lettre depuis des générations. Seul son esprit peut délivrer le pendentif de l'Ordre et lui conférer ses pouvoirs. Cette Lettre est maintenant tienne puisque tu es le premier à la porter contre ton cœur ; ne t'en sépare jamais.

Oscar contempla le symbole des Médicus.

– Personne ne pourra s'en servir sans ton autorisation, poursuivit le Grand Maître. Si tu en es digne, elle t'accompagnera tout au long de ta vie de Médicus. Elle te guidera, elle sera ton repère et ta force, elle sera ta lumière dans les ténèbres, elle te redonnera courage lorsqu'il n'y aura plus d'espoir, elle sera ton rempart contre le mal et l'ennemi.

Il hésita un instant. Ce qu'il s'apprêtait à faire l'engageait personnellement et s'opposait à la décision qu'il avait prise treize ans plus tôt. Il croisa le regard bleu qui le fixait. Il approcha alors son propre pendentif de celui d'Oscar, qui brilla d'un éclat vert puis reprit sa couleur dorée.

– En les joignant dans ma main, ajouta Brave, je lie ma Lettre à la tienne. Où qu'elles soient, elles sauront toujours se retrouver. De cela aussi tu devras te souvenir.

Il recula.

– Maintenant, tu vas rejoindre Mrs Withers ; j'ai du travail, et toi aussi.

Oscar s'éloigna sans quitter son pendentif des yeux.

– Une dernière chose, dit le Grand Maître. Pour les raisons que je t'ai expliquées, nous sommes tous en danger – et toi plus qu'un autre, peut-être.

– Pourquoi ?

– Parce que tu n'es pas encore prêt à te défendre. En attendant, tu dois être prudent. Prudent et discret, aussi : je ne *veux pas* que quiconque soit au courant de ta présence ici. Tu m'as bien compris ?

La voix du Grand Maître s'était durcie. Oscar acquiesça.

– Tu passeras dorénavant les week-ends à Babylon Heights, mais en semaine, tu ne sortiras pas de Cumides Circle sans m'en informer ou informer Bones. Et quoi qu'il advienne, tu dois être de retour *avant* l'heure du dîner. Au-delà, la porte de Cumides Circle te sera fermée. *Pour toujours.*

Oscar sut qu'il n'aurait pas le choix : il suivrait les consignes à la lettre.

15

Bones attendait Oscar dans le hall.

– Mrs Withers ne va pas tarder à vous rejoindre dans la bibliothèque.

Ils entrèrent dans une grande salle dont les fenêtres donnaient sur le parvis de Cumides Circle.

– Vous pouvez vous asseoir sur cette chaise, mais ne touchez à rien.

La porte à peine refermée, Oscar fit quelques pas dans la pièce, intrigué. D'un côté, d'innombrables livres s'alignaient sur des étagères, et, de l'autre, en face des fenêtres, des portraits sinistres recouvraient le mur jusqu'au plafond.

Il contourna l'immense table ovale entourée de six fauteuils tendus de velours vert. Sur chaque dossier, la Lettre des Médicus était brodée en fil d'or. Le dernier fauteuil, en bout de table, était plus haut et surmonté du M serti d'une pierre émeraude. Au moment où il allait atteindre les étagères, un claquement le fit sursauter. Le même bruit se répéta : un livre s'était soulevé pour retomber aussi sec à sa place. Un troisième ouvrage se manifesta plus discrètement en s'ouvrant puis se refermant.

Oscar s'approcha du premier, un gros volume avec une couverture en carton cornée et tachée. Il le posa sur la table et, avant même qu'il ne l'ouvre, la couverture se souleva et dévoila une première page blanche. Un point apparut et les lettres commencèrent à se former, tracées par une main invisible. Oscar déchiffra l'écriture brouillonne au milieu des coulures d'encre :

– *T'es qui, toi ?*

Oscar resta bouche bée.

– C'est... c'est à moi que vous parlez ?

Les mots s'alignèrent à nouveau sur la page vierge.

– *Non, à la reine d'Angleterre... Moi, je suis l'auteur, Billy Boyd. Et toi, t'es qui ?*

– Je... je ne vous connais pas, excusez-moi, bafouilla Oscar, stupéfait.

Les deux autres livres, rangés sur des étagères plus hautes, se manifestèrent à nouveau. Oscar s'approcha d'un fauteuil, méfiant.

– Pardon, je me sens un peu bête de parler à un fauteuil, mais... si vous m'entendez, est-ce que je peux monter sur vous ?

Le fauteuil fit un petit saut en arrière, et tendit un pied vers celui d'Oscar.

– Vous voulez que j'enlève mes chaussures, c'est ça ?

Le fauteuil inclina son dossier. Oscar se retrouva en chaussettes. Le livre de Boyd s'agita et la page fut à nouveau noircie.

– *Bonjour les odeurs ! Remets ça tout de suite !*

– N'importe quoi, murmura Oscar.

Boyd ricana en majuscules. Le fauteuil glissa vers la bibliothèque, écarta légèrement les accoudoirs et Oscar monta avec prudence sur l'assise. Il prit appui sur le haut du dossier et tendit enfin le bras vers le plus insistant des deux livres. Il s'agissait d'un ouvrage assez robuste, épais, dont la couverture était plastifiée et en bon état. Il le posa sur la table, à côté de celui de Boyd, qui réagit immédiatement.

– *Ah non, hein, pas elle !* s'exclama-t-il d'un seul trait. *Mâdâme se croit tellement plus intelligente que tout le monde !*

Oscar s'empressa d'ouvrir le nouveau livre, ravi de contrarier Boyd. Les premiers mots défilèrent, simples et sans rature.

– *Boyd ! On a été assez charitable – ou assez bête – pour ouvrir ton livre et te laisser écrire...*

Le livre pivota ensuite vers Oscar.

– *Vous qui avez eu le bon goût de me retirer de cette étagère poussiéreuse, qui êtes-vous ?*

Oscar aurait voulu répondre, mais le troisième livre, bien plus volumineux que les deux autres, ne cessait de cogner contre le mur ; il allait ameuter toute la maison, à commencer par Bones. Oscar grimpa en vitesse sur le fauteuil resté devant la bibliothèque et tira le livre à lui. La couverture en cuir était lustrée par endroits et sentait un peu le moisi, mais elle était très belle. Alors qu'Oscar redescendait, un quatrième livre frémit légèrement : il s'agissait d'une simple pochette beige fermée par un ruban. Les pages s'écartèrent puis se resserrèrent sans bruit, exhalant un petit nuage de poussière. Oscar remonta une dernière fois pour s'en saisir, puis il aligna les quatre livres sur la table.

La page de garde de l'ouvrage recouvert de cuir était légèrement jaunie, mais les mots furent calligraphiés avec finesse et élégance, accompagnés d'un étrange grattement.

– *Bonjour, jeune homme.*

– *Ça y est, maintenant le fossile est de la partie*, se plaignit Boyd. *La plume d'oie sur le papier, ça me file la chair de poule !*

– *Eh bien, tant mieux*, répliqua le livre en cuir en redoublant de bruit, *ça vous apprendra à vous adresser avec respect à vos aînés !*

– *Dites donc, mon garçon,* reprit la dame du livre à la couverture plastifiée, *il me semble vous avoir posé une question, il y a quelques instants...*

– Je m'appelle Oscar Pill.

– *Tiens, ce nom me dit quelque chose, mais quoi ?* se demanda-t-elle.

Un trait apparut sur la pochette, en bout de ligne. Les mots semblaient tracés à l'aide d'un cheveu, timidement regroupés dans un coin de page.

– *Est-ce que... est-ce que vous seriez le fils de Vitali Pill ? Le* fameux *Vitali Pill ?*

Il y eut un grand blanc sur toutes les pages, puis Boyd partit d'un immense éclat de rire sur la sienne.

– *HA, HA, HA ! Le fils de Vitali Pill ! Et moi, je suis la sœur de Madonna !*

– *Tais-toi, Boyd*, s'emporta la dame très sûre d'elle. *Enchantée, mon garçon, je suis Estelle Fleetwood, j'ai écrit un livre éblouissant intitulé* Traité extraordinaire, tout à fait fascinant et infiniment complet des pouvoirs des Médicus. *C'est pour cela que dans ma grande bonté j'ai décidé de faire migrer mon esprit dans l'exemplaire original de Winston Brave : un Grand Maître le méritait bien.*

Entre les remarques désagréables de Boyd et la prétention d'Estelle Fleetwood, Oscar n'avait qu'une envie : remettre les livres à leur place. Mais la réaction de la timide pochette avait capté son attention.

– Oui, c'est mon père. Vous l'avez connu ?

– *J'ai surtout lu beaucoup de choses sur lui... Je m'appelle Julia Jacob. Mais moi, je ne suis pas grand-chose, vous savez, j'étais juste la secrétaire de Mr Brave avant de mourir. Alors que votre père, c'était un héros ! Qui d'autre a jamais osé affronter le Grand Pathologus ?*

– *Quoi ? Qu'est-ce que vous dites ?* rédigea avec grâce le vieux monsieur du livre en cuir. *Soyez plus aimable que ce grossier Boyd et approchez, je suis un peu dur d'oreille. Vous êtes le fils de... ?*

– ... de Celia et Vitali Pill.

– *Vous avez entendu, vous autres !* s'étrangla sur papier l'auteur. *Jeune homme, c'est un grand honneur, j'ai bien connu votre père...*

– *Son arrière-grand-père, oui !* marmonna Boyd entre deux lignes effacées.

– *Mon nom est Alphonse de Saint-Larynx, duc de Bréviaire, marquis de Carabin,* reprit le vieux monsieur. *J'ai commis quelques modestes ouvrages d'histoire des Médicus dont celui-ci, auquel Winston Brave me fait l'honneur de tenir infiniment. Auriez-vous l'obligeance de vous pencher sur cette feuille ? Je vous verrai bien mieux.*

Alphonse de Saint-Larynx venait de faire apparaître un cadre rempli d'une encre argentée. Le visage d'Oscar y miroita.

– *Fichtre,* s'exclama le marquis en pleins et déliés, *la ressemblance est stupéfiante ! Je serai ravi de m'entretenir avec vous, quand vous le souhaiterez.*

– *Ah, mais moi aussi,* intervint Estelle Fleetwood en grandes et larges lettres, *d'autant que si vous êtes un jeune Médicus, je ne vois absolument pas comment vous pourriez vous passer de mes connaissances !*

– *Et... et si je peux vous aider, même avec mes petits*

moyens, osa Julia avec une encre toute claire, *ce sera un grand honneur pour moi.*

Oscar ébouriffa sa tignasse.

– Merci, Julia, merci à vous, dit-il, mais je crois que Mrs Withers va s'occuper de moi.

– *Withers !* s'écria Boyd au milieu d'une grosse coulure d'encre. *Cette vieille pie ! Mon pauvre gars, tu es mal barré ! Pour t'en sortir, t'as plutôt intérêt à lire mon livre : je révèle tout sur les pouvoirs et les secrets des Pathologus... Enfin, si je le veux bien.*

– Je suis sûr que si elle était là, répliqua Oscar, vous ne feriez pas le malin comme ça.

– *Tiens, cette arrogance me dit quelque chose... Tu es aussi fier que ton père, sale môme !*

Fou de rage, Oscar se précipita sur le livre. Le fauteuil sur lequel il avait grimpé s'interposa et Oscar s'écrasa contre le dossier.

– Je vais te déchirer en mille morceaux et ensuite je te brûlerai ! cria-t-il.

La porte s'ouvrit.

– Qu'est-ce qui se passe, ici ?

16

La voix de Mrs Withers avait résonné avec force et il n'y avait pas l'ombre d'un sourire sur son visage, pour une fois.

– Qui t'a autorisé à sortir ces livres ? demanda-t-elle sèchement.

Oscar ne sut par quel bout entamer son explication. Mrs Withers jeta un rapide coup d'œil sur les pages.

– Tu sembles déjà très populaire parmi ces auteurs. Ta curiosité t'a bien guidé : ces livres traitent des sujets essentiels qu'un Médicus doit maîtriser... Sauf peut-être cette pochette, là ; ce sont de vieilles coupures de presse sans intérêt.

Julia Jaçob, accablée, rédigea quelques mots d'une plume tremblante :

– *Refermez ma pochette, je vous en prie.*

– Merci pour ce que vous m'avez dit, lui murmura Oscar. Je reviendrai vous voir, c'est promis.

Il aperçut un sourire dessiné d'un trait rapide, puis plus rien. Mrs Withers s'approcha de la table.

– Ces sièges sont ceux des membres du Conseil suprême des Médicus. Ils sont tous vivants, en quelque sorte – peut-être t'en es-tu rendu compte ?

– Vaguement, répondit Oscar, qui chaussa discrètement ses baskets sous la table.

– Voici Titus, mon fidèle fauteuil.

Titus inclina le haut du dossier. Oscar lui répondit par un sourire de connivence.

– De l'autre côté de la table, voici Sissi, le fauteuil de la comtesse Anna-Maria Lumpini. Et à droite Machiavel, dans lequel prend place Fletcher Worm.

Sissi froufrouta de tous ses rubans pour le saluer.

– Voici enfin Gavroche, le fauteuil d'Alistair McCooley, et à son côté, Ginger Rogers, celui de Maureen Joubert. Et au bout, il s'agit de Carolus Magnus, le fauteuil du Grand Maître. Personne d'autre ne peut s'asseoir sur Carolus Magnus, Oscar. *Personne.*

La pierre verte enchâssée au sommet du dossier scintilla, et Oscar sentit une chaleur traverser son propre pendentif.

– Et si nous entrions dans le vif du sujet, maintenant que les présentations sont faites ? suggéra Mrs Withers.

– Dans un corps ? demanda Oscar, sans oser y croire.

– Patience, Oscar, patience ! Avant de partir pour ce fabuleux voyage, tu dois savoir deux choses. D'abord, on n'entre pas dans un être pour s'amuser : un Médicus n'y voyage que lorsqu'il doit y exercer ses pouvoirs, soigner... ou se battre. Ensuite, on ne le fait jamais sans prévenir un membre du Conseil, même si le Grand Maître est toujours capable de localiser un Médicus dans un corps, grâce au Détecteur de Lettre. Tu m'as bien comprise ? demanda Mrs Withers en le fixant de ses yeux verts. Tu dois respecter ces règles élémentaires : elles t'assureront la sécurité et te sauveront si tu te trouves en danger. Et cela se produira, dit-elle avec une ombre dans la voix, crois-moi. Ceux qui n'ont pas voulu y croire ne sont pas revenus.

– Je m'en souviendrai, promit-il.

– Maintenant, il est temps que tu saches *où* tu te rendras.

Elle ouvrit l'encyclopédie des Médicus et s'adressa au marquis Alphonse avec déférence :

– Cher ami, permettez que je vous sollicite déjà pour l'éducation de ce jeune homme.

– *Mais avec joie, Berenice, avec joie. Que puis-je pour vous ? Mes humbles connaissances sont à votre service.*

– J'aimerais révéler à Oscar les cinq Univers intérieurs, et une image vaut mieux que tous les discours.

En guise de réponse, *L'Épopée fabuleuse des Médicus du Moyen Âge à nos jours* se referma puis se rouvrit à la volée, comme si un courant d'air avait balayé ses pages. Le mouvement s'arrêta sur une feuille plus épaisse que les autres qui se déplia jusqu'à couvrir la moitié de la table.

Oscar observa la gravure d'une simplicité désarmante : une grande sphère vert sombre, un M en son centre et cinq inscriptions tout autour.

Alors, lumière et couleurs apparurent, et la sphère prit du relief et se mit à scintiller. En premier plan, le M des Médicus était bien plus beau et plus travaillé que le sien, celui de Mrs Withers ou même celui du Grand Maître. Il semblait plus réel qu'un véritable pendentif et brillait d'un éclat incomparable. Mrs Withers effleura le parchemin et la sphère se mit à tourner sur elle-même.

– Oscar, cette merveilleuse carte va te faire découvrir les cinq Univers intérieurs et certaines passerelles qui permettent aux Médicus – et aux Pathologus, hélas – de passer d'un Univers à l'autre.

Elle plaça son pendentif juste au-dessus du M, au centre de la sphère. Un faisceau lumineux naquit entre les deux Lettres, et Mrs Withers fit glisser le symbole vers un des noms inscrits autour de la sphère. Celle-ci cessa de tourner et s'anima : des paysages, des peuples et des mouvements lui donnèrent vie sous le regard fasciné d'Oscar.

– Voici le premier Univers, celui d'Hépatolia, essentiellement souterrain et centré par la montagne qui lui donne son nom. C'est un endroit rude et pesant, mais une indispensable source de vie pour les autres Univers, car c'est là que la nourriture est transformée en énergie.

Elle fit ensuite glisser le M jusqu'au deuxième nom. Sur la sphère, Hépatolia disparut comme un mirage pour laisser la place à de grandes étendues de terre et des mers agitées.

– Voici l'Univers des deux royaumes. Le premier, c'est celui des Souffles et ses plaines immenses balayées par les vents contraires. On s'y aventure rarement : certains affirment que les vents rendent fou. Mais il faut les traverser pour accéder au second royaume, celui de Pompée.

– Pompée ? répéta Oscar, intrigué.

– Un monde sous-marin qui se cache ici, répondit Mrs Withers en posant l'index sur le torse d'Oscar : c'est ton cœur. Et c'est au-delà de Pompée et de la mer Pourpre que se trouve la passerelle vers Embrye, le troisième Univers.

Elle usa encore de sa Lettre : les grandes plaines et les océans du deuxième Univers se désagrégèrent et le troisième Univers se matérialisa. Cette fois, la sphère en contenait une autre, plus petite, entourée des mêmes cinq noms, qui flottait dans une enveloppe opaque.

– Les cinq Univers dans *un seul* ? s'étonna Oscar.

– Embrye est le monde mystérieux de la naissance et de la procréation... C'est pour ça que la carte représente le corps d'un enfant avec ses cinq Univers *dans* l'Univers d'Embrye de sa mère.

– Mais alors, Embrye n'existe pas chez les hommes ?

– Eh bien, disons qu'il en existe un autre un peu plus complexe, comment dire... il est un peu tôt pour entrer dans les détails, Oscar.

Mrs Withers se dépêcha de faire apparaître le quatrième Univers plutôt qu'avoir à entrer dans les fameux « détails ».

– Voici Génétys, dit-elle avec un intérêt plus marqué. Un monde futuriste ultra-perfectionné, aux connexions multiples, qui rayonne vers les quatre autres Univers. C'est celui qui me captive le plus, et j'en ai fait ma spécialité. Au sein du Conseil suprême des Médicus, j'en suis responsable.

– Vous, s'exclama Oscar, experte en technologie ?

Il se reprit aussitôt devant la mine un peu pincée de Mrs Withers.

– Pardon... Il y a un expert pour chaque Univers, parmi les membres du Conseil ?

– Absolument. Maureen Joubert connaît Hépatolia comme sa poche, l'intrépide Alistair McCooley a traversé plusieurs fois les Plaines des Vents Contraires et plongé jusqu'à Pompée, et enfin Embrye n'a pas de secret pour Anna-Maria Lumpini.

Oscar se tourna vers Machiavel, le fauteuil de Worm.

– Et *lui* ?

Mrs Withers déplaça la Lettre de la carte jusqu'au cinquième et dernier nom. La sphère plongea dans la nuit, mais il n'y eut pas de métamorphose : aucun paysage ni la moindre trace de vie. De temps à autre, un éclat traversait la gravure telle une étoile filante.

– Fletcher Worm est certainement celui qu'il faut suivre pour s'aventurer dans le cinquième Univers, Oscar : Cérébra. Celui du cerveau.

– Mrs Withers, pourquoi la sphère est restée noire ?

– Parce que Cérébra est un Univers secret et mal connu, où beaucoup de Médicus ne se sont rendus qu'une fois. À l'époque où cette carte a été tracée, on en savait trop peu de choses pour les dessiner. C'est à peine mieux aujourd'hui...

– J'aimerais y aller, murmura Oscar en passant ses doigts sur la sphère sombre, attiré par l'inconnu.

Un picotement l'obligea à retirer sa main.

– Il va falloir freiner tes ardeurs : il y a un ordre à respecter, et on ne peut passer dans un Univers qu'en ayant déjà voyagé dans le précédent.

– Grâce à une passerelle, c'est ça ?

– Tu devras être en possession du Trophée de l'Univers précédent, que tu rapporteras et conserveras sur toi.

– Cinq Univers, cinq Trophées... cinq sacoches sur la ceinture ? supposa Oscar.

– Le plus dur reste à faire : remplir ces sacoches, justement. C'est la condition incontournable pour être en pleine possession de tes pouvoirs.

Oscar allait se lancer dans une nouvelle avalanche de questions.

– Assez ! ordonna Mrs Withers. Je ne peux pas tout t'enseigner le premier jour.

Oscar se résignait déjà lorsqu'il sentit une brûlure contre son torse. La chaîne quitta son cou, et son pendentif se plaça au-dessus de la gravure, sur la Lettre qui glissa vers le cinquième nom. Machinalement, Oscar saisit son pendentif ; une lumière aveuglante en jaillit. La voix de Mrs Withers lui sembla lointaine, et bientôt ce fut le silence le plus parfait.

Plus rien n'exista autour de lui : il n'y avait plus que la sphère, et les images qui se formèrent à sa surface. Des visages apparurent de manière fugace dans un désert gris à perte de vue. Des murs puis des tours menaçantes s'élevèrent avant de s'effacer, des stries lumineuses rayèrent la carte. Puis des voix venues des terres arides lui parvinrent, incompréhensibles.

Une forte douleur dans le dos l'obligea à ouvrir les yeux.

– Oscar ? Est-ce que tu m'entends ?

– Qu'est-ce... qu'est-ce qui s'est passé ? bafouilla-t-il, allongé sur le sol.

– Je crois que le cinquième Univers t'attire plus encore que tu ne le crois... Heureusement qu'Alphonse a refermé la carte. Tu es retombé sur le dos. Qu'est-ce que tu as ressenti ?

– Je ne sais pas vraiment, en fait. J'ai vu des images

étranges, un désert, des tours, une grande étoile, j'ai même entendu des voix mais je n'ai rien compris...

Oscar se releva péniblement.

– Je croyais que je ne pouvais pas faire apparaître un Univers avec mon pendentif...

– C'est sans doute parce qu'il est lié à celui du Grand Maître, répondit Mrs Withers en refermant délicatement le traité d'histoire. Bon, restons-en là. Nous reprendrons demain, après une bonne nuit de repos.

Bien qu'impatient de poursuivre son initiation, Oscar était trop éprouvé pour s'opposer à Mrs Withers. Il quitta la bibliothèque.

– *Ma chère, vous l'avez remarqué comme moi : le cinquième Univers s'est presque imposé à ce garçon.*

– Je sais, Alphonse.

– *Cela ne vous inquiète pas ?*

Mrs Withers réfléchit un court instant.

– Non, ça ne m'inquiète pas. Pour tout vous dire, je ne pouvais pas espérer mieux.

17

Oscar passa une nuit mouvementée, peuplée des révélations de Mrs Withers et celles de la Sphère des Univers.

Il se leva avec une heure d'avance, s'habilla et descendit sans bruit. Dans la cuisine, Cherie s'affairait devant ses fourneaux.

– Monsieur Oscar ! Déjà ? Même Mr Brave n'est pas encore descendu ! Bon, bien sûr, il est levé depuis plusieurs heures et j'ai déjà monté son café dans son bureau – Bones veut toujours s'en charger mais pas touche, hein, la cuisine c'est mon territoire, on ne s'en mêle pas et c'est moi qui m'occupe du petit déjeuner de Mr Brave. Ah non, mais ce Bones, quand il veut faire du zèle, figurez-vous...

Oscar ne s'était pas préparé aux interminables discours de Cherie. Elle interrompit le flot elle-même, inquiète.

– Quelque chose ne va pas ? Je sais : vous avez faim !

Elle courut à ses placards et sortit un plat recouvert

qu'elle posa sur la table. Sous la cloche, Oscar découvrit avec stupeur une énorme barre violette, un peu affaissée au centre et brûlée sur les côtés.

– À la betterave, précisa Cherie avec une certaine fierté. On... on n'a pas eu d'enfant, Jerry et moi, et comme c'est la première fois qu'il y en a un ici, on a envie de le gâter ! Enfin, la première fois... C'est ce que Bones affirme, mais dans le voisinage on dit autre chose.

La curiosité d'Oscar fut piquée.

– Mr Brave est marié ?

– Non, répondit Cherie en coupant une tranche épaisse comme un cartable. Peu importe : nous, on va prendre soin de vous. Des gâteaux, il y en aura d'autres !

– Super, souffla Oscar, mortifié.

Il entendit du bruit dans le hall et pria pour que Rolls ou Royce ait la même (stupide) idée que lui au même moment : venir en cuisine. Au lieu de cela, Mrs Withers entra.

– Mon cher Oscar, je vois que tu es aussi matinal que moi. Tant mieux : nous avons du pain sur la planche. Aujourd'hui est un grand jour...

Oscar en oublia son assiette et sourit, les yeux brillants.

– Je m'en veux un peu, dit-elle, mais je vais devoir t'arracher à ton petit déjeuner.

Elle se concentra sur le cake.

– Cherie, c'est ravissant cette brique sur la table, ça met de la couleur. Vous faites de la poterie ?

Cherie changea elle aussi de couleur.

– Euh... C'est un cake, précisa Oscar. Vous en voulez ? dit-il en poussant l'assiette vers Mrs Withers.

Elle retrouva son sourire poli.

– Quelle charmante attention, Cherie. Et originale, surtout. Non, merci, Oscar. Mais je te laisse finir ta dégustation et on se retrouve dans la bibliothèque ?

– Surtout pas, on va être en retard. Vous m'en gardez, Cherie ? dit-il en s'emparant d'un croissant et d'un biscuit.

– Promis !

– Mettons-nous d'accord, menaça Mrs Withers alors qu'ils s'étaient réfugiés dans le séjour : si tu me mets une nouvelle fois en danger avec un gâteau confectionné par cette malheureuse, je ne te sauverai plus jamais de ses griffes !

Oscar se mit à rire, présenta ses excuses et jura fidélité à la dame.

– Et bravo pour l'habile façon de t'en sortir, reconnut-elle. Bien, si tu es prêt...

– Je suis archiprêt, répondit-il, le cœur battant.

Ils se dirigèrent droit sur la cheminée. Mrs Withers s'enveloppa dans sa cape, sortit le gant ignifugé de la commode et plongea son pendentif dans les flammes. Lorsqu'elle retira la main, le salon Jaune était apparu. Ils entrèrent dans la pièce circulaire et le mur glissa sur son rail pour les y enfermer.

Au centre, dans sa cage, Victor se balança nerveusement en reconnaissant Mrs Withers.

– Oscar, voici Victor, le canari du Bengale de Winston Brave.

Elle éternua dans un petit mouchoir brodé et l'oiseau piailla de plus belle.

– Je suis allergique à Victor et il me le rend bien, marmonna-t-elle. Victor, je vous présente Oscar Pill qui va pratiquer avec moi sa première Intrusion Corporelle. Je vous remercie de lui accorder votre meilleur accueil.

Oscar passa du canari aux lunettes rouges, incrédule.

– On va entrer... là-dedans ? Dans un *canari* ?

Mrs Withers lui fit de gros yeux.

– Tu veux dire « dans ce *cher* Victor », n'est-ce pas ?

– Oui, c'est ça, dans... dans ce cher Victor.

– Absolument. Les oiseaux ont eux aussi cinq Univers – certains sont moins développés que d'autres, évidemment.

Elle souffla à l'oreille d'Oscar :

– Quand on se rend dans le Cérébra de cette chose à plumes, on comprend beaucoup mieux l'expression « avoir une cervelle d'oiseau ». Mais c'est un excellent terrain pour une première Intrusion.

Elle se redressa.

– Voici maintenant les principes fondamentaux d'une Intrusion réussie, Oscar. Tu m'écoutes ?

Oscar écoutait, et mieux qu'il ne l'avait jamais fait de toute sa vie. Mrs Withers se lança.

– Avant toute chose, on ne peut pas entrer dans un corps ni en sortir sans son pendentif.

Oscar sentit le métal tiède contre sa peau et acquiesça.

– Deuxième principe : la cape. Elle n'est pas obligatoire, mais elle peut devenir une arme précieuse. Maintenant, concentrons-nous sur la façon d'entrer dans le corps. Les maîtres mots sont : *détermination* et *concentration.*

– Il suffit de penser à un Univers pour s'y retrouver ?

– À une règle près : pour pénétrer dans un nouvel Univers, il faut être passé par le précédent et en avoir rapporté le Trophée.

– Mais si on y est déjà allé une fois, on peut s'y rendre directement, se souvint Oscar.

– Bien, dit Mrs Withers. Ne traînons plus : en route pour le premier Univers. Sors ta Lettre, et fais exactement ce que je te dis de faire.

Oscar imita les gestes de Mrs Withers au millimètre : il tendit sa Lettre droit devant lui et fixa le canari qui voletait frénétiquement dans la cage.

– Maintenant, tu te concentres sur l'Univers où tu souhaites voyager et tu fixes ton regard sur l'organe le plus représentatif de cet Univers. Pour Hépatolia, c'est la bouche, bien sûr, puisque c'est l'entrée du tube digestif. Tu m'as bien comprise ?

– Je me concentre sur Hépatolia et je fixe la bouche... enfin, le bec de Victor.

La peur, qui l'avait quitté pendant les explications de Mrs Withers, venait de ressurgir avec force. Il se souvint alors du Mur des Angoisses matérialisé entre lui et son guide dans le tunnel qui le conduisait à Cumides Circle : un Médicus ne peut avancer et agir que s'il en a *vraiment* l'envie et le courage.

– Et maintenant ?

– Et maintenant, répondit Mrs Withers, tu cours vers ce bec et tu ne t'arrêtes pas !

Sur ce, elle prit son élan comme une sprinteuse, sous le regard éberlué d'Oscar, et se jeta contre la cage. Un éclair lumineux irradia la pièce et, lorsque Oscar ouvrit les yeux, il était seul avec un Victor chancelant sur son perchoir. Il s'approcha des barreaux.

– Madame Withers ? Vous êtes... là ? Vous *y* êtes ?

Oscar regarda autour de lui : personne. Mrs Withers était bien *entrée dans le canari* ! Il tendit son pendentif droit devant lui, et fixa avec difficulté le bec de Victor qui s'agitait comme un dément. Il inspira profondément, fonça sur la cage... et finit le nez contre le tapis ; la cage avait roulé contre le mur et Victor piaillait de plus belle, affolé.

Oscar se releva, rouge de honte, et remit la cage sur son socle. *Détermination et concentration*, se répéta le jeune Médicus. *C'est quand même pas compliqué !* Il se mit à nouveau en position. Il compta à rebours dans sa tête et à « zéro », il se jeta contre les barreaux.

18

Il eut l'impression qu'un souffle de vent l'avait soulevé et déposé sur une surface toute molle.

Il ouvrit les yeux : il se trouvait entre deux murs dont il ne voyait pas les limites. Un ciel laiteux couvrait ce décor sinistre. Sous ses pieds s'étendait un tapis de poussière, de bois décomposé, de pointes de métal et d'un tas d'éléments indéfinissables. La lumière venait en transparence du mur derrière lui. Au-delà, il devina un fond pâle et de grands traits sombres.

Le cœur battant, il longea le mur avec précaution. Très vite, un poteau blanc et lisse, planté de biais en travers des murs, lui barra la route. Il se faufila en dessous ; de longs poils jaunes et doux lui caressèrent les cheveux. Une brèche apparut dans un mur : il hésita puis s'y glissa pour tomber sur un troisième mur parallèle.

– Madame Withers ? Vous êtes là ? MADAME WITHERS !

Seul l'écho lui répondit. Où pouvait-il bien être ? Ça ne ressemblait pas du tout à la description d'Hépatolia que lui en avait fait Mrs Withers, et encore moins au dessin sur la Sphère des Univers. La solution lui apparut très vite : ébloui lors de l'Intrusion, il avait fermé les yeux au lieu de fixer le bec de Victor, et probablement atterri ailleurs dans le corps. Comment sortir d'ici ?

– Qui va là ?

Oscar s'immobilisa.

– Qui va là ? répéta la voix avec nervosité.

– Je m'appelle Oscar Pill, répondit-il en fouillant l'espace du regard.

Une étrange créature en uniforme militaire traversa le mur et se matérialisa devant Oscar.

– Et vous, vous êtes qui ? demanda Oscar.

– Langer Hans 242°, je surveille la troisième Muraille d'Épiderma et j'attaque tout intrus... L'intrus, c'est toi, dit-il en braquant sur Oscar deux tentacules surgis de son corps mou et translucide.

Oscar arbora son pendentif.

– Attendez, je ne suis pas un intrus, je suis un Médicus !

Le corps de Langer Hans ne cessait de se déformer et les tentacules se démultiplièrent autour d'Oscar.

– Tu es identifié comme corps étranger, répondit-il mécaniquement en serrant plus fort, je dois t'éliminer.

– Et moi, je confirme ce que vous dit ce jeune homme, alors vous allez le relâcher.

Langer Hans desserra immédiatement son emprise. Mrs Withers, drapée dans sa cape de Médicus, brandissait son pendentif dans la main droite, et un petit flacon dans la gauche. Le gardien retrouva sa forme initiale.

– Ah, c'est vous... Mais alors, s'il est vraiment un Médicus, qu'est-ce qu'il fait ici ?

– Petite erreur d'aiguillage.

Elle se tourna vers Oscar.

– Prêt ?

Elle l'enveloppa dans un pli de sa cape. Un instant plus tard, ils étaient au milieu du salon Jaune.

– Pour une première fois, ce n'était pas mal du tout. Beaucoup ne dépassent pas les barreaux de la cage et Victor fait de jolis vols planés.

Oscar détourna le regard, en plein désarroi.

– Tu as découvert les Grandes Murailles d'Épiderma qui forment la peau, ainsi que ses gardiens, l'encouragea-t-elle. C'est une bonne expérience. Et puis tout ne sera pas un jeu d'enfant, autant que tu le saches tout de suite. Alors arrête de te morfondre et allons de l'avant. Sauf si tu préfères qu'on en reste là pour aujourd'hui.

Oscar releva la tête avec défi.

– On continue.

– Alors changeons de terrain de jeu. Qui sait, peut-être l'Intrusion te sera-t-elle plus facile.

Elle fit glisser le pan de mur et frappa dans les mains. Une cavalcade des plus gracieuses annonça l'arrivée des deux bassets et Mrs Withers enferma à nouveau tout ce petit monde dans le salon Jaune.

– Rolls et Royce vont se dévouer pour la bonne cause. Lequel des deux préfères-tu pour tenter une nouvelle Intrusion ?

Oscar était bien incapable de les distinguer : même air ballot et endormi. Mrs Withers trancha.

– Choisissons Royce – c'est celui dont l'œil gauche est plus fermé que le droit ; c'est l'inverse chez Rolls. Maintenant que tu sais ce qu'il faut faire, nous pouvons « partir » en même temps. Royce ?

Le chien les dévisagea vaguement, la larme à l'œil (celui qui était plus tombant que l'autre).

– Il est d'accord, décréta Mrs Withers.

Ils brandirent droit devant eux le M majuscule cerclé d'or.

– Et n'oublie pas : *détermination* et *concentration.*

Royce semblait beaucoup moins inquiet que Victor à l'idée d'être pénétré par deux Médicus. Il s'affaissa lourdement sur le sol, la gueule sur les pattes avant, et ils n'éprouvèrent aucune difficulté à fixer ses babines. Ils s'élancèrent et disparurent dans un éclair décuplé, tandis que Royce s'endormait déjà.

19

La pièce était tapissée d'écrans et remplie de matériel électronique. Un mur, au fond, avait été remplacé par une grande baie vitrée.

– Mon cher Oscar, bienvenue dans l'Univers d'Hépatolia, et bravo : Intrusion parfaitement réussie.

– Merci... On est où ?

– Des dizaines de mètres sous terre, dans la salle de commandes de l'unité de transfert des aliments.

Oscar rejoignit Mrs Withers près de la baie vitrée. Ils surplombaient une gigantesque grotte où grouillaient des milliers d'ouvriers qui s'affairaient en tous sens pour remplir des wagons d'une substance brune, gluante – et assez répugnante. Plus loin, d'autres la déchargeaient sur des tapis roulants qui déversaient ensuite cette bouillie à travers trois ouvertures ménagées au fond de l'usine. Oscar fit une grimace.

– Ce sont des croquettes, de l'eau... et tout ce que Royce trouve à avaler en dehors des repas, dit

Mrs Withers. Chez l'humain, l'unité de broyage des aliments n'est pas plus ragoûtante, tu sais...

Elle plissa les yeux et ajusta ses lunettes avec un sourire.

– C'est curieux, il me semble reconnaître les couleurs intéressantes des préparations de Cherie...

Oscar entendit un bruit d'eau tumultueux.

– Qu'est-ce que c'est ?

– Sans doute une rivière souterraine. Le sous-sol d'Hépatolia est truffé de galeries, c'est une vraie fourmilière. Ces rivières sont importantes pour le transport et le déplacement. Viens, dit-elle en ouvrant la porte, je vais te présenter Bianca, elle doit être dans la salle suivante.

Une sirène retentit et une voix résonna.

– *Attention, attention ! Stimulation du nerf vague, tremblement de terre imminent ! Veuillez vous stabiliser, je répète : veuillez vous stabiliser !*

Les murs de la salle se déformèrent et des anses apparurent tous les mètres, à hauteur de main.

– Qu'est-ce qui est imminent ? cria Oscar pour couvrir la sirène assourdissante.

– Accroche-toi aux poignées !

Une onde de choc projeta Oscar au loin. Il rebondit sur les parois molles et retomba sur le sol. Mrs Withers le rejoignit en courant.

– Ça va reprendre dans quelques instants !

Cette fois, Oscar s'agrippa fermement aux anses ; la secousse fut encore plus forte. Une troisième suivit qui déstabilisa même Mrs Withers. La sirène diminua alors en intensité puis disparut. Une voix plus calme s'échappa des haut-parleurs :

– *Menace éloignée. Vous pouvez reprendre le travail.*

Oscar massa son épaule endolorie.

– Qu'est-ce qui s'est passé ?

– Rien de bien méchant, répondit la dame : ce brave Royce a eu le hoquet, tout simplement.

Oscar se rapprocha de la baie vitrée. Le toit de cette étrange usine était totalement transparent. Au-delà, il put admirer le ciel profondément noir parcouru par des éclairs, déchirures lumineuses qui inondaient l'Univers d'une lueur pâle. C'était magnifique.

– Ce sont des décharges électriques dans le ciel. On les appelle les Racines Vagues. De temps en temps, un éclair touche le sol qui se contracte et tout l'Univers d'Hépatolia est secoué.

– C'est ça, le hoquet ?

– Tout à fait. Bon, sortons d'ici.

Ils passèrent une porte blindée et débouchèrent sur une seconde plateforme. Elle ressemblait aussi à une salle de commandes high-tech, mais elle était conçue comme un balcon.

– Bienvenue dans l'unité de broyage de Royce, Oscar, commenta Mrs Withers.

Une femme en blouse sourit aux nouveaux venus et se mit à aboyer.

– *Bonjour, madame Withers.*

Mrs Withers répondit par des jappements tellement proches de ceux d'un chien qu'Oscar ne put s'empêcher de rire.

– Vous parlez le langage des chiens ?

– Quand on voyage beaucoup, il faut pouvoir se débrouiller.

Oscar observa l'inconnue. Son visage était étrange, avec un nez sombre et assez pointu, des yeux ronds et des frisottis bruns tout autour du crâne.

– Oscar, je te présente Bianca Niche. *Bianca, voici Oscar, un jeune Médicus.*

Il la salua poliment.

– *C'est sa première Intrusion ?* demanda Bianca.

– *Oui.*

– *Winston Brave m'avait prévenue,* dit la femme-chien. *J'ai cru comprendre que vous alliez accélérer la formation des jeunes Médicus et rafraîchir celle des plus anciens. Vous redoutez le pire, n'est-ce pas ?*

– *Hélas. Mais oublions ces sombres événements pour le moment, je suis ici pour Oscar. J'aimerais qu'il voie d'ici les cuves puis le canal d'évacuation.*

– *Allez-y.*

Oscar suivit Mrs Withers jusqu'au bord de la mezzanine. De là, ils dominaient une seconde grotte où d'immenses cuves broyaient la bouillie en provenance de l'unité précédente. Le bruit des turbines et des lames était assourdissant, et l'odeur encore pire que l'aspect. Oscar se pencha, fasciné. Un craquement le surprit sans lui laisser le temps de reculer : la barrière de sécurité céda et il bascula dans le vide.

Le grondement des moteurs couvrit son cri. Il fit une chute vertigineuse avant d'atterrir dans une cuve. Pris dans le tourbillon, il s'enfonça dans la purée écœurante et ferma la bouche pour ne pas avaler le dernier repas de Royce. Il se souvint alors des terribles lames au fond de la cuve et se débattit pour rester en surface.

Bianca appuya immédiatement sur le bouton d'arrêt d'urgence et les moteurs se turent. Oscar cessa de tournoyer et s'enfonça alors comme dans des sables mouvants. Mrs Withers se défit de sa cape en un tour de main et la jeta dans la cuve, puis se précipita devant un micro. Sa voix résonna dans toute l'unité.

– Grimpe sur la cape, Oscar ! Elle est étanche et elle flotte sur tous les liquides.

Oscar se débattit et atteignit la cape déployée à la surface. Il se hissa péniblement sur le velours vert et reprit son souffle, dégoulinant de substance brunâtre au milieu des effluves d'œuf pourri. Deux hommes entrèrent dans la salle et lancèrent une corde en direction de la cuve.

– Attrape-la et ne te soucie pas de ma cape, ordonna Mrs Withers.

Il agrippa la corde qui balançait au-dessus de lui. Les hommes aboyèrent.

– Enroule-la autour de ta taille !

Le corps d'Oscar fut hissé avec précaution. Mrs Withers brandit son pendentif et sa cape se décolla de la masse gluante, monta et retomba sur ses épaules, sans la moindre trace de l'horrible mixture. La voix dans les haut-parleurs résonna à nouveau.

– *Attention, attention, fermentation en zone d'attaque acide. Bulle de gaz en progression vers la salle des cuves. Degré sur l'échelle de Cocker : 6 sur 7 ! Enclenchez immédiatement la fermeture des sas et mettez vos masques !*

Bianca se précipita vers la rambarde.

– *Mettez-vous à l'abri,* aboya-t-elle à l'intention des hommes. *La poche gazeuse est en progression.*

– *Quelle importance ?* s'emporta Mrs Withers. *Sortez tout de suite ce garçon de là, gaz ou pas !*

– *Mais voyons, nous ne...*

Les derniers mots de Bianca se perdirent dans un fracas terrible. Les soupapes de sécurité de la salle des cuves cédèrent sous la pression et un nuage s'engouffra dans l'espace. Oscar, encore suspendu dans les airs, se trouvait exactement sur sa trajectoire. La corde se déroula et il fut emporté hors de l'unité de broyage.

Il survola le tapis roulant en sens inverse à la vitesse de l'éclair et tournoya sous le regard médusé des milliers d'ouvriers de la première unité couchés sur le sol. Suffoqué par les odeurs et la chaleur, terrifié, Oscar heurta les parois et rebondit comme une boule de flipper. Ses oreilles bourdonnèrent dans le hurlement du gaz, l'écho des aboiements et les cris de Mrs Withers au loin, puis tout devint noir.

Une sensation tiède et râpeuse l'obligea à ouvrir les yeux.

Il vit d'abord une grosse truffe puis des babines blanches tachetées de brun qui s'agitaient autour de son visage.

Lorsque la langue de Royce passa une dixième fois sur son visage pour déposer une épaisse couche de bave, Oscar se releva d'un bond et s'essuya avec son T-shirt. Mrs Withers était sagement assise sur la chaise du petit salon Jaune. Victor les observait de son perchoir, et Rolls ronflait.

– Bien, je crois qu'on en a assez vu et fait pour aujourd'hui.

Oscar se remémora les derniers instants dans l'Hépatolia de Royce.

– Qu'est-ce qui s'est passé ?

– La tornade n'était rien d'autre qu'une poche de gaz sous pression. Elle provenait de la salle suivante, celle de l'AA : l'attaque acide, qui produit du gaz susceptible de remonter et faire le chemin inverse des aliments, comme tu t'en es rendu compte...

Oscar osait à peine comprendre.

– Ça veut dire que Royce a... roté ??!

Mrs Withers se concentra sur les plis de sa robe, embarrassée.

– J'en ai bien peur.

Oscar posa un regard dégoûté sur le chien. Expulsé dans un rot ! Quelle horreur !

Mrs Withers, elle, était plus préoccupée par la rupture de la rambarde. L'incident, rarissime, s'était produit le jour où Oscar pratiquait sa première Intrusion... Elle finit par se convaincre qu'il s'agissait d'un hasard, et que l'évasion du Prince Noir la rendait excessivement méfiante.

– Félicitations, dit-elle. Formidable première Intrusion, même si ta sortie n'était pas tout à fait celle que j'espérais. Tu n'es tout de même pas responsable des embarras digestifs de Royce. Nous travaillerons ensemble un retour plus « classique », la prochaine fois.

– Je suis certain que ça se passera mieux dans un corps humain !

– Tout vient en son temps : notre journée n'est pas terminée. Sortons d'ici, Victor et moi nous sommes assez vus pour aujourd'hui.

20

Bones les attendait dans le hall. Il adressa un signe de connivence à Mrs Withers et celle-ci monta au premier étage, suivie d'Oscar. Ils s'enfermèrent dans la chambre de ce dernier.

– On attend quelqu'un ? s'étonna-t-il.

– On attend *quelque chose* qui ne devrait pas tarder à arriver.

Les branches d'un arbre frôlèrent une des fenêtres. Comme Oscar ne réagissait pas, les branches frappèrent plus vigoureusement contre le verre.

– Je crois qu'on t'appelle, dit Mrs Withers.

Le chêne prenait un ultime élan. Oscar s'empressa d'ouvrir la fenêtre et croisa les mains au-dessus de sa tête.

– Hé, stop, stop, temps mort !

Le chêne déploya son feuillage avec délicatesse, cette fois. Oscar saisit une grosse enveloppe matelassée qui portait son nom :

À l'attention de Monsieur Oscar PILL,
CUMIDES CIRCLE

Elle était fermée par un cachet de cire verte qui portait l'emblème de l'Ordre.

– Qu'est-ce que c'est ?

– Elle t'est adressée, alors ouvre-la. C'est sans doute important, puisqu'on l'a confiée à Zizou.

– Zizou ?

– Ce chêne a envoyé tant de projectiles et cassé tant de vitres à Cumides Circle qu'on a fini par le baptiser ainsi. Quand il frappe, c'est toujours en plein dans le mille !

Elle se pencha pour parler plus discrètement à Oscar.

– Il a aussi donné un mémorable coup de tête à un noisetier qui avait osé prendre sa place dans le jardin.

Elle poursuivit à voix haute :

– Zizou est un formidable gardien et on peut lui confier des objets précieux, comme ce paquet. Il attendait que tu sois de retour dans ta chambre pour te le remettre.

Oscar déchiqueta l'emballage. Il en sortit un livre carré recouvert de velours vert. Au centre, un fil d'or traçait un M majuscule dans un cercle. Il s'apprêtait à l'ouvrir quand Mrs Withers l'arrêta.

– Voici, avec la Lettre, un des attributs fondamentaux de tout membre de l'Ordre : le Grimoire du Médicus, qui n'appartient qu'à toi et qui ne reconnaîtra que toi. Pour cela, tu sais maintenant ce qu'il faut faire.

Oscar posa son pendentif sur le livre et sa main droite sur la Lettre.

– Non, la main gauche : celle du cœur, de l'esprit et de la connaissance. Alors que la main droite représente la force, le courage et les pouvoirs.

Oscar s'exécuta et la Lettre apparut sur le dos de sa main, comme si la lumière irradiait à travers elle.

– Dorénavant, ce Grimoire est celui d'Oscar Pill et de personne d'autre, affirma Mrs Withers.

Il l'ouvrit avec précaution : le livre ne contenait qu'une seule page – blanche, totalement blanche.

– Dans ce Grimoire, tu as tous les livres du monde, le rassura Mrs Withers. Il suffit que tu lui poses une question en lien avec toi, et la réponse apparaîtra. Attention : *deux* questions par jour. Pas plus. Au-delà, le Grimoire se taira et tu n'en tireras rien.

– Je peux essayer ?

– Pourquoi pas ? Mais on ne s'adresse pas n'importe comment à son Grimoire. La formule est la suivante :

Grimoire,
Si tu as de la mémoire,
Réponds sans surseoir
Et ne me laisse pas croire
Ce qui est sans espoir.

Oscar répéta scrupuleusement l'incantation et les contours de la page s'illuminèrent.

– Maintenant, pose ta main gauche sur la page. Le Grimoire n'attend plus que ta question.

Oscar hésita.

– Bien sûr, si elle est très personnelle, tu peux la formuler *en pensée*. Tu seras seul à voir ce qui apparaîtra, Oscar. Et ceux que tu verras dans le livre ne peuvent pas te voir.

Oscar se concentra en silence : *Grimoire, peux-tu me dire ce qui est arrivé à mon père ?*

Il retira sa main : les images, incroyablement réalistes, se formèrent sur l'écran blanc de la page. Il reconnut son père : Vitali Pill courait, sa cape flottant au vent ; il portait sa ceinture des Trophées et Oscar remarqua le rayonnement qui émanait des cinq sacoches.

Une ombre menaçante envahit la page. Vitali fit jaillir la lumière de son pendentif et un homme apparut. Il était aussi grand que son père et vêtu de noir ; au-dessus de son col rouge, ses traits se perdaient dans une brume. L'homme porta la main à son visage : elle se transforma en torche immense. L'image s'effaça et Vitali réapparut, le bras tendu. Deux serpents enroulés se dénouèrent de son bras et se jetèrent sur l'homme en noir, qui s'effondra.

Une nouvelle image se forma : Vitali était debout, sans sa cape et sans sa ceinture, face à six personnes de dos.

Quelques secondes plus tard, il était allongé dans un endroit sombre. Celia, en larmes, était vêtue de noir. Le visage accablé de Mrs Withers, en retrait, et celui de Winston Brave traversèrent la page.

La dernière image fut celle d'un cercueil recouvert de velours vert et marqué de la Lettre d'or, et de Celia, folle de rage et de désespoir, arrachant l'étoffe d'un geste brutal.

Puis la page recouvra sa blancheur initiale.

Oscar avait retenu sa respiration pendant tout ce temps. Il s'assit sur son lit, livide. S'il avait deviné le combat entre Vitali et le Prince Noir, il n'était pas parvenu à reconnaître ni la salle où Vitali affrontait six adversaires, ni l'endroit sale et poussiéreux où il s'était ensuite retrouvé. Mais il avait vu le cercueil et le chagrin de sa mère. En revanche, pas une seule fois le Grimoire n'avait évoqué la mort accidentelle de son père.

Mrs Withers referma le livre.

– Ton Grimoire dit la vérité, mais il ne dit que ce qu'il veut, et comme il en a envie. Le résultat est trompeur, parfois. Tu apprendras à mieux le connaître et à mieux formuler tes questions.

Oscar posa le Grimoire sur son bureau, avec la ferme intention de l'interroger à nouveau – et d'en éclaircir les étranges révélations grâce aux livres de la bibliothèque.

– Nous en avons fini pour aujourd'hui, décréta Mrs Withers.

– J'aimerais retourner à la bibliothèque.

– Soit, mais repose-toi quand même, il faut que tu sois en forme, demain.

Mrs Withers le quitta au seuil de la bibliothèque.

– Méfie-toi des auteurs, Oscar. Ils te parleront aussi bien qu'ils écrivent, mais certaines informations ne sont pas bonnes à lire quand on n'a pas les connaissances nécessaires pour les comprendre.

– C'est promis, je ne lirai pas trop, répondit-il, pressé de s'y remettre.

21

À peine réfugié dans la bibliothèque, Oscar interrogea à nouveau son Grimoire : il n'obtint rien de plus que les mêmes images. À la troisième tentative, les principes de Mrs Withers se confirmèrent : un Grimoire ne répondait qu'à deux questions par jour. Oscar se rabattit sur le traité d'histoire du marquis Alphonse et en oublia même de manger, malgré le frugal petit déjeuner et les rappels insistants de Cherie. Plusieurs heures s'écoulèrent, et Bones finit par jouer les trouble-fête.

– C'est bientôt l'heure du dîner. Peut-être pourriez-vous monter vous préparer à cet effet.

Les épreuves du jour et la faim eurent raison de la résistance d'Oscar. Il remercia le marquis et rangea son livre sur l'étagère.

Il était sur le premier palier, son Grimoire sous le bras, quand des voix retentirent du second étage, troublant le calme de la demeure. Il s'approcha de la rampe d'escalier.

Deux personnes parlaient assez fort, puis un silence s'installa. Il reconnut ensuite la voix grave de Winston Brave, qui fut coupée par une autre, plus lente. Le timbre était acide, les mots hachés. Il monta les marches à pas de loup et se laissa guider par les voix, de plus en plus nettes, à l'entrée du couloir. Il sortit son pendentif pour éclairer le corridor, et les M qui parsemaient le tissu mural brillèrent du même éclat.

– *Qui êtes-vous ?*

Oscar fit un bond et regarda autour de lui.

– *Qui êtes-vous ?* répéta une voix féminine.

Oscar remarqua alors la tête en plâtre encastrée dans une alcôve, comme au premier étage. En dessous, Oscar déchiffra les mots gravés : *Rhoda Wing*. Rhoda, plus âgée que Selenia, avait les traits plus durs.

– Bonsoir. Je suis Oscar, Oscar Pill.

Il brandit son pendentif et la Lettre prit un éclat émeraude.

– *Votre Lettre est liée à celle de Winston*, s'étonna Rhoda. *Vous pouvez y aller.*

Oscar s'engagea dans le couloir. Derrière une double porte, il devina la présence du Grand Maître et de son invité. Il glissa son pendentif sous son T-shirt et replongea le corridor dans la pénombre. Puis il colla l'oreille à la porte.

– ... la liberté retrouvée du Prince Noir est une terrible nouvelle.

– J'en suis convaincu, répondit le Grand Maître. C'est pour me dire cela que vous êtes venu me voir ?

– J'ai appris que vous aviez eu le bon sens de mobiliser toutes les forces de notre Ordre, y compris les jeunes Médicus qui formeront les troupes de demain. Car *nous ne sommes pas éternels*, Winston – même si je suis plus jeune que vous.

L'inconnu avait prononcé ces mots avec plus d'acidité encore. Oscar éprouva un mal-être.

– Vous êtes bien informé, répondit Brave d'une voix neutre.

Son interlocuteur reprit la parole après un court silence.

– Vous savez que j'ai toujours œuvré pour le bien de l'Ordre, et que je mets mes humbles compétences à son service – et au vôtre, puisque vous en êtes le Grand Maître.

La voix avait traîné sur les derniers mots.

– Je n'ai jamais douté de votre engagement. Ni de votre loyauté envers moi.

– Avez-vous une idée *précise* de ceux que vous comptez recruter ? Je peux vous aider à les identifier, et je vous propose même de superviser leur initiation. Je maîtrise un Univers où peu s'aventurent, vous le savez.

– Votre talent me sera précieux en temps voulu. Rien ne presse, mentit Brave : le Prince Noir n'est pas encore en mesure de nous inquiéter.

– En êtes-vous si sûr ? demanda l'homme avec une assurance moqueuse.

– Espérons-le. Pour vous, pour nous... pour tout le monde.

La voix du Grand Maître était devenue plus rauque. Oscar entendit du bruit, le mouvement d'un fauteuil. Il recula. Une main glaciale sur son épaule le fit sursauter. Il fit volte-face et tomba à la renverse. Une silhouette longiligne l'obligea à se relever.

– Retournez *immédiatement* dans votre chambre, ordonna Bones à voix basse. Vous n'avez rien à faire ici, ce sont les appartements privés de Mr Brave.

La porte du bureau s'ouvrit sur Mr Brave et Fletcher Worm. Oscar croisa le regard de ce dernier et sentit aussitôt une tension monter en lui.

– Un jeune garçon à Cumides Circle... Voilà qui est étrange.

Bones s'intercala autant que possible entre eux.

– Mon neveu, intervint Brave sur un ton cassant. Il passe quelques jours chez moi.

– Votre frère a eu un fils ? s'étonna Worm. Heureux – et surpris – de l'apprendre. Je ne le savais pas marié. Pour tout vous dire, je ne le savais même pas *vivant*.

– Un lointain neveu, précisa Brave, impassible.

Oscar sentit le regard du Grand Maître peser sur lui tel un bloc de béton.

– C'est sans doute pour cela qu'il ne vous ressemble

pas, renchérit Worm, et à dire vrai il me fait penser à quelqu'un d'autre, mais qui ? Allez savoir.

– Effectivement, répondit Brave d'une voix glaciale, allez savoir.

– Votre manteau, monsieur Worm, intervint Bones. Je vous raccompagne.

L'homme saisit brusquement son vêtement.

– À très bientôt, Winston.

Brave attendit le claquement de la porte pour s'adresser à Oscar.

– Que faisais-tu ici à cette heure ?

– Je suis désolé, j'ai interrogé mon Grimoire, et...

– Il m'a semblé avoir été très clair : je ne voulais pas que quiconque ait vent de ta présence à Cumides Circle, pas même un membre du Conseil. Fletcher Worm est tout sauf idiot, il saura très vite qui tu es.

Oscar baissa les yeux, mortifié.

– Il y a des règles, tonna le Grand Maître, et tu dois les respecter, un point c'est tout. Bones, vous me décevez beaucoup !

– Je suis désolé, monsieur, se contenta de répondre le majordome. Ça ne se reproduira pas.

Un silence de mort régna. Brave se replia dans son bureau, puis, sans se retourner :

– Tu ne toucheras plus à ce Grimoire jusqu'à ce que je décide du contraire. C'est un *ordre.*

Oscar mangea très peu, sous le regard dépité de Jerry, qui s'était donné un mal fou pour lui préparer un délicieux sandwich – aux antipodes de la cuisine de sa femme.

– Bon, vous êtes d'accord, monsieur Oscar : ce serait dommage de le laisser perdre, non ?

– Tout à fait d'accord, répondit Oscar en poussant son assiette vers lui. Allez-y, c'est vraiment bon, mais j'ai pas faim.

– Je vous en ferai d'autres, promis, dit le chauffeur la bouche déjà pleine.

Oscar se leva. Bones le retint.

– Mr Brave *exige* que vous laissiez votre Grimoire dans la bibliothèque.

– D'accord. Mais laissez-moi le ranger moi-même.

Oscar récupéra le livre dans sa chambre, se faufila jusqu'à la bibliothèque et grimpa sur Titus. Il tira la pochette de Julia Jacob et descendit de son perchoir.

– Julia, j'ai besoin de vous.

Un coin de la page de garde se remplit d'une écriture fine et précise.

– *Que puis-je pour vous ?*

– Est-ce que je peux vous confier mon Grimoire ? J'aimerais le ranger à côté de votre pochette pour que vous puissiez le surveiller. Ça ne vous embête pas ?

– *Pas du tout, c'est même un honneur !*

– Merci, je le récupérerai dès que possible, dit-il en refermant la pochette.

Il s'empressa de la remettre à sa place et glissa discrètement le Grimoire contre elle.

22

Il se mit au lit, obsédé par les événements de la soirée et la colère noire de Mr Brave. Ce dernier s'opposerait-il à ce qu'il poursuive son initiation secrète à Cumides Circle ? L'épuisement eut raison de son anxiété et il finit par sombrer dans un sommeil agité.

Il s'éveilla en sursaut : les coups frappés contre sa porte résonnaient jusque dans son crâne. La voix de Bones retentit.

– Vous êtes en retard. Mrs Withers vous attend dans la bibliothèque.

Il était plus de 11 heures. Oscar bondit du lit et se prépara en un temps record. Il passa en trombe dans la cuisine pour avaler à la va-vite un jus de fruit, au grand désespoir de Cherie, et fonça dans la bibliothèque.

– Tu me parais bien soucieux, remarqua Mrs Withers.

Oscar préféra garder pour lui ses interrogations et ses craintes.

– J'ai un peu trop dormi, mais tout va bien.

– Alors ne faisons plus attendre ceux que tu dois rencontrer.

Ils se dirigèrent au fond de la pièce, vers le mur couvert de tableaux.

Cette fois, Oscar y porta un peu plus d'attention. Tous arboraient la même cape en velours vert. Un second point commun, moins évident, les réunissait : tous serraient quelque chose au creux de la main droite. Enfin, chaque toile semblait éclairée par des spots invisibles.

Mrs Withers prononça les mots magiques :

Derrière ce mur apparaissez, les Éternels,
Pour nous annoncer une vie plus belle.

Oscar s'approcha, stupéfait. Des êtres éthérés l'observaient en silence.

– Oscar, voici la salle des Éternels, et ses éminents membres te font l'honneur d'être tous présents pour t'accueillir aujourd'hui.

– Ils ressemblent aux personnes...

– ... qui figurent sur les tableaux, oui. D'illustres Médicus disparus qui ont tous fait partie du Conseil, de leur vivant.

– Ils existent vraiment ? s'interrogea Oscar. La salle aussi ?

Il tendit le bras, incrédule, s'attendant à toucher un écran.

– Oui, en quelque sorte, confirma Mrs Withers. Ce sont des esprits qui ont choisi de se réincarner sous leur ancienne apparence et dans une salle identique à celle où nous sommes, pour qu'on puisse les voir. Leur mémoire est intacte, c'est une fenêtre sur le passé – et même sur le futur, ajouta la dame en observant le bouquet de Sigismond sur la table.

– Un peu comme l'oncle de Mr Brave.

– Oui, c'est un peu ça... Ils nous font savoir qu'ils sont présents dans cette salle d'une façon très simple : sur le mur, leur portrait s'illumine.

– Ils peuvent parler ?

Mrs Withers sourit.

– Ils ne répondront pas avec des mots, mais leur avis est précieux, et on trouve ici des indices qui en disent bien plus long que les discours.

Elle jeta un rapide coup d'œil sur le bouquet de lys. Les feuilles avaient retrouvé un beau vert et le parfum délicat embaumait.

– Sois toujours très respectueux à leur égard, dit-elle à voix basse : toutes ces personnes ont accompli de très grandes choses dans le passé.

Oscar fouilla la salle du regard. Elle devina sa quête.

– Évidemment, certains très grands Médicus ne sont pas ici : il n'y a pas assez de place pour tous.

Elle le força à faire un nouveau pas en arrière et tendit son pendentif en récitant la formule : le mur réapparut, couvert de tableaux, et il n'y eut plus trace de la salle des Éternels.

– Bien, dit-elle, c'est bientôt l'heure de déjeuner. Tu as bravé de nombreux dangers ce matin, je te propose donc de t'épargner celui du repas de Cherie.

Elle baissa la voix :

– Que dirais-tu d'un bon hamburger avec une montagne de frites et de la sauce barbecue ?

Il la dévisagea, incrédule.

– J'adore ça, confessa-t-elle, et aucun membre du Conseil suprême ne veut m'accompagner. Je cherche un partenaire.

– Alors là, je suis disponible tous les jours !

Elle tendit une main ferme vers Oscar, qui hésita, partit dans un éclat de rire puis tapa avec retenue dans la paume offerte. Décidément, Mrs Withers n'avait pas fini de l'étonner.

Une demi-heure plus tard, Jerry, Oscar et elle, assis sur une couverture, avalaient leur festin à l'ombre de Zizou, qui veillait sur eux et les protégeait des regards indiscrets – y compris celui de Bones. Mrs Withers se leva.

– Je dois partir. Je reviendrai pour m'entretenir avec Winston Brave. Toi, tu pourrais réviser la géographie d'Hépatolia ; cela te sera utile pour ton prochain voyage.

Elle revint sur ses pas et ajouta :

– Je crois savoir ce qui te tracasse. La reponse se trouve dans ta chambre.

Oscar remarqua immédiatement le carré de velours vert sur son lit. Il saisit son Grimoire, fou de joie – et rassuré sur les intentions du Grand Maître à son égard. Après la formule consacrée, il posa sa question, tendu :

– Grimoire, comment mon père est-il mort ?

Les mots apparurent sur la feuille vierge du livre.

– *Tu m'as déjà posé cette question, et j'y ai déjà répondu.*

– Tu n'es pas allé jusqu'au bout ! J'ai juste vu mon père dans un endroit sombre et sale.

– *Ce que le Grimoire ne révèle pas*

N'est pas connu du Grimoire.

Oscar eut beau insister, s'emporter, supplier, rien n'y fit : la réponse du Grimoire fut la même. Il referma le livre avec rage. Comment était-ce possible ? Mrs Withers avait été formelle : le Grimoire répondait toujours s'il s'agissait d'une question qui concernait sa propre vie.

Il se calma et réfléchit.

Et quitta sa chambre sans bruit.

À peine entré dans la bibliothèque, il se rua sur la pochette de Julia Jacob.

– Julia, qu'est-ce qui s'est passé ?!

La page resta vierge et tenta même de se plier. Oscar comprit qu'il avait été un peu trop brutal.

– Pardon, Julia, je... Bonjour.

Une ligne apparut dans un angle de la feuille. C'était si fin et l'écriture était si tremblante qu'Oscar eut du mal à déchiffrer les mots.

– *Oh, je suis tellement désolée pour le Grimoire !*

– Julia, il ne veut pas répondre à mes questions. Est-ce que vous pouvez me dire ce qui s'est passé sur cette étagère cette nuit ?

Une tache transparente et humide apparut sur la feuille : Julia ne pouvait pas retenir ses larmes.

– *Vous... vous m'avez demandé d'en prendre soin et je n'ai rien pu faire, je suis vraiment malheureuse.*

– Racontez-moi, s'il vous plaît.

Julia retrouva un peu de courage et les mots furent plus lisibles.

– *Tôt ce matin, un vacarme terrible nous a tous*

réveillés : un livre tapait contre l'étagère sans arrêter. Au bout d'un moment, à force de s'agiter, il est tombé par terre. Il s'est ensuite traîné juste en dessous de ma pochette et du Grimoire. Vous vous en souvenez ? Il y a un peu de place à côté de moi, parce que les autres livres n'aiment pas trop...

– Continuez, dit Oscar avec impatience.

– *La porte s'est ouverte au même moment, Bones est entré et il a trouvé le livre par terre. On n'y voyait pas très clair, il l'a ramassé et l'a rangé juste au-dessus, là où il y avait de la place..*

– À côté du Grimoire.

– *Le Grimoire s'est retrouvé entre ma pochette et ce livre,* confirma Julia. *Hélas, je n'ai pas réussi à entendre ce qu'ils se disaient...*

– Ils parlaient ?

– *Comme on peut parler, nous autres : on « entend » les mots que l'autre écrit. L'échange a duré longtemps et j'ai bien senti que le Grimoire n'était plus le même, ensuite : je n'ai pas réussi à lui soutirer le moindre mot.*

– Julia, c'était quoi, ce livre à côté de mon Grimoire ?

La feuille frémit et Julia n'osa rien écrire.

– Ça restera entre nous, c'est promis !

Julia traça alors de manière fugace quatre lettres :

B O Y D

Oscar s'approcha d'un espace vide : l'emplacement habituel du livre de Boyd. À l'autre extrémité de la bibliothèque, l'*Anthologie des Pathologus* s'agitait comme si elle était prise d'un fou rire. Oscar se contint : il n'obtiendrait rien de Boyd par la violence et la colère. Il posa le livre sur la table et l'ouvrit.

– *Alors, encore en train de fouiner dans la bibliothèque ?* s'écria Boyd en grosses lettres. *Ou on est simplement venu dire bonjour à son bon ami Boyd ?*

Oscar fit l'effort de sourire.

– Oui. je viens vous dire bonjour... et vous demander quelque chose.

– *Ha, ha, ha ! Maintenant qu'on a besoin de Billy Boyd, on est doux comme un agneau !*

– Je... je suis désolé pour ce que j'ai dit la dernière fois, je ne le pensais pas.

– *C'est ça, oui... Et qu'est-ce que le petit morveux voudrait savoir ?*

– Je voudrais vous poser une question concernant le Prince Noir.

Boyd s'arrêta de rire.

– *Tiens donc,* écrivit-il avec méfiance, *une question sur le Prince Noir. Mais quoi, exactement ? Et pourquoi ?*

– Je voudrais savoir ce qui s'est passé quand on l'a arrêté.

– *Pourquoi ne poses-tu pas la question à ton Grimoire ?*

– Parce que ce n'est pas un sujet qui me concerne, et mon Grimoire ne répondra pas. Mrs Withers m'a conseillé de lire votre livre pour apprendre ce que je dois savoir sur les Pathologus, le flatta Oscar. Elle a dit qu'il était excellent.

– *Comme c'est aimable... NE ME PRENDS PAS POUR UN IDIOT !* griffonna Boyd en majuscules. *Tu crois que je n'ai pas entendu votre conversation, à toi et cette gourde de Julia Jacob ? Ton Grimoire ne veut pas te répondre, alors tu viens me voir !*

– Vous non plus, ne me prenez pas pour un idiot ! explosa Oscar. C'est *vous* qui l'avez rendu muet !

– *Absolument, et si tu continues à me parler comme ça, il le sera toute ta vie !*

Oscar tenta le tout pour le tout.

– D'accord. Et moi j'expliquerai à Mr Brave que vous n'avez pas voulu m'apprendre ce que vous savez.

La page resta vierge quelques instants.

– *Ça va,* finit par écrire Boyd après une vilaine rature, *je vais t'aider.*

Le soulagement d'Oscar fut de courte durée :

– ... *Mais c'est donnant, donnant.*

– Donnant, donnant ? Mais vous connaissez bien plus de choses que moi !

– *Bien sûr que je connais plus de choses que toi, mais toi, tu peux sortir de cette maudite bibliothèque ! Alors si tu veux que je rende sa langue à ton Grimoire, il faut que tu fasses quelque chose pour moi.*

– Quoi ? demanda Oscar, méfiant.

– *Attention, pas de coup fourré ! Si le Grand Maître apprend quoi que ce soit de notre pacte, tu pourras dire adieu à ton Grimoire et à tes réponses.*

– Dépêchez-vous de me dire ce que vous voulez ! chuchota Oscar en bousculant le livre. J'entends des pas dans le hall.

– *Ne me secoue pas comme ça ! Je n'arrive plus à écrire !*

La porte s'ouvrit sur Bones. Oscar posa précipitamment la pochette de Julia sur le livre de Boyd et serra les deux volumes contre lui. La pauvre Julia, effrayée par cette promiscuité, dessina en vitesse une forêt pour s'y cacher.

– Le ménage doit être fait dans la bibliothèque. Peut-être pourriez-vous monter dans votre chambre pour y travailler, suggéra le majordome.

Oscar rangea les deux ouvrages à l'emplacement habituel de la pochette de Julia.

– Je reviens vous séparer de ce type dès que possible, murmura Oscar en entrouvrant la pochette.

À plusieurs reprises, durant l'après-midi, il tenta une incursion dans la bibliothèque. En vain : les femmes de chambre ne décollèrent pas de la salle, récurant les moindres recoins. Après le dîner, Bones rôda en permanence, et Oscar n'eut pas un seul moment de tranquillité pour reprendre langue avec Boyd. Tout ce qu'il parvint à faire fut, comme promis, d'éloigner de Julia l'*Anthologie des Pathologus* qu'il remit à sa place, sur l'étagère la plus haute.

23

La semaine se passa sans autre incident – mais sans le moindre moment de liberté pour Oscar, comme si tous s'étaient secrètement ligués pour l'empêcher d'entrer en contact avec Boyd. Oscar veilla à respecter scrupuleusement les consignes du Grand Maître, et même le personnel de la maison eut du mal à l'apercevoir. Quant au mutisme du Grimoire, Oscar finit par s'en accommoder ; au fond, il aurait presque préféré n'avoir jamais posé cette question au livre. Il était épuisé de se réveiller plusieurs fois par nuit et il n'attendait qu'une chose : le week-end, qui lui donnerait le droit de retrouver sa famille, sa maison et ses amis, et d'oublier tout le reste.

Vendredi après-midi, il se jeta dans les bras de sa mère devant les grilles de Cumides Circle. Elle avait préféré l'attendre dehors, afin de ne pas remuer de terribles souvenirs. Oscar balança sa valise sur la banquette arrière de Toinette et supplia sa mère de ne pas lever le pied de l'accélérateur avant d'être arrivés à Kildare Street.

Il tenta le récit de sa semaine aussi passionnante qu'éprouvante à Cumides Circle, mais trop de choses se bousculaient dans son esprit, et un tri s'imposait pour passer sous silence les révélations troublantes du Grimoire et le chantage de Boyd. Il ne parvint qu'à un fatras dont Violette s'échappa en chantonnant. Sa mère lui conseilla de remettre la chose à plus tard, et il jugea plus prudent d'obéir.

Il sillonna les rues de Babylon Heights à vélo en respirant à pleins poumons les mille odeurs qui avaient parfumé son enfance, pleinement conscient du besoin viscéral qu'il éprouvait à l'égard des précieux « petits riens » qui composaient sa vie.

Un attroupement l'obligea à poser pied à terre : Jeremy haranguait la population à la fois amusée et captivée.

– ... et j'ai le plaisir de vous annoncer qu'Oscar Pill, le plus brillant élève du collège, rejoint l'équipe du Bazar ! claironna Jeremy en l'apercevant.

Oscar se mit à rire. Quelques personnes applaudirent sans lui laisser le temps de protester.

– T'étais où cette semaine ? lui demanda Jeremy. On t'a cherché mille fois !

– Chez un oncle.

Oscar connaissait Jeremy : contrairement à son frère, il n'aurait pas pu garder le secret.

– Je vais travailler avec lui tout l'été.

– Dommage, j'avais quelques idées pour notre collaboration, répondit Jeremy, déçu.

– Et aller faire du roller, ça te dit ? proposa plus simplement Barth.

Oscar rentra juste pour l'heure du dîner, épuisé, heureux et loin des préoccupations de la semaine passée.

Il consacra son dimanche à sa mère et à sa sœur. Ils pique-niquèrent et finirent par un tour de barque sur le lac. Ils en sortirent trempés et riant aux éclats. Celia savourait chaque instant d'insouciance avec ses enfants. Elle sentait confusément que ces moments seraient comptés, à l'avenir, et prit le parti d'en profiter pleinement.

En fin d'après-midi, Oscar prépara son sac, tandis que Violette restait près de lui, l'air absent. Il embrassa sa famille et s'engouffra dans la voiture couleur émeraude qui l'attendait. Jerry l'accueillit avec un grand sourire.

– Vous nous avez manqué, monsieur Oscar. En route !

La voiture se coula dans la circulation et Oscar reconnut bientôt les abords de Blue Park.

La voiture franchit les grilles et s'immobilisa devant le perron. Oscar sonna.

– Vous auriez pu attendre que je vienne à vous avec le parapluie, lui reprocha d'emblée Bones.

– Il n'y a pas une goutte de pluie.

– C'est pour vous protéger des regards indiscrets, répliqua le majordome d'une voix traînante.

Oscar montait déjà, son sac sur le dos. Bones l'interpella.

– Je sais, fit Oscar : à 19 heures *précises* dans la salle à manger.

Le lendemain matin, pour son petit déjeuner, Oscar s'installa dans la cuisine qu'il préférait à la salle à manger, trop grande. Il vit apparaître des cheveux en pétard couleur paille dans l'entrebâillement de la porte.

– Je voulais m'assurer que vous ne manquiez de rien, déclara Cherie. À tout à l'heure.

Oscar se contenta de lui sourire, la bouche pleine.

Bones apparut quelques instants plus tard, la mine assez sinistre pour en faire perdre l'appétit.

– Mrs Withers vous attend dans la bibliothèque.

Berenice Withers contemplait les portraits.

– Bonjour Oscar. Un beau voyage t'attend, aujourd'hui.

Oscar lui sourit. *Enfin.* Son cœur s'emballa. Le moment tant attendu prenait forme. Il se retourna : Bones avait fermé la porte et se tenait immobile. Sa présence, inhabituelle lors d'une séance d'initiation, l'incommodait.

– J'espère qu'il ne va pas rester ici trop longtemps, dit-il à voix basse.

– J'ai peur que si, justement, répondit Mrs Withers.

Oscar fixa la tête d'enterrement du majordome, dont le regard se perdait dans le vide, avant de comprendre.

– Quoi ! s'exclama-t-il, horrifié. Vous voulez dire que... Oh non, pas *lui*, s'il vous plaît !

– Bones a la gentillesse de se prêter à l'Intrusion Corporelle pour ton bien, répondit sévèrement Mrs Withers. Je suis *certaine* que tu lui en es reconnaissant.

Oscar acquiesça. Il n'aurait pas pu imaginer pire que ce croque-mort pour son premier voyage dans le corps humain, qu'il avait tant espéré. Il repoussa les images d'un monde intérieur gris et mou en Bones. Mr Brave et Mrs Withers en avaient décidé ainsi, il s'y plierait.

En bout de table, il reconnut la cape de son père ; il éprouva une sensation désagréable à l'idée que Bones ait fouillé dans ses affaires. Il souleva l'étoffe et découvrit la ceinture des Trophées qui s'enroula en douceur autour de sa taille. Il aurait voulu que son père soit ici pour partager sa fierté et sa joie. Sa mère aussi s'enorgueillirait de voir son fils reprendre le flambeau. Mrs Withers posa la cape avec délicatesse sur ses épaules.

– Je crois que tu es prêt, cher Oscar. Tu réaliseras de grandes choses pour nous et pour le monde, j'en suis certaine.

Oscar la dévisagea, surpris.

– Un peu de patience, dit-elle, comme si elle s'adressait à elle-même. Un peu de patience...

Bones, qui n'avait pas bougé d'un millimètre, soupira discrètement.

– Ne fais pas attendre Bones plus longtemps.

– Mais... et vous ?

– Je reste ici.

– J'y vais seul !? Mais comment je vais faire ?

– Tu t'en sortiras parfaitement, comme dans le corps de Royce.

Il lorgna du côté de Bones avec le sentiment inquiétant d'être lâché dans une jungle inconnue et hostile.

– Au moindre problème, où que tu sois, tu as la possibilité de revenir en trouvant le Caducée des Médicus. Et si tu n'y parviens pas, je viendrai te chercher.

– Mais qu'est-ce que je dois faire, une fois là-bas ?

– Ce que doit faire tout Médicus, se contenta de répondre Mrs Withers, énigmatique.

– Peut-être pourriez-vous vous décider, déclara Bones. Mon travail m'attend.

Oscar se retourna vers lui.

– Asseyez-vous, Bones, conseilla Mrs Withers. Bon voyage, Oscar.

Le majordome consentit à prendre place près d'Oscar. Ce dernier fixa la bouche pincée, se concentra sur Hépatolia, et s'élança.

24

Il n'avait pas la moindre idée de l'endroit où il avait atterri.

Devant lui, une colline s'élevait en pente douce, et au loin, une cheminée rocheuse s'étirait vers le ciel d'encre zébré d'éclairs. Son pendentif l'avait guidé à la surface de la terre plutôt que dans les méandres souterrains d'Hépatolia.

Il monta au sommet de la colline et contempla, interdit, l'immense lac d'altitude dont il ne distinguait pas la rive opposée. Il scruta l'horizon à la recherche d'un indice ou d'une aide. Il s'apprêtait à faire demi-tour quand il entendit le ronronnement d'un moteur. Des vagues se formèrent, laissant de longues traces gluantes sur la rive en pente douce. Il devina alors un point sombre qui grossissait : un bateau se dirigeait droit vers lui. Au dernier moment, le hors-bord prit un virage assez serré et une gerbe de liquide s'abattit sur Oscar.

– Désolée, s'écria une voix féminine. Je ne maîtrise pas bien cet engin !

Il rabattit le col de sa cape ; une femme blonde aux cheveux courts lui souriait. Il secoua sa cape et retira les dernières traces de liquide avec une mine écœurée.

– Non ! le prévint-elle. Pas sans gants !

Oscar s'essuya immédiatement sur son T-shirt : le liquide y creusa un trou dans un nuage de fumée.

– De la salive ultra-concentrée, expliqua la femme. Il faut bien ça pour décomposer un repas. Elle est fabriquée naturellement par le lit de ce lac. Bienvenue au sommet d'une des Sialines d'Hépatolia, Oscar.

Elle rabattit sa cape sur ses épaules : Oscar découvrit avec soulagement le pendentif en or.

– Allez, monte, qu'on fasse les présentations.

Oscar sauta dans le hors-bord et elle démarra en trombe.

– Mon nom est Maureen Joubert, cria-t-elle pour couvrir le bruit du moteur et des vagues.

– Alors je sais qui vous êtes, dit-il, visiblement rassuré.

– Je suis si célèbre ? s'amusa Maureen.

– Vous êtes membre du Conseil suprême et responsable d'Hépatolia.

– Échange de bons procédés : je sais aussi qui tu es, et je t'attendais.

Ils accostèrent en douceur dans un petit port devant ce qui ressemblait à une maison de pêcheur. Oscar remarqua l'empreinte du M sur la porte.

– Cette Sialine est le plus joli coin d'Hépatolia, déclara Maureen, du coup j'y installe une petite résidence d'été avec vue imprenable sur le lac.

Oscar l'y suivit. Elle se tint derrière une table au centre de la pièce, et son pendentif irradia une belle lumière dorée. Il s'installa en face d'elle, et elle tendit la main : un petit flacon en cristal y brillait de mille feux. Au cœur du bouchon, un M tournoyait dans un cercle parfait.

– Je ne suis pas venue pour te faire de longs discours : je suis ici pour te remettre ta *Fiole d'Hépatolia.*

Oscar l'admira, interdit.

– Elle est à toi, insista Maureen, prends-la.

Il s'en empara avec précaution. Sa ceinture des Trophées s'anima et la première sacoche s'ouvrit. Il contempla la flasque en transparence.

– Elle est vide, confirma Maureen. Et le but de ton Intrusion, aujourd'hui, est de la remplir. Pleine, elle sera ton *premier Trophée.*

– Où ? Et avec quoi ?

– Au cœur de la montagne d'Hépatolia, qui a donné son nom à cet Univers. Les Hépatoliens ont le secret de fabrication du précieux Nectar dont tu rempliras ta Fiole. C'est ce qu'on appelle la bile, dans notre monde.

Maureen posa son pendentif sur la table : une carte animée y apparut.

– Voici une carte récente d'Hépatolia.

Oscar indiqua une masse imposante.

– C'est la fameuse montagne ? demanda-t-il.

Maureen confirma.

– Deux façons de l'atteindre : la Grande Canalisation, qui part de l'unité d'attaque acide, ou le Grand Réseau Inter-Universel.

Oscar se souvint des explications de Mrs Withers.

– Le Grand Réseau est fait d'un nombre incalculable de ruisseaux, de rivières et de fleuves impétueux qui courent sous terre ou à sa surface, lui rappela Maureen. Il relie différents endroits d'Hépatolia, et même différents Univers entre eux. Sois prudent : le GRIU est certes très utile, mais il faut bien connaître ses courants pour y naviguer.

– Vous allez m'accompagner ? tenta Oscar sans trop y croire.

– Tu as mieux que moi à ton côté.

Maureen leva son pendentif et un pan de la cape d'Oscar se rabattit : son Grimoire dépassait d'une poche intérieure. Oscar s'inquiéta : le livre magique serait-il dorénavant muet sur tous les sujets ? Le M brodé sur la couverture brilla un court instant pour le rassurer.

– Tu connais la règle d'usage du Grimoire ? s'enquit Maureen.

– Pas plus de deux questions par jour.

– Ça, c'est lorsque tu es *en dehors* du corps. Mais lors d'une Intrusion, tu n'as droit qu'à *une seule* question et donc *une seule* réponse. Alors essaie de résoudre les choses par toi-même, et n'interroge ton Grimoire qu'en dernier recours.

Une sirène retentit. L'écho se propagea dans toute la Sialine et les deux Médicus se précipitèrent à la porte. Le niveau du lac augmentait à vue d'œil.

– Qu'est-ce qui se passe ? demanda Oscar.

– Bones a dû manger quelque chose et il a besoin de salive : les eaux du lac enflent !

Elle poussa Oscar vers le rivage.

– Vite, dans le bateau !

Il sauta dans l'embarcation.

– Mais... et vous ?

– Le Grand Débordement va bientôt se produire et le niveau baissera à nouveau, ne te fais pas de souci pour moi !

– Le Grand Débordement ? répéta-t-il, inquiet.

– Démarre, et va dans le sens du courant !

Il fit un premier essai. Le moteur refusa de répondre. Il tourna la clef une seconde fois d'une main nerveuse. Le moteur ronronna, toussa et s'éteignit à nouveau. La sirène s'arrêta et un grondement terrible résonna. Le courant emportait déjà le bateau, très léger.

– ENCORE, OSCAR, ESSAIE ENCORE ! cria Maureen.

Oscar serra les dents, enfonça la clef et tourna une troisième fois. Le moteur cracha deux nuages sombres et vrombit enfin. Oscar évita alors les tourbillons qui se formaient et s'éloigna dans des rapides vers l'autre extrémité du lac. Le grondement s'amplifia et l'embarcation fut emportée comme un fétu de paille dans un torrent. Il comprit avec effroi ce qui l'attendait : le lac débordait dans un vide abyssal de l'autre côté de la colline.

Le bateau bascula, happé par les chutes vertigineuses. Agrippé de toutes ses forces au volant, Oscar tomba dans un immense nuage de salive. Son cri se perdit dans le fracas épouvantable de la cascade et les profondeurs de la terre.

25

Le choc fut si violent qu'Oscar crut s'être disloqué. Le bateau venait de heurter une surface liquide. Par miracle, il ne coula pas. Il chemina dans les remous et les vagues et accosta enfin. Oscar explora le rivage : les cataractes avaient formé un autre lac de salive, mais souterrain, au pied de l'unité de transfert des aliments, puis s'étaient taries.

Une nuée d'individus surgit de l'unité de transfert et se mit à pomper la salive. À l'intérieur, les ouvriers arrosèrent les wagons remplis de nourriture. Oscar déambula entre les innombrables tapis roulants et héla un homme.

– Vous pouvez me dire comment je peux entrer dans l'unité de broyage ?

L'homme s'essuya les mains et retira son masque.

– Qu'est-ce que tu veux y faire ?

– Je voudrais me rendre dans la montagne.

– Y a rien à voir là-bas, gamin, tu m'entends ? C'est dangereux pour un môme de ton âge. Allez, rentre chez toi et laisse-moi travailler.

Oscar n'insista pas et longea le tapis roulant principal jusqu'à l'orifice qui donnait sur l'unité de broyage. Il aperçut en hauteur le balcon de la salle des commandes. Les cuves, elles, se trouvaient dix mètres plus bas. Il était impensable d'y sauter : cette fois, les lames le broieraient.

– Hé ! cria un type. C'est toi, le dépanneur ? Pas trop tôt ! Bones se demande pourquoi il digère mal, tu penses, les lames de la cuve 9 ne hachent plus rien ! Passe par l'escalier de sécurité, comme d'habitude, conclut-il en s'éloignant, le doigt pointé vers une porte.

Oscar dévala l'escalier. Deux étages plus bas, il entra dans la salle.

Les cuves paraissaient gigantesques, et plus nombreuses qu'en Royce. Disposées en cercle, elles étaient maintenues en l'air par d'épais poteaux en acier comme des chaudrons sur un feu. Oscar marcha avec précaution sur le sol blanc et luisant et se cacha sous l'une d'elles.

Depuis son point d'observation, il explora la pièce : aucune autre sortie que la porte de secours. Il remarqua la présence de passerelles tendues d'une cuve à l'autre. Comment atteindre l'unité AA pour se rendre ensuite dans la montagne ? Il passa la main sur la couverture de son Grimoire, puis se ravisa : le sol se mit à vibrer et une ligne de séparation apparut en plein milieu. Les deux plaques qui constituaient le plancher s'ouvrirent vers le bas. Oscar essaya de s'agripper à la cuve la plus proche, mais elle était aussi lisse que le sol. Il prit son élan, tendit tout son corps et s'accrocha à une passerelle. Sous ses pieds, les plaques étaient maintenant à la verticale, et il se trouvait suspendu au-dessus d'un énorme entonnoir en métal. Les lames cessèrent subitement de tourner, un ronronnement remplaça le grondement des moteurs, et chaque cuve se renversa. Une avalanche de bouillie déferla. Pris dans la coulée, Oscar lâcha prise et chuta dans l'entonnoir. Il eut l'ultime réflexe de s'envelopper dans sa cape avant d'être emporté dans le tourbillon poisseux.

Il tournoya avec l'effroyable impression que ça ne s'arrêterait jamais.

Un choc mit tout de même fin à la chute : il venait d'atterrir lourdement sur un sol dur et son corps le faisait atrocement souffrir. Au-dessus de lui, l'avalanche d'aliments broyés allait bientôt l'ensevelir. Il réunit toutes ses forces et roula sur le côté, puis risqua un regard hors de la cape.

Il se trouvait à l'extrémité d'une salle tout en longueur. Plusieurs portes étaient alignées, séparées par des rayons lumineux rouges. Brusquement, il sentit le sol bouger : il était sur un tapis roulant qui s'était mis en marche. Dès que le tas d'aliments coupa le premier rayon, le contour de la première porte s'illumina et le panneau de métal glissa dans l'épaisseur du mur. Apparut un individu en scaphandre et casque intégral muni d'une rampe d'arrosage. Sa voix résonna :

– *Aliment détecté. Projection d'acide enclenchée.*

Un jet mousseux aspergea la masse gluante, à deux mètres d'Oscar. Les aliments partiellement digérés par la salive crépitèrent comme de la neige qu'on écrase, une épaisse vapeur s'en dégagea, et ils furent réduits en quelques secondes à un petit monticule brunâtre et fumant. Le tas continua à progresser et chaque fois qu'il coupait un rayon, l'opération se répétait avec un nouvel individu.

Oscar tenta de s'échapper, mais ses pieds s'enfonçaient dans la masse infecte, et le tapis progressait trop vite ; il coupa lui aussi le premier rayon rouge. Une voix de synthèse retentit à nouveau :

– *Détection d'une masse mouvante. Aliment mal digéré en amont. Doubler la dose d'acide.*

Un voyant s'alluma au-dessus de la porte et un deuxième homme apparut, armé lui aussi d'une rampe d'arrosage.

Oscar se recroquevilla et rabattit la cape sur lui. Il sentit les giclées d'acide sur son dos, et la fumée traversa même le tissu qui le protégeait miraculeusement. *Après ça,* songea-t-il, *elle sera tout juste bonne à servir de serpillière.*

Sentant une accalmie, il souleva prudemment un angle de la cape : il était parvenu à l'extrémité de la chaîne d'attaque acide, sans savoir ce qui l'attendait au-delà. Une lueur fugace dans la première sacoche de sa ceinture lui rappela sa mission. Il se dépêtra du tas d'aliments carbonisés, se mit à courir et plongea juste avant que la dernière porte ne se referme.

26

Il se cacha dans un renfoncement. Au loin, les hommes de l'unité AA s'éloignaient en rang serré. Un bruit familier l'attira : celui de l'eau.

Il progressa prudemment et découvrit l'ouverture d'un tunnel plongé dans la pénombre. La paroi était élastique, striée, et elle bougeait sous ses pieds. Il chemina tant bien que mal et aboutit au bord d'une rivière souterraine.

Il s'aventura sur un quai et se pencha avec prudence. De près, cette rivière était très différente de celles qu'il connaissait en dehors du corps. D'abord, l'eau progressait par à-coups. La seconde différence était plus marquante encore : la rivière était *rouge* – rouge sang. Au-dessus de sa tête, un écran affichait une succession d'horaires et, à côté de chaque horaire, un code : DR5, DR2, DR4...

Une voix le fit sursauter :

– Prochaine navette à l'approche. Reculez derrière la bande de sécurité.

Un petit sous-marin ovale surgit à la surface et Oscar fit un bond en arrière. L'engin retomba et souleva des gerbes rouges, l'éclaboussant de la tête aux pieds. Une fille aux cheveux aussi rouges que l'eau émergea du cockpit.

– Salut !... Pardon, je voulais dire : navette de 10 h 35. Je vous dépose où ?

Oscar s'approcha, ruisselant et bouche bée. La jeune conductrice s'impatienta.

– Allô, le quai, tu m'entends ?

Elle jeta un coup d'œil sur le panneau électronique.

– Va falloir te décider, parce que la prochaine navette arrive dans quatre minutes.

Oscar trouva la nouvelle venue un peu gonflée.

– Tant mieux, j'aurai le temps de sécher. Où tu as appris à conduire ?

Elle se mit à rire.

– Allez, monte, tu me diras où tu veux aller quand tu seras à l'intérieur.

Les personnes prêtes à l'aider se faisaient trop rares pour qu'il refuse. Il posa le pied dans le petit engin.

– C'est quoi, ces vêtements ? demanda-t-elle. Et puis, quelle odeur ! Tu peux secouer ta cape avant de monter ?

Oscar se plia aux exigences de cette fille qui l'agaçait déjà, et s'installa. Il toucha les parois du sous-marin, faites d'une étrange matière transparente.

– Bienvenue dans mon Globull DR5 à injection !

clama-t-elle en démarrant en trombe. Les parois sont malléables, c'est hyper pratique pour passer dans un cours d'eau étroit ou un canal encrassé.

Oscar fut scotché à son fauteuil. Le Globull slaloma au milieu de centaines d'autres véhicules sous-marins de toutes sortes et de toutes les couleurs, en groupe ou isolés. La fille donna un coup de volant brutal pour éviter une série de machines clignotantes, reliées entre elles par des barres de métal.

– Ces PI, c'est pénible, ça se balade n'importe où sans prévenir !

– Ces quoi ?

– Prot & In, une marque de high-tech qui marche très bien ici – il y en a plein dans le Grand Réseau –, mais franchement, ils ne savent pas se diriger...

– Tu fais le taxi dans le Grand Réseau ?

– Je suis censée transporter des bonbonnes d'oxygène un peu partout dans l'Univers, avoua-t-elle : je charge celles qui sont vides et je décharge les pleines. Mais quand quelqu'un attend sur le quai, je l'embarque, les trajets sont moins ennuyeux... On n'a pas le droit de monter à deux dans un DR5, dit-elle sur le ton de la confidence, mais on s'en fiche, non ?

Oscar regarda de biais cette drôle de fille qui ne devait pas être plus âgée que lui. Il ne s'en fichait pas du tout, mais c'était de toute façon mieux que se retrouver seul dans cet Univers qu'il ne connaissait pas.

– Tu t'es décidé ? lui dit-elle. Où on va ?

– Tu pourrais me déposer à la montagne d'Hépatolia ?

– La montagne... C'est où, déjà ? On peut essayer.

– Je croyais que tu transportais l'oxygène dans tout l'Univers ?

– Disons que c'est plutôt mon père qui s'en occupe... Mais il trouve que je suis une excellente conductrice.

– C'est le sous-marin de ton père ? Tu n'as pas le permis ?!

– On se calme : je me débrouille beaucoup mieux que pas mal d'adultes. Et puis c'est pas sorcier, on va la trouver, ta montagne !

Oscar ferma les yeux. Qu'est-ce qui lui avait pris de lui faire confiance ?

– Respire, se moqua-t-elle, prends un peu d'oxygène dans une bouteille derrière toi ! Tout ça pour un permis que j'aurai sans problème quand je le passerai...

– Le problème, c'est que tu ne l'as pas encore passé, justement.

– Au fait, t'es qui, monsieur le trouillard ?

– Oscar Pill. Ça te dit quelque chose, un Médicus ?

– Toi, un Médicus ? Je croyais qu'ils étaient grands, forts et courageux ! dit-elle sur un ton théâtral.

– Avant de devenir grands et forts, ils sont jeunes, répliqua Oscar.

Elle se mit à rire.

– Un Médicus débutant qui me fait des reproches...

– Et toi, t'es qui ?

– Une Érythrocyte de la république indépendante de la Moelle, et je m'appelle Érythra 34 – 46 – 352°.

– C'est un nom, ça ?

– Tu trouves que c'est mieux, Oscar Pill ? 34, c'est ma famille, 46, c'est la génération, et 352°, c'est mon rang d'arrivée parmi mes frères et sœurs. Mais on m'appelle aussi Valentine.

– Je suppose que ton père ne sait même pas que tu conduis ce Globull...

– Tu ne vas pas recommencer ! Cette montagne, tu veux y aller ou pas ? Le problème, reconnut-elle, c'est que je ne peux pas trop m'éloigner d'ici, et l'entrée de la montagne, ça doit pas être tout près...

– Si t'es pas capable d'y aller, laisse-moi sur un quai, je vais me débrouiller.

– J'ai pas dit que j'en étais pas capable, j'ai dit que si je m'éloigne trop, mon père va se rendre compte que j'ai pris son Globull. En plus, il faut passer par l'autoroute.

– Quelle autoroute ? demanda Oscar qui ne comprenait plus rien.

– Le fleuve Porte. Et mon père me l'a interdit.

– Bon, alors fais-moi remonter à la surface !

– J'ai peut-être une autre solution.

– Laquelle ? demanda Oscar, impatient.

– Je ne sais pas où se trouve l'entrée de la montagne, mais je sais où est la sortie.

– La sortie ?

– Il faut bien qu'on en sorte ce qu'on extrait des mines...

Oscar se remémora ce qu'il avait lu sur Hépatolia : ses mines fournissaient des substances précieuses pour décomposer certains aliments, mais aussi l'énergie et le carburant pour tous les Univers. Il révisa son jugement : arrivé à la sortie de la montagne, il trouverait bien le moyen d'y entrer. Sans compter l'ultime recours possible à son Grimoire.

– OK pour la sortie, alors.

Valentine brancha son GPS et accéléra d'un coup.

– C'est parti !

Pendant tout le trajet, Oscar s'agrippa à son siège, sans prononcer un mot. La rivière jaillit du sol et poursuivit son chemin à l'air libre. Il ne se détendit que lorsque le sous-marin accosta. Le cockpit se souleva et il sortit en titubant, avec l'impression de ne pas toucher le sol. Valentine s'extirpa de son engin, moins perturbée.

– Ah, un peu d'air frais !

Oscar fit quelques pas sur le rivage et contempla la masse sombre et inquiétante qui se dressait devant eux.

Ils étaient au pied de la montagne d'Hépatolia.

27

La roche était brune, lisse, percée de trous ici et là, et rien n'y poussait. Une lumière pâle tombait sur la vallée. Un sifflement d'admiration retentit derrière lui.

– Quand je pense que je ne l'avais jamais vue ! s'extasia Valentine. J'ai bien fait de venir. C'est drôlement beau, mais un peu angoissant, non ?

Oscar n'avait pas le moins du monde l'intention de s'encombrer d'elle.

– Bon, eh bien, merci et au revoir.

– Ne t'occupe pas de moi, dit-elle en admirant la façade abrupte, fais comme si je n'étais pas là...

– Ton père va s'inquiéter, insista Oscar.

– Pourquoi est-ce que je ne pourrais pas rester ? Je ne te dérangerai pas, je t'assure.

– C'est toi qui l'as dit : tu ne dois pas trop t'éloigner, lui rappela-t-il en la forçant à monter dans le sous-marin. Et puis j'ai des choses importantes à faire, et ça peut être dangereux.

Valentine se dégagea.

– Je t'aide et voilà comment tu me remercies ! C'est vachement sympa. Je m'en souviendrai...

Elle sauta sur le siège et effectua une marche arrière musclée.

– C'est où, déjà, la sortie de la montagne ? lui cria Oscar.

– Trouve-la toi-même, ta sortie !

Elle ferma le cockpit et partit en trombe.

Au bout d'une heure, il lui semblait avoir fait du surplace, tant la montagne d'Hépatolia lui apparaissait imposante au fur et à mesure qu'il s'en rapprochait. Sur son trajet, il n'avait remarqué aucune ouverture dans la roche. Le paysage était infiniment monotone et il croyait faire fausse route quand un grondement se fit entendre. Il grimpa sur un monticule pour mieux observer ce qui s'offrait à lui.

La montagne formait deux énormes pics séparés par une vallée où courait une sorte de toboggan géant rempli d'une masse poisseuse et épaisse. Oscar reconnut sans effort la bouillie d'aliments en provenance de l'unité AA.

Un vrombissement au-dessus de sa tête l'arracha au spectacle : un, puis deux, puis plusieurs avions survolèrent la zone dans le ciel noir et strié d'éclairs. L'un d'eux finit par piquer dans la vallée et les autres le suivirent. L'escadron passa en rase-motte, et une pluie orangée s'abattit sur la bouillie circulant dans le toboggan. Les appareils reprirent un peu d'altitude, puis le premier exécuta un virage à cent quatre-vingts degrés et se dirigea droit sur la montagne.

Oscar, tétanisé, guetta le drame imminent.

Mais il n'y eut ni crash ni explosion : le premier avion avait purement et simplement disparu.

L'appareil suivant exécuta la même manœuvre et disparut, lui aussi, avalé par la montagne. Oscar choisit un autre mirador naturel pour observer la façade selon un nouvel angle. Il ne quitta pas le troisième avion du regard et le mystère fut levé : l'appareil ralentit à quelques mètres de l'impact et plongea dans un trou creusé dans la paroi.

Lorsque le quatrième et le cinquième avion s'engouffrèrent dans la grotte, Oscar la repéra très précisément. Il retrouva son énergie et s'élança à l'assaut de la montagne.

L'ascension était de plus en plus difficile. Ses jambes lui semblaient lourdes, il trébuchait sur tout ce qui dépassait, tombait puis se relevait, empêtré dans sa cape.

Il mit plus de deux heures pour atteindre la grotte. Sans s'accorder le moindre répit, il s'approcha de l'ouverture.

Un immense hangar avait été creusé dans la roche pour y tracer trois pistes de décollage et d'atterrissage.

Des dizaines de personnes s'affairaient autour des avions. Certaines les ravitaillaient en carburant, d'autres les inspectaient pour détecter le moindre problème technique avant de les laisser repartir.

Alors apparurent des hommes assez forts, à la peau jaune et luisante. Ils transportaient des jerricanes en verre où brillait un liquide de la couleur de leur peau : celle de l'ambre, un jaune aux reflets orange. Le Nectar. Oscar sentit une chaleur se diffuser de sa ceinture ; la Fiole vide reconnaissait ce qu'elle devait contenir.

Les Hépatoliens remplirent les réservoirs. Oscar fit enfin le lien entre les avions, la montagne et l'objet de sa quête : les avions chargeaient le Nectar produit dans les mines et le larguaient au-dessus des aliments dans la vallée.

Il profita de la concentration des techniciens pour se faufiler jusqu'à la procession qui repartait déjà, et qui le conduirait sans doute à la source de Nectar. Son pied buta contre un relief et le bruit attira l'attention. Il se plaqua contre la paroi, dans un renfoncement. Un cri étouffé résonna juste derrière lui. Il se retourna, la main sur son pendentif.

– Qui est là ?

À la lueur du M d'or, il découvrit au fond de sa cachette un jeune garçon blond à la silhouette ronde qui le fixait derrière ses lunettes, sans agressivité. Lui aussi avait la peau jaune et le teint cireux.

– Ne me dénonce pas, implora-t-il. Sinon, je vais me faire enfermer.

La voix était plutôt douce.

– Parle plus bas, alors, lui conseilla Oscar, sinon on va se faire repérer.

– Impossible : nous sommes dans un renfoncement dont l'angle, aigu, est d'environ trente-sept degrés. Compte tenu de la forme du hangar et de la réflectivité des parois rocheuses, personne ne peut nous entendre, à moins que nous n'augmentions, disons... que nous ne doublions l'intensité en décibels de nos voix.

Oscar le dévisagea, désarçonné.

– Si tu le dis... Je ne vais pas vérifier, pour les angles. Moi c'est Oscar, et toi ?

– Lawrence.

– Laurence ? C'est pas un nom de fille, ça ?

Le garçon semblait habitué à ces considérations.

– Lawrence avec un « w » est un prénom masculin attribué à beaucoup de mâles dans le monde anglo-saxon, précisa-t-il comme s'il récitait l'article d'une encyclopédie. Lawrence d'Arabie, l'officier anglais, par exemple.

– Qu'est-ce que tu fais ici ?

Lawrence sonda Oscar de son regard perçant avant de répondre avec franchise.

– Je refuse de travailler dans les mines de la montagne, comme mon père ou mon frère. Je veux partir d'ici.

– Mais tu veux aller où ?

– Je comptais me cacher dans un avion et sauter à très basse altitude, affirma Lawrence.

– Sauter d'un avion ? s'étonna Oscar, qui surveillait du coin de l'œil les derniers Hépatoliens qui quittaient le hangar.

– J'ai fait un petit calcul : sachant qu'ils volent à moins de cent vingt kilomètres à l'heure au moment où ils frôlent la Grande Canalisation du Jéjunum, ils sont obligés de réduire leur vitesse de quatre-vingts pour cent, et si au même moment les vents contraires leur opposent une force au moins égale à celle de la gravitation, je...

– Excuse-moi, coupa Oscar, mais j'ai pas vraiment le temps.

S'il ne se décidait pas maintenant à suivre les derniers mineurs, l'occasion ne se représenterait peut-être plus.

– Tu es un Médicus ?

– Comment tu le sais ?

– Le M sur ta cape, là, et ton pendentif. Je sais tout sur vous ! Quelle chance, s'exclama Lawrence. Tu peux quitter ton monde et voyager dans le corps !

– Tu as avalé un dictionnaire ou quoi ?

– Je lis beaucoup, confirma-t-il. Mon père préfère que je l'accompagne à la mine, mais je le fais en cachette dès que je le peux. C'est ma façon de voyager.

Oscar quitta son abri. Le hangar était désert, c'était

le moment d'y aller. Il s'engagea dans le couloir où il avait vu disparaître les hommes jaunes, mais, très vite, le passage se divisa en deux, puis chaque branche se divisa également, et ainsi de suite. Impossible de savoir quel chemin ses guides avaient emprunté. Il venait de laisser bêtement s'échapper la seule occasion d'atteindre le cœur de la montagne et le Nectar. Il revint sur ses pas, déçu.

– Où veux-tu aller ?

Lawrence se trouvait de nouveau face à lui, immobile, et le fixait. Dans un mouvement d'humeur, Oscar écarta sa cape et attrapa sa Fiole vide dans la ceinture.

– Je dois remplir ce flacon, et si tu parlais un peu moins, j'aurais pu le faire. Alors maintenant, laisse-moi tranquille, il faut que je réfléchisse.

Lawrence ne bougea pas d'un millimètre. Oscar l'ignora et sortit son Grimoire ; il ne voyait pas d'autre solution pour se frayer un chemin dans cette montagne mystérieuse. La voix de Lawrence résonna à nouveau dans le hangar.

– Je peux t'y emmener.

– Tu sais comment y aller ?

Lawrence haussa les épaules.

– Comment je me trouverais ici si je ne connaissais pas le chemin ?

Oscar reprit espoir.

– D'accord, je te suis.

– J'ai quelque chose à te demander en échange.

Décidément, depuis qu'il avait mis les pieds à Cumides Circle, il ne pouvait rien attendre de quiconque sans devoir faire quelque chose en retour. Un jour, sa mère lui avait dit une chose qu'il avait trop vite oubliée : « Dans la vie, on n'a rien sans rien. C'est triste : les gens attendent toujours quelque chose de toi en retour. Mais toi, tu dois essayer d'être différent. Au bout du compte, c'est toi qui seras le plus heureux. » Elle s'était tue, puis elle l'avait serré contre elle : « Sauf l'amour, mon Oscar : il faut donner l'amour et l'attendre, parce qu'on en a besoin. »

Celia, Babylon Heights, sa maison... Tout cela lui paraissait lointain, mais y penser l'apaisa. Il fallait faire un choix, et vite : Lawrence attendait une réponse, immobile comme une statue.

– Qu'est-ce que tu veux en échange ? demanda Oscar, méfiant.

Le visage de Lawrence s'illumina.

– Que tu m'emmènes avec toi dans ton monde.

– Quoi ?! Mais c'est impossible, je ne suis même pas sûr de savoir comment rentrer tout seul ! Bon, laisse tomber, je vais me débrouiller sans toi.

Il se tourna vers le début du labyrinthe de couloirs et prit son Grimoire en main. Il l'ouvrit et récita l'incantation :

Grimoire,
Si tu as de la mémoire,
Réponds sans...

Lawrence passa devant lui et s'engagea dans le sombre tunnel.

– Où tu vas ? s'écria Oscar.

– Je rentre. Tu n'as qu'à me suivre.

Oscar s'élança derrière lui.

– Tu sais, dit-il en le rattrapant, si j'avais pu t'emmener, je l'aurais fait.

– J'ai compris, répondit Lawrence d'une voix grave. Tu peux quand même me suivre.

Oscar sourit. Celia s'était peut-être trompée : si les adultes ne faisaient rien sans attendre un retour, certains adolescents comme Lawrence en étaient capables, eux.

28

Au bout de quelques minutes, les yeux d'Oscar s'habituèrent à la pénombre du tunnel.

– Où on est ?

– Dans le col Hédoc. Ça vient d'un vieux mot que vous employez, vous autres, les humains, dans la médecine classique, qui lui-même vient du grec *kholê* et *dokhos,* et...

Oscar laissa Lawrence déballer ses explications. Il n'y lisait aucune prétention ; Lawrence devait aimer ce qui s'explique, tout simplement. Lui-même aimait donner un sens aux choses comme aux faits. Pour cette raison, il avait du mal à se plier aux ordres et aux règles : il avait besoin de comprendre et d'accepter *avant* d'obéir. Lawrence ralentit leur progression.

– On approche du canal Cystic, dit-il en désignant un autre tunnel sur leur gauche.

– Et qu'est-ce qu'il y a, de l'autre côté ?

– Le Grand Barrage, au bord du...

Oscar l'obligea à se taire.

– J'ai entendu un bruit, dit-il, inquiet. Ça venait de derrière.

Ils restèrent silencieux un instant, mais ils ne perçurent que le ronronnement lointain des mines et celui de la rivière au pied de la montagne.

– Bon, j'ai dû rêver. Qu'est-ce que tu me disais ? Un barrage au bord de quoi ?

– Au bord du Grand Lac de la Vésicule. C'est un bassin artificiel creusé dans la montagne où les Hépatoliens stockent les réserves de Nectar. On l'utilise quand Bones fait un repas trop gras et qu'il lui faut plus de Nectar pour digérer, d'où son autre nom : le lac Trogras.

– Mais... pourquoi j'irais le chercher au cœur de la montagne s'il y en a tout un lac ici !

Oscar s'engagea dans le canal Cystic et s'arrêta devant une passerelle en bois. Dessous s'enfonçait un précipice dont il ne voyait même pas le fond.

– Attends, Oscar, tu ne peux pas aller là-bas, c'est dangereux !

Oscar scruta l'autre extrémité de la passerelle. Elle conduisait vers un gigantesque barrage en arc de cercle qui retenait les eaux d'un lac lisse comme un miroir sous l'immense voûte brune. Les reflets orange, vert et jaune rendaient les eaux plus profondes encore.

– J'ai pas le choix. Le Nectar est là, tout près !

– D'abord, tu ne pourras pas atteindre la surface du

lac et remplir ta Fiole, affirma Lawrence avec le plus grand calme. Ensuite, je te déconseille fortement de t'aventurer sur cette passerelle. Les Hépatoliens eux-mêmes n'y vont presque jamais.

– Pourquoi ? demanda Oscar, déjà prêt à repartir.

– Il suffirait que le barrage s'ouvre pour que...

Un tremblement des murs et du sol lui coupa la parole. Oscar regarda autour de lui, inquiet. Une seconde secousse se produisit, plus forte. Lawrence finit sa phrase avec un peu moins d'assurance.

– ... pour que le canal Cystic soit *inondé*.

Ils sortirent du canal en trombe. Ils étaient à nouveau dans le col Hédoc, et la montagne entière semblait s'ébranler.

– Par ici ! cria Lawrence en agrippant Oscar. Il faut s'enfoncer dans la montagne, jusqu'au sas de sécurité. Ce n'est pas loin !

– Tu es fou ! On doit au contraire sortir d'ici, sinon on va mourir noyés dans les tunnels !

– Non ! Si le barrage s'ouvre, le Nectar s'écoulera de l'autre côté, vers la grotte, pour jaillir dans la vallée jusqu'à la Grande Canalisation et les aliments. On va se faire emporter si on prend le même chemin ! Fais-moi confiance !

Ils foncèrent vers le cœur de la montagne, mais un cri strident arrêta Oscar.

– Qu'est-ce que tu fais ? hurla Lawrence.

Un second cri retentit, et Oscar rebroussa chemin jusqu'à l'entrée du canal Cystic, alors que les tremblements s'intensifiaient. Il reconnut immédiatement la fille aux cheveux rouges, terrorisée au beau milieu de la passerelle qui tanguait dangereusement. Derrière, le barrage était en train de s'ouvrir, et le Nectar débordait déjà. Les eaux du lac, pressées de s'échapper, se mouvaient et la surface se troublait.

– Qu'est-ce que tu fiches ici ? hurla Oscar.

– Je t'ai suivi... Je voulais juste voir comment c'était... Et puis t'aider..., gémit Valentine.

Oscar se précipita sur la passerelle. Une secousse plus forte que les autres le déséquilibra, et il se rattrapa à la corde in extremis. Valentine était à plat ventre sur les planches. Il lui tendit une main qu'elle ne parvint pas à attraper. Il fit un pas de plus et la passerelle trembla ; les planches qui les séparaient se décrochèrent et tombèrent dans le vide. Valentine fut hors de portée. Au pied de la passerelle, Lawrence cherchait lui aussi un moyen de sauver cette inconnue, en vain.

Oscar n'hésita pas :

Grimoire,
Si tu as de la mémoire,
Réponds sans surseoir
Et ne me laisse pas croire
Ce qui est sans espoir.

La page du Grimoire s'anima et attendit la question.

– Je ne peux pas la laisser tomber ! Dis-moi ce que je dois faire.

La page se troubla puis une image apparut, de plus en plus nette : elle représentait un homme avec un turban dans un palais indien. À son cou pendait le M des Médicus ; il était assis sur un tapis, un mètre au-dessus du sol. Oscar observa l'image, désemparé.

– Ce n'est pas la réponse à ma question !

Un grondement fit trembler les parois et la voûte au-dessus du lac : le barrage venait de céder et le Grand Lac de la Vésicule se déversait dans un vacarme effroyable. Sous la passerelle, le ravin se remplissait dangereusement. Oscar jeta son Grimoire, désespéré. L'image pivota ; le tapis du fakir apparut alors sous un autre angle : c'était une cape de Médicus. Oscar comprit enfin le message sous-jacent. Il dégrafa sa propre cape, la jeta en travers de la passerelle et posa le pied sur le velours rigide comme du métal. Il fit un pas vers Valentine et l'aida à se relever. Elle s'agrippa à son bras. En dessous, le Nectar tourbillonnait et le niveau montait à une vitesse ahurissante. Oscar l'entraîna vers le canal Cystic et revint en courant pour récupérer sa cape. Au moment où il l'effleura, le tissu retrouva sa souplesse : la cape glissa entre les lattes de bois et tomba dans le vide.

– NON !

Les images de Mrs Withers dans Royce s'imposèrent en un éclair. Il brandit son pendentif, un faisceau lumineux en jaillit et rencontra la Lettre brodée sur le velours. La cape se figea dans les airs à quelques centimètres du bouillonnement des flots et remonta lentement jusqu'à ce qu'Oscar puisse s'en saisir.

– Vite, supplia Lawrence, le niveau monte. Dans quelques secondes, le Nectar aura atteint la passerelle, il envahira tout !

Ils se mirent à courir, mais Lawrence, gêné par sa corpulence, trébucha et tomba. Oscar et Valentine le soulevèrent. Un bruit terrible envahit la galerie. Le Nectar, qui venait de noyer la passerelle, jaillit comme un geyser du canal Cystic. Il ricocha contre les parois du col et une vague s'abattit sur eux avec une violence inouïe. Leurs corps furent ballottés et emportés vers la sortie. Le raz-de-marée inonda la grotte où les avions étaient à l'abri dans des box. Les adolescents traversèrent l'espace et furent expulsés par l'ouverture de la grotte, comme recrachés par la montagne.

Ils tourbillonnèrent dans la vallée et atterrirent au beau milieu de la Grande Canalisation, dans la bouillie grasse et huileuse qui, heureusement, amortit le choc. Oscar se débattit et parvint à sortir la tête : aucune trace de Lawrence et de Valentine. Il voulut les appeler, mais sa bouche s'emplit d'un mélange atroce de graisse de viande et de chou-fleur. Il recracha, nauséeux, et tenta en vain d'agripper le bord du toboggan. Il étala alors sa cape à la surface et se hissa pour respirer.

Il était furieux et terrifié à la fois. Furieux d'avoir échoué, terrifié à l'idée d'être emporté dans un bain d'aliments digérés et de Nectar vers une destination inconnue. Il se remémora alors ses leçons et le fruit de ses lectures : les aliments étaient décomposés pour en extraire l'énergie, et ce qui n'était pas utilisé... était rejeté par le corps. Le sang d'Oscar se figea.

– Oh non, dit-il, désespéré, pas ça !

Il se débattit comme un fou et tenta de remonter le courant, trop fort pour lui. Il finit par se coucher sur le dos, en travers de la cape, et c'est alors qu'il *le* vit : une coulée de Nectar, sur le flanc de la montagne, avait dessiné une coupe. Autour de son pied s'enroulait un serpent, et un M majuscule la surmontait. Le Caducée des Médicus venait d'apparaître, il allait pouvoir rentrer.

Le dessin commençait déjà à s'effacer. Il n'y avait pas un instant à perdre. Oscar scruta une dernière fois la masse compacte autour de lui, espérant encore voir apparaître les têtes de ses compagnons. Il agrippa sa cape de la main gauche, saisit son pendentif de la main droite et fixa le symbole éphémère sur la montagne. Un éclair aveuglant déchira la voûte sombre du ciel et il fut arraché à l'Univers dans un bruit assourdissant.

29

Quand il leva la tête, le nez collé à des chaussures cirées noires, il crut qu'il sortait d'un rêve. Ou plutôt d'un cauchemar.

Son regard monta et croisa un pantalon en accordéon, puis des mollets tout blancs avec de rares poils gris. La voix – ou plutôt le cri – qui se mêla au sien ne laissait aucun doute sur la personne ni sur la situation.

– Qu'est-ce que vous faites ici ? rugit Bones.

Oscar se plaqua contre la porte comme s'il avait vu le diable. Il dut secouer la tête pour y croire : il était aux toilettes et, face à lui, le majordome, rouge de honte et de colère, était recroquevillé sur la cuvette.

– Sortez ! hurla Bones. Sortez tout de suite !

Oscar s'acharna sur la poignée, qu'il ne parvenait pas à baisser.

– Le verrou ! s'étrangla le majordome.

Oscar déverrouilla la porte, partagé entre le dégoût, l'embarras et l'envie quasi incontrôlable d'éclater de rire, et se réfugia dans sa chambre.

Quand il eut fini de se nettoyer et de se changer, il contempla le flacon vide. Seul, face à lui-même et à son échec, il fut envahi par un sentiment intense de déception et de honte. Il était si proche du but, et il avait suffi d'un repas gras pour tout gâcher. À quel moment n'avait-il pas bien réagi ? Où s'était-il trompé ? Il était incapable de le dire. Il songea à Lawrence et Valentine, probablement noyés dans la Grande Canalisation, et la culpabilité le noua. Des coups frappés à la porte interrompirent ses sombres pensées.

– Vous êtes attendu dans la bibliothèque, déclara Bones d'une voix glaciale.

La vision du majordome sur sa cuvette s'imposa, et Oscar lutta pour garder son sérieux.

– Je ne sais pas ce qui s'est passé, ajouta Bones, mais j'ai souffert de brûlures d'estomac avec des relents acides atroces.

– Aucune idée, répondit Oscar avec délectation.

– Entre, dit une voix grave et rocailleuse.

Oscar poussa la porte de la bibliothèque et se figea sur place. Devant lui se tenait le Conseil suprême des Médicus au grand complet.

Il reconnut bien sûr Mrs Withers, qui sourit, et Maureen Joubert, qui lui adressa un petit signe amical. Le Grand Maître le fixait intensément. Deux autres visages lui étaient étrangers : celui d'un jeune homme mince en blazer et chemise blanche, et à la droite de Mr Brave, celui d'une dame très maquillée aux cheveux flamboyants.

Enfin, Fletcher Worm ne le quittait pas du regard depuis qu'il était entré, calé dans son fauteuil Machiavel.

Mr Brave parla le premier.

– Prends place à côté de Mrs Joubert.

Oscar obéit, tétanisé. En passant près des livres, il perçut un frémissement et tourna la tête : la pochette de Julia Jacob tremblait sur son étagère.

– Je voudrais te présenter les membres du Conseil suprême des Médicus que tu ne connais pas encore. Voici tout d'abord Anna-Maria Lumpini.

La dame à l'incroyable crinière auburn lui sourit.

– *Comtesse* Lumpini, précisa-t-elle. Enchantée de faire ta connaissance. Tu as la prestance de ton père, c'est bon signe.

– Et voici Alistair McCooley, enchaîna le Grand Maître.

– Bonjour, Oscar. Tu fais partie de la nouvelle génération de Médicus, j'espère que tu vas en profiter pour faire bouger les choses.

Oscar éprouva instinctivement de la sympathie pour le conseiller.

– Oscar est encore un peu jeune pour bouleverser l'ordre du monde, objecta Mrs Withers.

– On n'est jamais trop jeune pour faire la révolution, déclara Alistair. Jamais.

– Nous n'avons pas été *officiellement* présentés, mais le hasard en a voulu autrement, lâcha Worm d'une voix glaciale.

Oscar se tourna vers celui qui venait de prendre la parole sans y être invité.

– Fletcher Worm est un des plus anciens membres du Conseil – et un éminent Médicus qui te soutiendra dans ton parcours, j'en suis certain, précisa Winston Brave.

Oscar affronta Worm malgré la tension qui montait de manière inexplicable.

– Le Grand Maître s'est *enfin* décidé à nous réunir pour nous informer de *sa* décision : t'initier aux pouvoirs des Médicus. On ne nous a pas demandé notre avis, hélas, mais... nous respecterons ce choix.

Winston Brave ignora la pique, et Worm poursuivit :

– Nous sommes tous curieux d'entendre ton récit après ce premier voyage en Hépatolia humaine.

Mrs Withers prit la parole.

– L'Intrusion Corporelle s'est parfaitement déroulée. Oscar en a parfaitement acquis la technique, ce qui est rare pour un Médicus aussi jeune.

– Il en maîtrise moins bien la sortie, si nous avons bien saisi le récit de Bones, précisa Worm.

Ses lèvres minces se pincèrent en une sorte de sourire. Ce fut au tour de Maureen Joubert de prendre la défense d'Oscar.

– J'ai été impressionnée par le courage de notre jeune Médicus. Le parcours était semé d'embûches et de difficultés dès son arrivée dans la Sialine. Bravo.

Oscar guettait l'ultime question, qui ne tarda pas à venir.

– Je suis certain qu'avec les compliments que te réservent ces dames, ironisa Worm, tu as réussi ta mission principale : remplir ta Fiole d'Hépatolia.

Oscar pâlit en évitant le regard de ceux qui lui faisaient confiance.

– Nous n'avons pas entendu ta réponse, insista Worm avec cruauté.

– J'étais tout près du Nectar, mais je n'ai pas pu remplir ma Fiole. Le barrage s'est ouvert et j'ai été emporté.

Un silence tomba sur le Conseil. Mrs Withers tenta de minimiser l'échec.

– On ne remplit pas sa Fiole dès la première Intrusion. Ne t'en fais pas. Maureen et moi-même avons besoin de travailler encore un peu avec toi, n'est-ce pas, Maureen ? Je reste confiante.

– Absolument, confirma Worm contre toute attente. C'est tout à fait normal d'*échouer* la première fois. Pas pour le Médicus dont vous avez tant vanté les talents, mais pour un Médicus « ordinaire », oui, c'est normal.

– Ordinaire ? reprit Anna-Maria Lumpini. Voyons, Fletcher : le fils de Vitali Pill ne peut *pas* être ordinaire.

– Ce qui prouve bien que la qualité d'un Médicus n'est pas héréditaire. Mais, en un certain sens et dans le cas précis de la famille Pill, c'est mieux ainsi.

Il se tourna vers Winston Brave pour conclure :

– Je vous l'ai dit au début de ce Conseil : ce n'était pas seulement une mauvaise idée, mais une regrettable *erreur*.

Oscar blêmit. L'allusion perfide fit bondir Mrs Withers, mais Winston Brave mit un terme à la discussion.

– Je ne reviendrai pas sur cette décision.

Worm ne répliqua pas.

– Oscar Pill, nous sommes convaincus de tes qualités, conclut le Grand Maître. Il te faut sans doute encore un peu d'entraînement avant de mener à bien ta mission, mais j'ai confiance en toi, comme *tout le monde* ici.

Worm joua avec le revers de sa cape. Les autres membres adressèrent à Oscar un sourire franc.

– As-tu quelque chose à ajouter ? demanda le Grand Maître.

Profondément humilié et blessé, Oscar se rua sur la porte et l'ouvrit à la volée. Bones, tapi derrière le battant en bois, se redressa et afficha un petit sourire satisfait. Oscar dévala l'escalier et quitta Cumides Circle.

Mrs Withers s'était levée précipitamment. Winston Brave l'arrêta.

– Il reviendra de lui-même, ou ne reviendra pas. Ce n'est pas à nous de décider.

Maureen et Alistair tentèrent de la rassurer avec un sourire. Worm, satisfait, observa la scène en silence.

– Eh bien, s'écria la comtesse Lumpini, que se passe-t-il ? Ce charmant garçon nous quitte déjà ? Quel dommage...

Mrs Withers s'approcha de la fenêtre pour voir Oscar disparaître dans Blue Park Avenue, sous un ciel orageux.

30

Il avait instinctivement choisi un repère : le clocher rose qui dominait la ville, au sommet de la petite colline sur laquelle était bâti tout son quartier. Puis il avait couru sans s'arrêter, même lorsqu'il traversait les rues et que les voitures freinaient dans un concert de crissements de pneus et de klaxons.

Ses jambes tremblaient et il était à bout de souffle en atteignant Babylon Heights. Il emprunta les raccourcis qu'il était presque seul à connaître. Il ne voulait voir personne, surtout pas ses amis, ni Mr Tin, son refuge silencieux, ni les familles du quartier. Quand il aperçut enfin les premières habitations de Kildare Street puis le toit de la maison familiale, la honte, la tristesse et la rage qu'il avait éprouvées devant le Conseil des Médicus ressurgirent.

Il reprit son souffle au beau milieu de l'entrée, en nage, et contempla les images fixées aux murs et qui résumaient sa vie – celle qui comptait vraiment. Celia et Violette étaient dans la cuisine. L'une parlait, l'autre écoutait d'une oreille distraite, perdue dans une rêverie. Violette bondit de sa chaise.

– Oscar !

Celia lâcha sa casserole dans l'évier et se précipita à la suite de sa fille. Oscar, lui, avait déjà grimpé les marches quatre à quatre et s'était enfermé dans sa chambre. Violette lança un regard affolé vers sa mère.

– Ce n'est rien, ma chérie, ne t'en fais pas.

Violette se mit à chanter la première mélodie qui lui vint à l'esprit, et disparut.

Celia frappa à la porte. Sans réponse, elle entra tout doucement. Oscar était sur son lit, allongé sur le dos, les yeux fixés au plafond. Les larmes coulaient sur ses tempes. Il serrait l'album photo. Sa mère posa une main sur la sienne.

– Tu m'as manqué, mon Oscar.

Elle l'enlaça et ils restèrent ainsi un long moment. Il sut d'emblée qu'elle ne le jugerait pas.

– Quelle est la merveilleuse circonstance qui me permet de te revoir plus tôt que prévu ? demanda Celia.

Elle parvint à arracher un petit sourire à Oscar.

– Voilà qui est mieux. Mais j'aimerais en savoir plus, si c'est possible.

Elle s'allongea et croisa les bras.

– Vas-y. Je suis prête, raconte depuis le début.

Quand Oscar eut fini son récit, Celia prit quelques secondes de réflexion.

– Est-ce que je peux te raconter la même chose, mais avec mes mots et ma façon de voir ?

Il acquiesça.

– En quelques jours, tu as réussi à entrer dans le corps d'un canari, d'un chien, puis d'un être humain. Tu y as traversé tout un Univers et bravé une foule de dangers, tu as sauvé quelqu'un d'une mort certaine, et si tu n'as pas réussi à remplir ta Fiole, c'est uniquement parce que ce maudit majordome aime les repas très gras qui déclenchent l'ouverture d'un barrage. En somme, ce n'est pas ta faute. On est d'accord ?

– J'ai quand même échoué. Qu'est-ce qu'ils vont penser de moi ?

– L'avis des autres, c'est bien, mais il y en a un que tu n'as pas pris en compte : le tien. Qu'est-ce que *tu* veux faire ? Tu veux renoncer parce que tu n'as pas tout réussi du premier coup et parce qu'un homme t'a blessé avec des mots ? Ou, au contraire, ça te donne envie de persévérer et prouver à toi et aux autres – mais surtout à toi – que tu es plus fort que l'échec ?

– Je sais pas, répondit Oscar. Avant, je savais, mais plus maintenant.

Celia prit le visage de son fils entre ses mains.

– Dans ta vie, tu dois tout faire pour ne pas avoir de *regret.* Mieux vaut tenter quelque chose et se rendre compte ensuite que ce n'est pas le bon choix, plutôt que ne rien faire et le regretter plus tard. Parfois, c'est positif, et parfois non ; peu importe. Si tu renonces, tu ne sais pas ce que tu as manqué et ça te poursuit toute ta vie. C'est *ça*, le regret.

Elle se redressa.

– Je vais préparer le dîner. En attendant, il y a une jeune fille qui était très heureuse de te revoir il y a quelques minutes, et qui est très inquiète maintenant. Si tu allais lui parler ?

Elle descendit et passa la tête dans la cuisine.

– Violette ?

Oscar lui fit signe d'en haut : il entendait du bruit dans la chambre de sa sœur. Il poussa la porte entrouverte. Violette était assise sur une chaise, un bandeau sur les yeux.

– Qu'est-ce que tu fais ? demanda-t-il.

– Je regarde dans ma tête.

Oscar s'assit par terre.

– Et... tu vois quoi, dans ta tête ?

– Ce que je pense.

– C'est bien ?

– Pas toujours, mais des fois, c'est mieux que ce que je vois dehors.

Oscar eut honte d'avoir ignoré l'accueil enthousiaste

de sa sœur, quelques instants plus tôt. Il perçut une sensation humide sur sa main : une larme, passée sous le bandeau, avait roulé sur la joue de Violette.

– Je... suis content qu'on soit de nouveau ensemble, dit-il le cœur serré. Ça faisait... longtemps.

– Un an ? lâcha Violette.

– T'as raison, des fois, même quelques heures, c'est beaucoup.

Elle hésita puis enleva son bandeau. Elle lui fit un beau sourire et se mit à fouiller sur son bureau. Elle sortit d'un tas de papiers une feuille blanche où un carré avait été découpé au milieu.

– C'est pour toi.

– Merci.

– Ben vas-y, essaie-le !

– Tu... tu me montres ?

Elle lui prit la feuille des mains et colla le papier contre la vitre.

– Voilà, tu peux venir.

Oscar s'approcha, intrigué.

– C'est une invention, déclara Violette, plutôt fière. Le carré-pour-admirer-une-seule-chose.

– Et ça sert à quoi ?

– Ben, à voir une seule chose.

– Mais ça sert à quoi, de voir une seule chose ?

– Je trouve qu'il y a trop de choses à voir, tout le temps, autour de nous ; on n'arrive pas à choisir et on en rate plein, décréta la jeune fille. Alors j'ai inventé le carré-pour...

– ... *ça*, quoi, coupa Oscar.

– ... pour pouvoir regarder une seule chose quand tu regardes par la fenêtre : tu peux te concentrer dessus et bien en profiter. Essaie, je te dis !

Oscar se mit en face du carré et observa à travers la vitre. Il y vit la moitié d'une Mrs Wings – ce qui était déjà beaucoup, vu le volume de la voisine et de ses bigoudis – et la queue de Peggy, son caniche.

– Tu as raison, dit-il à sa sœur. Une seule chose, des fois, ça suffit.

Violette décolla la feuille et la tendit à son frère.

– Tu restes à la maison ?

Ils rejoignirent leur mère à la cuisine.

– Ce soir, déclara Celia, c'est la fête : steak haché-frites !

Oscar échangea un regard amusé avec sa sœur. Ce serait de toute manière mieux que les expériences de Cherie.

– J'ai pris ma décision, déclara-t-il.

– Et... ?

– Et j'y retourne. Pour ne pas avoir de regret.

– C'est ta décision, on va la respecter, affirma Celia. N'est-ce pas, Violette ?

La jeune fille dansait d'un pied sur l'autre, indécise. Oscar lui vint en aide.

– Grâce à toi, je sais que je dois me concentrer sur une seule chose à la fois. Mrs Withers m'a confié une mission, il faut que je réussisse.

– Cumides Circle peut bien attendre demain, décréta Celia. Nous, ce soir, c'est dîner à 19 heures, puis une partie de badminton dans le jardin. Ça vous va ?

Dîner. Dix-neuf heures.

– Il faut que j'y aille ! s'écria Oscar.

Sa mère se retourna, surprise.

– Toi, quand tu prends une décision... Tu es à ce point pressé d'y aller ?

– La règle ! continua Oscar, les yeux rivés sur la pendule murale. Mr Brave m'a prévenu : si j'arrive après 19 heures, je ne pourrai plus jamais y retourner !

Celia se tourna vers la pendule : 18 h 37. Elle jeta son tablier sur la table.

– Vite, en voiture !

La famille dévala la pente du jardin et s'engouffra dans la Twingo.

– Toinette, cria Celia, si tu as quelque chose dans le ventre, c'est *maintenant* qu'il faut nous le prouver !

Elle tourna la clef. Toinette toussa et cracha de son vieux pot d'échappement, et le moteur se mit en marche en hurlant. La voiture bondit sur la chaussée et ils s'engouffrèrent dans la circulation dense du début de soirée.

Celia se faufila avec adresse jusqu'au moment où un

bus l'obligea à s'arrêter. Le feu était vert et le bus mettait un temps fou à démarrer. Lorsque le feu vira à l'orange, Celia jura et tourna le volant d'un coup sec en accélérant. La malheureuse Toinette fut contrainte de faire ce qu'elle n'avait pas fait même dans sa prime jeunesse : monter sur un trottoir. Les passants se collèrent aux murs en vociférant ; Celia les ignora, dépassa le bus et redescendit dans un couinement d'amortisseurs en raclant le bas de caisse sur le bord du trottoir, puis continua sa route à un train d'enfer.

Oscar regarda sa montre : 18 h 54. Il fallait encore traverser Beedle Street et un centre commercial avant d'atteindre Blue Park. Ils pilèrent à l'entrée de Beedle Street : les voitures étaient à l'arrêt, et les trottoirs noirs de monde.

– On n'y arrivera pas, dit Oscar, découragé.

– Accrochez-vous, répliqua Celia en jetant un œil dans son rétroviseur.

Sa fille était verte, son fils en nage. Elle fit une marche arrière dans un nouveau concert de klaxons et prit la première à droite. Violette jeta un coup d'œil par-dessus l'épaule de sa mère.

– On va au marché ? bredouilla-t-elle.

– C'est ça – sauf qu'on ne s'y arrête pas.

Sur la place, tous les commerçants rangeaient paisiblement leurs marchandises et démontaient les échoppes. Un vrombissement les fit sursauter. Ils eurent à peine le temps de plonger sur le côté pour éviter cette folle au volant qui traversa la place sans ralentir dans un feu d'artifice de cageots vides, de légumes abîmés et autres fruits volants.

– Je crois qu'on n'a plus intérêt à revenir dans le coin, cria Celia pour couvrir le bruit du moteur et le vacarme. Tout va bien ?

Oscar et Violette étaient incapables de répondre, vaisant d'un côté à l'autre de la banquette malgré les ceintures. Quand Toinette débarqua à l'autre bout de la place, il était 18 h 57. Devant eux apparaissaient les belles maisons de Blue Park Avenue. La voiture longea le parc en trombe pour rendre l'âme devant Cumides Circle. Une fumée noire sortit du capot. Il était 18 h 58.

– Tu as deux minutes pour aller au bout de ta décision. File !

Oscar bondit hors de la voiture.

– Oscar ! cria sa sœur.

Elle lui tendit la feuille découpée. Sa mère se pencha par la fenêtre.

– Mon grand garçon, mon petit homme.

Il vit les larmes briller dans ses yeux. En quelques jours, c'était la seconde fois qu'il la voyait pleurer – et à cause de lui, d'une certaine manière. Celia le rassura.

– On est comme ça, nous, les filles : comme on est courageuses, on n'a pas peur de pleurer.

Elle lui caressa la joue.

– Tout va bien. On pleure aussi quand on est heureux, mon Oscar. Ou quand on est fier de ses enfants. 18 h 59 ! Fonce !

Oscar prit ses jambes à son cou, remonta l'allée de Cumides Circle et sonna avec insistance. Il crut entendre un bruit derrière la porte, mais personne n'ouvrit. *Bones, tu me le paieras.* Il ne lui restait que quelques secondes. Il contourna la maison et enfonça littéralement la porte de la cuisine. Cherie poussa un cri de surprise.

– Oscar ! Vous m'avez fait peur ! Mais...

Il traversa le hall comme une fusée sous les yeux éberlués de Bones. Dans le séjour, l'horloge de Mr Brave sonnait les premiers coups de 19 heures.

Il passa dans la salle à manger en coiffant à la va-vite sa tignasse en désordre.

Au septième et dernier coup de l'horloge, Cherie entrait avec un plat fumant. Oscar était assis à sa place, essoufflé.

– Bonsoir, Oscar, dit le Grand Maître. Bon retour à Cumides Circle.

31

Après le dîner, Oscar monta dans sa chambre pour honorer son rendez-vous quotidien avec son père. Ce soir, Vitali tournait franchement la tête vers lui et souriait de manière bienveillante.

– J'allais pas renoncer à tout ça, tu sais. C'était juste que j'étais un peu découragé. J'ai... j'ai cru que tu aurais honte de moi.

Sur la photo, les visages de ses parents exprimaient toute la fierté du monde. Il en fut soulagé.

– Au fait, il y a autre chose que je voudrais te raconter. Tu...

Un bruit tout proche lui coupa la parole. Il glissa en vitesse son album sous l'oreiller et s'assit sur le lit, aux aguets. Il ouvrit la fenêtre : Zizou déployait son feuillage, au loin, et rien ne retint son attention. Il tira le rideau. Un choc sourd se produisit, cette fois, puis il entendit un chuchotement.

– Tu prends toute la place, regarde !

Une seconde voix, plus posée, lui répondit :

– Il faut bien que je me mette quelque part.

Oscar ouvrit l'armoire d'un mouvement vif. Les voix se turent instantanément. Au milieu de la penderie, seule sa cape bougeait encore. Il recula.

– Sortez de là tout de suite !

Sans lâcher son pendentif, il écarta la cape.

– Mais... qu'est-ce que vous faites ici ?!

Valentine et Lawrence se bousculèrent et finirent par sortir de l'armoire, cramoisis. Valentine se lança la première.

– Quand on a été projetés depuis la montagne, tous les trois, et qu'on s'est retrouvés dans la Grande Canalisation du Jéjunum, on s'est un peu agrippés à ta cape...

– On s'est réfugiés sous le pan que tu n'utilisais pas, précisa Lawrence.

Oscar secoua la tête, stupéfait.

– Mais comment vous avez fait pour sortir d'Hépatolia ?

– Ça, répondit Lawrence de sa voix calme, c'est plutôt simple quand on connaît les propriétés de la cape d'un Médicus. Si elle nous abrite et nous « reconnaît » au moment où toi, Oscar, tu quittes le corps, nous partons avec toi.

– Mais elle ne vous connaissait pas !

– Bien sûr que si ! rétorqua Valentine. Elle m'a sauvé la vie sur la passerelle... Enfin, toi aussi, un peu, bien sûr.

– Quant à moi, reprit Lawrence, j'ai frôlé ta cape au moment de te guider ; elle est reconnaissante, *elle*, au moins.

Oscar était dépassé par ces mondes qui se chevauchaient et s'imbriquaient, mais une chose était certaine – et il comptait bien les en prévenir tout de suite :

– Vous ne pouvez pas rester ici.

– Oscar, je ne veux pas y retourner ! s'écria Valentine. Je veux voyager, je m'ennuie à mourir dans ces rivières et ces mers, je vais me transformer en vieux Globull démodé, on me fichera à la casse, au cimetière de la Rate, et tu... tu m'auras sur la conscience ! dit-elle, mélodramatique.

– Et moi je ne veux pas finir au fond des mines de la montagne, supplia Lawrence. Tu as constaté toi-même quel enfer c'est : il y fait plus de 37 degrés Celsius, donc 98,6 degrés Fahrenheit, un nombre incalculable de kilomètres de tunnels, c'est sombre, on y travaille dur, on produit jusqu'à six cents millilitres de Nectar par jour, de dehors ça peut paraître peu, c'est vrai, mais de l'intérieur, c'est plusieurs lacs comme tu en as vu ! C'est ça que tu veux pour moi, Oscar, est-ce que tu trouves que c'est une vie pour un garçon de mon âge ? Sans compter les quatre cent cinquante-six mètres cinquante de...

– Taisez-vous ! ordonna Oscar à voix basse, plus assommé par les détails mathématiques de Lawrence que par le cinéma de Valentine.

Il jeta quelques regards inquiets vers la porte.

– Si Bones vous surprend, vous serez de retour en Hépatolia et dans le GRIU dans la seconde !

Ils obéirent, pleins d'espoir. Oscar, perplexe, se souvint alors de leur aide quand il était en mauvaise posture. Une aide d'autant plus précieuse qu'ils n'avaient rien attendu en retour. L'occasion se présentait de faire quelque chose pour eux, et il en avait envie. Peu lui importait le risque.

– D'accord. Vous restez, mais il va falloir être prudent – *très* prudent !

Le visage de Lawrence, rond comme une pleine lune, se fendit d'un immense sourire, et Valentine sauta de joie.

Une amitié, une vraie, venait de naître.

32

Une semaine s'écoula sans encombre, miraculeusement. Ils apprirent à se connaître et Oscar se réjouissait de retrouver ses amis après les Intrusions que lui faisaient pratiquer Maureen et Mrs Withers. Ils s'empressaient de partager leurs expériences – et d'en rire.

Oscar les cachait soigneusement dans sa chambre. Au moindre bruit, à la moindre alerte, au moindre mouvement suspect de Bones, la consigne était claire : se replier de toute urgence dans l'armoire.

Très vite, cependant, les deux « invités » s'aventurèrent hors de la chambre. À force de guetter et d'observer les allées et venues des uns et des autres, ils en établirent précisément les habitudes, et dès qu'Oscar travaillait avec ses tutrices, Valentine et Lawrence, eux, partaient en exploration.

Ils s'habituèrent à Cumides Circle, et Cumides Circle n'eut d'autre choix que de s'en accommoder. La première fois qu'ils avaient foulé le tapis du premier étage, les ondulations s'étaient propagées avec vigueur et Oscar avait eu toutes les peines du monde à les calmer. Il en était de même pour le buste de Selenia dans son alcôve, à l'entrée du couloir : après une ou deux minutes et quelques explications chuchotées, la jeune femme avait retrouvé sa sérénité. Plus sensible que Rhoda, au deuxième étage, elle avait été compréhensive. Même si le mystère planait encore sur ces deux femmes (personne n'avait voulu l'éclairer, pas même la bavarde Cherie), Oscar avait une certaine affection pour Selenia, et il espérait qu'elle garderait leur secret, comme il le lui avait demandé.

Depuis deux jours, ils s'aventuraient même dans le jardin. Oscar leur avait présenté Zizou, qui les protégeait des regards indiscrets.

Un soir que Lawrence et Valentine racontaient à leur ami leur dernière balade, ce dernier aborda pour la première fois le sujet de son père et des mystères qui entouraient sa mort.

– Mais pourquoi n'interroges-tu pas ton Grimoire ? demanda très logiquement Lawrence en se battant avec ses lunettes métalliques, nettement moins rondes depuis qu'il s'était assis dessus.

– Il refuse de répondre ! En plus, je ne peux pas le faire plus d'une fois par jour, pour garder ma seconde chance pour une Intrusion. Maureen et Mrs Withers ne me préviennent jamais...

– Peut-être qu'il ne connaît pas la réponse, tenta Lawrence.

– Quand je l'ai interrogé pour la première fois, il a répondu, puis plus rien depuis qu'il a passé une nuit sur une étagère, collé au livre de Boyd...

Il leur raconta le chantage imposé par l'auteur.

– Qu'est-ce qu'il veut en échange ? demanda Lawrence.

– J'en sais rien, Bones m'espionne en permanence, je n'arrive plus à passer un moment seul dans la bibliothèque.

– Bon, trancha Valentine avec son esprit pratique, si ton Grimoire ne répond pas, on n'a qu'à chercher la réponse dans un autre. Peut-être celui du Grand Maître...

– Celui-là, il vaut mieux l'oublier, suggéra Lawrence. Ce ne serait pas prudent.

– La bibliothèque est remplie de livres, dit Oscar, mais aucun ne me dira ce qui est arrivé à mon père, à part mon propre Grimoire – ou Boyd, qui connaît presque tout des Pathologus.

– J'ai une idée, proposa Lawrence. Si on ne trouve pas dans un livre ce qui est arrivé à ton père, on y trouvera au moins la solution pour rendre la mémoire à ton Grimoire ! Il y a sûrement un livre sur les Médicus, leurs pouvoirs et leurs accessoires.

– Oui : le livre d'Estelle Fleetwood.

– Alors ce soir, expédition secrète dans la bibliothèque, se réjouit Valentine.

– Bones rôde en permanence, objecta Oscar. J'essaierai demain matin.

Valentine secoua la tête, sûre d'elle.

– Je connais le programme de Bones par cœur : ce soir, il est de sortie. La voie est libre.

– J'y vais seul, trancha Oscar. Si vous m'accompagnez, les Éternels vont sûrement vous repérer, et les livres vous dénonceront.

– Tu ne peux pas nous faire ça ! se lamenta Valentine. On n'a jamais mis les pieds à la bibliothèque, je meurs d'envie d'y aller...

– Et je rêve de tous ces livres, implora Lawrence. Allez Oscar, la salle des Éternels est sûrement déserte à cette heure-ci – un Éternel, ça dort aussi, non ? Et puis on te sera utiles, on pourra surveiller les allées et venues dans le hall.

Oscar ne résista pas à leurs assauts, et la décision fut prise.

À minuit, ils s'engagèrent à pas de loup dans l'escalier. Un bruit de porte retentit au deuxième étage. Des pas se rapprochèrent, et quelqu'un descendit. Valentine poussa Lawrence sous une console et rabattit la nappe, puis Oscar et elle se réfugièrent derrière les armures. Une ombre immense passa devant eux. Ils restèrent cachés pendant quelques minutes qui leur parurent durer des heures, et virent à nouveau passer un homme imposant qui remontait. Ils ne sortirent de leur cachette que lorsqu'ils entendirent la porte de la chambre se refermer, deux étages plus haut.

– C'était le Grand Maître ? murmura Valentine, impressionnée. Il porte bien son titre. J'espère qu'on va encore le croiser...

Elle se précipita vers la console. La nappe bombait curieusement ; cela tenait du miracle que Winston Brave n'ait rien remarqué. Elle souleva le tissu.

– Je suis désolé, dit Lawrence d'une voix tremblante, je peux tout vous expliquer...

– Tais-toi, idiot, c'est moi !

Elle l'aida à se dépêtrer du guéridon et ils se précipitèrent dans la bibliothèque. Oscar leur intima l'ordre de ne pas bouger. Sur le mur du fond, aucun tableau n'était illuminé : la salle secrète était déserte. Il entraîna ses amis vers les étagères. Lawrence leva des yeux émerveillés sur les milliers de livres.

– C'est ici que j'aurais dû venir dès le premier jour !

Oscar tira un livre au hasard et le lui tendit. Lawrence constata avec une immense déception que les pages étaient blanches. Pas une ligne, pas un mot.

– Ils sont tous comme ça ? dit-il à l'oreille d'Oscar.

– Tous, tant que tu n'as pas l'autorisation de Mr Brave et celle de l'auteur. Au moins, tu n'as pas à avoir de regret.

Avec l'aide de Titus, Oscar s'empara d'un livre, puis ils s'éclipsèrent discrètement.

33

Réfugiés dans le salon, ils s'agenouillèrent au pied de la cheminée où brûlait jour et nuit le feu de Cumides Circle. Oscar ouvrit le livre.

– *Mais... mais qu'est-ce qui se passe, ici ? Pourquoi cette lumière en pleine nuit ? AAAAAH ! LE FEU ! ÉLOIGNEZ-MOI DU FEU !*

Oscar s'empressa d'obtempérer.

– Désolé de vous réveiller en pleine nuit, Mrs Fleetwood. C'est moi, Oscar !

– *Oscar ? Le jeune Pill ? Mais qu'est-ce qui vous a pris ? Vous voulez me faire mourir de peur ? Imaginez qu'une étincelle jaillisse et que mes feuilles s'enflamment !*

– Je voulais juste vous poser une question, pas vous jeter dans la cheminée.

– *Mon Dieu, taisez-vous, rien que d'y penser j'en suis malade ! Un livre inestimable comme le mien qui brûlerait, quelle perte tragique pour Winston Brave, que dis-je, pour les Médicus du monde entier !*

– Qu'est-ce qu'elle raconte ? s'étonna Valentine. Il

est moche, son livre, avec sa couverture en plastique... Franchement, si on le brûle, c'est pas la fin du monde.

– *Qui parle ? Qu'est-ce que vous dites ?*

– Rien, rien, s'empressa de répondre Oscar. Mrs Fleetwood, on se posait une question au sujet du Grimoire, et comme votre livre est un des meilleurs sur les Médicus et leurs pouvoirs, on a pensé...

– *Vous avez très mal pensé, mon garçon : mon livre est LE meilleur sur les Médicus.*

– Oui, bien sûr, se reprit Oscar tout en empêchant Valentine de répondre. Comme votre livre est LE meilleur, nous avons pensé qu'on y trouverait forcément la réponse à notre question.

– *Je vous écoute, allez, on ne va pas y passer la nuit !*

– Mon Grimoire ne sait pas répondre à une question.

– *Impossible*, décréta Estelle, catégorique. *Si la question concerne son propriétaire, le Grimoire répond toujours. Vous avez dû mal la poser.*

– Il y a répondu une première fois, et depuis, la page reste vierge.

– *Soit votre Grimoire a été paralysé, au moins sur ce sujet précis, soit il a perdu la mémoire. C'est une anomalie qu'on trouve dans certains Grimoires, un défaut de fabrication. Il faut le renvoyer au...*

Estelle Fleetwood cessa d'écrire un instant. Ils se penchèrent sur le livre, suspendus à ses mots. Elle se ravisa.

– *Rendez-le à Winston Brave, il saura quoi en faire.*

– Vous alliez dire autre chose : il faut renvoyer le Grimoire quelque part, mais où ?

– *Peu importe,* trancha Estelle Fleetwood. *Ramenez-moi à mon étagère, sinon demain je risque d'être moins brillante que d'habitude pour vos leçons. Non, c'est impossible... mais je suis fatiguée, alors finissons-en.*

– Tu parles, s'agaça Valentine, elle ne sait pas où on doit renvoyer le Grimoire, c'est tout.

– *Petite insolente !* s'emporta l'auteur. *Dites-vous bien une chose : Estelle Fleetwood sait TOUT ! Je me plaindrai auprès de Winston Brave. Et je vous ordonne de me ramener à la bibliothèque !*

Le livre se referma d'un coup sec. Oscar fusilla Valentine du regard.

– Chère madame Fleetwood, quel honneur de vous rencontrer, s'extasia Lawrence, même quand vous vous mettez en colère ! J'ai lu tous vos livres et je vous admire infiniment.

Le livre resta silencieux. Déçu, Oscar s'apprêtait à le rapporter à la bibliothèque quand la couverture se souleva et lui frappa le bout des doigts. Les mots s'alignèrent.

– *Vous m'admirez, dites-vous ?* écrivit Estelle, incapable de résister à un compliment.

– Et je ne suis pas le seul, croyez-moi, s'empressa de répondre Lawrence. Dans l'Univers d'Hépatolia, on ne jure que par vous !

– Le pire, souffla Valentine à Oscar, c'est qu'il est sincère.

– Si seulement je pouvais savoir autant de choses que vous, se lamenta l'Hépatolien. Les Grimoires eux-mêmes en savent moins, j'en suis persuadé.

– *Ma modestie m'empêche de le confirmer, mais puisque cela vient de vous...*, se pâma Estelle.

– Vous savez évidemment où les Grimoires sont renvoyés quand ils ne savent pas répondre, n'est-ce pas ?

– *Évidemment,* répondit Estelle, *c'est au...*

Elle se tut à nouveau. Oscar et Valentine bousculèrent leur ami.

– Chère madame, ça restera entre nous, et je serais tellement fier d'apprendre quelque chose de votre plume !

Estelle capitula.

– *Il n'y a qu'un seul endroit pour raviver la mémoire d'un Grimoire – ou celle de n'importe qui, d'ailleurs : le Sanctuaire des Connaissances.*

– Le... Sanctuaire des Connaissances ? lut à haute voix Lawrence, fasciné. Qu'est-ce que c'est ?

– *C'est l'endroit où toutes les connaissances des Médicus sont réunies et précieusement gardées. Le contenu de tous les livres s'y trouve, car nous sommes obligés de l'y déposer avant de publier quoi que ce soit. Mais on y trouve aussi tout ce qui s'est transmis oralement de génération en génération, et le passé de tous les Médicus. C'est la mémoire de notre Ordre.*

– Formidable, s'écria Lawrence. J'adorerais y passer ma vie !

– *Impossible, mon garçon. J'ai moi-même demandé à m'y rendre ; on me l'a refusé. Vous n'auriez aucune chance... À ce propos,* reprit Estelle, *qui êtes-vous, exactement ?*

– Je m'appelle Lawrence, je suis...

– ... Un jeune Médicus, comme moi, coupa Oscar. Vous nous aidez beaucoup, en tout cas. Vous pouvez nous dire où se trouve ce Sanctuaire ?

– *Je vous le répète : vous n'y auriez pas accès. De toute manière, c'est un secret absolu. Bien, maintenant ça suffit, je veux retourner dans la bibliothèque !*

Le livre d'Estelle Fleetwood se referma et, malgré tous les efforts, il fut impossible de le rouvrir.

– Si on trouve ce Sanctuaire, conclut Valentine, on pourra y porter ton Grimoire et le « débloquer ».

– Et j'y découvrirai peut-être la vérité sur mon père sans avoir à passer par le Grimoire, renchérit Oscar.

– Elle ne nous dira jamais où il est, regretta Lawrence.

Oscar les rassura, confiant.

– On va le trouver.

L'horloge indiquait minuit et demi. Il était temps de remettre en place le livre d'Estelle.

Ils se glissèrent dans le hall et cette fois encore, des pas résonnèrent avant qu'ils aient pu atteindre l'escalier. Oscar poussa ses amis vers la cuisine, mais on se dirigeait vers eux.

– Vite, dans le garde-manger !

34

Ils se précipitèrent dans le placard grand comme une chambre et tirèrent la porte. Cherie entra dans la cuisine, vêtue d'une robe de chambre à fleurs. Oscar voulut fermer la porte, Valentine l'en empêcha.

– Elle est complètement myope, elle ne nous verra pas, mais elle entend très bien les portes qui grincent !

La cuisinière se servit un verre de jus de fruits et éteignit la lumière, puis se ravisa et se dirigea vers le garde-manger. Oscar serra le livre d'Estelle Fleetwood contre lui et plaqua ses amis contre le mur. Cherie connaissait le garde-manger comme sa propre armoire : sans regarder sur les côtés, elle prit sur l'étagère du fond un grand pot de cornichons, une bouteille de lait et du pain de mie, et ressortit en claquant la porte.

– On peut dire qu'on a eu de la chance, souffla Valentine. Quand je te dis qu'elle est complètement myope.

Oscar bouscula Lawrence.

– Sors, on peut y aller.

Il poussa la porte : fermée.

– De la chance, tu disais ? répéta Lawrence. Ça ne s'ouvre que de l'extérieur...

– Ça se complique. On fait quoi, maintenant ?

– On n'a pas le choix, conclut Oscar.

D'un geste, il fit dégringoler toutes les boîtes de conserve d'une étagère. Le vacarme fut épouvantable.

– T'es malade ? s'écria Lawrence, terrorisé.

Cherie rebroussa chemin au pas de course et ouvrit la porte du garde-manger.

– Oscar ! Mais... qu'est-ce que vous faites ici !

Il trônait sur un tas de boîtes et de flacons. Dans son dos, deux silhouettes en profitèrent pour se faufiler.

– Pardon, Cherie, j'ai eu faim, j'ai voulu prendre des cornichons sur l'étagère du haut et tout est tombé...

– Aucune importance, dit-elle. Moi aussi c'est mon péché mignon, même en pleine nuit !

Oscar lui lança un regard d'ange.

– Allez vous coucher, Cherie, je vais ranger.

– Pas question ! Je m'occupe de tout ça demain. Allez, allez, au lit, ou Mr Brave va nous gronder.

– Sauf si on me donne quelques explications, précisa une voix grave derrière eux.

Winston Brave s'avança. Oscar poussa du pied le livre d'Estelle sous un tas de pâtes.

– Une petite faim au milieu de la nuit, Mr Brave, défendit Cherie. Rien de grave.

Le Grand Maître fixa intensément Oscar.

– Bon appétit, alors, et ensuite au lit.

Il quitta la cuisine.

– Merci, Cherie, soupira Oscar.

– Vous êtes encore là ? gronda gentiment la cuisinière. Filez !

Il récupéra le livre en catimini et s'échappa.

Il passa la tête dans le hall. Le chemin était libre. Il courut jusqu'à la bibliothèque, rangea le livre et sortit en silence.

Lorsqu'il entra dans sa chambre, il se précipita sur l'armoire. Dans le fond, Valentine et Lawrence ronflaient copieusement.

Il se glissa sous les draps et fixa le plafond. Le Sanctuaire des Connaissances. Pourquoi, avant Estelle Fleetwood, personne ne lui en avait parlé ? Y cachait-on quelque chose qu'il ne devait pas connaître ? Chaque jour, le monde des Médicus lui livrait un nouveau mystère derrière lequel se dissimulaient les réponses aux nombreuses questions qu'il se posait, il en était certain. Il se promit de n'en oublier aucun, puis céda à la fatigue.

35

Le lendemain, Oscar n'eut pas une seconde pour lui, alors qu'il n'avait qu'une chose en tête : interroger à nouveau Estelle Fleetwood et lui arracher le lieu secret du Sanctuaire. Lawrence avait aussi suggéré d'interroger Alphonse de Saint-Larynx :

– Puisqu'il a écrit l'histoire des Médicus, il a forcément entendu parler du Sanctuaire.

– Le problème, avait répondu Oscar, c'est qu'Alphonse perd un peu la mémoire...

– Essayons quand même. Et n'abandonne pas non plus la piste Boyd : il a dit qu'il pourrait t'aider à faire parler ton Grimoire si tu lui rendais service.

– Mais c'est du chantage ! s'était écriée Valentine. En plus, c'est sûrement lui qui est responsable du silence du Grimoire...

– Je n'ai pas du tout envie de l'aider, avait ajouté Oscar. Je préfère essayer de trouver le Sanctuaire avant de faire appel à lui.

Vendredi après-midi, il eut enfin un répit pour préparer ses affaires avant de rentrer à Babylon Heights. Valentine et Lawrence rempliraient sa valise pendant qu'il profiterait de ce temps libre pour retourner dans la bibliothèque.

Il descendit vers 16 heures. Le hall était désert, Cherie en cuisine et Bones à ses occupations. Il se glissa dans la salle et s'immobilisa.

– Tiens, le jeune Pill. Qu'est-ce que tu fais ici, loin de Babylon Heights ? Tu t'es paumé ?

Rufus Moss, le père de Ronan, était confortablement installé dans Machiavel, le fauteuil de Fletcher Worm. Oscar craignit la colère de Mr Brave, une nouvelle fois, pour s'être fait surprendre par un étranger.

– Je suis de la famille, répondit-il.

Rufus Moss s'esclaffa.

– Ça m'étonnerait ! Bah, si tu travailles ici l'été pour gagner un peu d'argent, faut pas en avoir honte ! C'est même bien, quand on est pauvre, de vouloir s'en sortir.

– Voilà, c'est ça, se contenta de répondre Oscar. Et vous, vous connaissez le Grand... Mr Brave ? se reprit-il prudemment.

Moss se leva et se mit à jouer avec une statuette posée sur l'étagère la plus proche. Il mastiquait bruyamment un chewing-gum et ponctuait ses phrases d'un petit claquement.

– Je vais te dire une chose, gamin : moi, je suis ici

parce que Winston Brave, tu vois, c'est mon voisin, maintenant. Et je suis venu le voir pour affaires. C'est ça, s'en sortir et devenir un type important, tu comprends ? Non, dit-il, méprisant, tu peux pas comprendre.

Oscar le dévisagea sans faiblir : un corps puissant et agressif, une peau marquée par l'acné, et des yeux effilés où brillait une lueur de méchanceté. Son fils lui ressemblait en tous points. Engoncé dans un costume sombre, avec ses chaussures brillantes et ses bagues énormes, Rufus Moss faisait penser à un mafieux qui venait de monter en grade sur l'échelle de la pègre.

– Et je vais te dire autre chose, ajouta Moss. Je me sens bien ici, c'est mon milieu. Vous ne m'avez pas manqué, tous les pouilleux de Babylon Heights. Mais alors vraiment pas. Bon, ta mère est plutôt jolie, mais quelle pimbêche quand elle me croisait ! On aurait dit qu'on n'existait pas... Alors qu'aujourd'hui elle ne dirait pas non, j'en suis sûr...

Il se laissa lourdement tomber dans le fauteuil et se mit à rire.

– Ne parlez pas de ma mère comme ça ! explosa Oscar.

– Oh, mais c'est qu'il mordrait ! Faudrait que mon fils te corrige un peu plus souvent...

– Faudrait déjà qu'il y arrive une seule fois. En tout cas, vous avez bien fait de venir voir Mr Brave : vous avez sûrement besoin d'un bon avocat pour ne pas finir en prison.

Moss se redressa, beaucoup moins souriant. Bones ouvrit la porte, visiblement contrarié par la présence d'Oscar.

– Si monsieur veut bien me suivre.

Rufus Moss pointa un doigt menaçant sur Oscar.

– Toi, si on se revoit, je t'apprendrai à parler.

Oscar tenta de chasser Moss de sa tête, incapable d'établir un lien plausible entre Mr Brave et lui. Il grimpa sur Titus qui l'attendait et tira le livre d'Estelle Fleetwood. Rien à faire : l'ouvrage semblait s'accrocher à l'étagère, Estelle n'était pas disposée à lui parler. Il n'insista pas. Il se souvint alors de la première suggestion de Lawrence : consulter le marquis Alphonse au sujet du Sanctuaire. Il tendit le bras vers le beau volume en cuir, mais une fois de plus, Boyd s'agita sur son étagère. Oscar finit par céder.

Il posa – ou plutôt jeta – le livre de Boyd sur la grande table et se décida à l'ouvrir.

– *Tu aurais pu y aller avec un peu plus de douceur, petit !* s'écria Boyd en grosses lettres bancales. *Si tu crois que c'est comme ça que je vais t'aider...*

– Je n'ai pas besoin de vous.

– *Ça, ça m'étonnerait*, répondit Boyd. *Je suis sûr que ton Grimoire est toujours muet, et si tu comptes sur le vieux croûton, là bonne chance !*

Boyd avait raison et le savait : Oscar ne pouvait qu'écouter ce qu'il avait à lui proposer.

– Qu'est-ce que vous voulez ?

– *Je te l'ai déjà dit : un échange de services.*

– Lequel ? s'impatienta Oscar.

– *Mais il est de mauvaise humeur, le morveux !*

– Si vous continuez à faire le malin, vous allez finir dans la cheminée.

Boyd calma le jeu.

– *Bon, bon, ça va, ne t'énerve pas.*

Oscar comprit que l'auteur avait tout autant besoin de lui que l'inverse.

– *C'est simple,* reprit Boyd en essayant de faire le moins de taches possible sur sa feuille : *je t'aide à faire parler ton Grimoire, et toi, tu me fais sortir d'ici.*

– Où vous voulez aller ?

– *Je veux que tu m'emmènes avec toi dans un corps.*

– Quoi ?! Une Intrusion ? Mais pourquoi ?

– *Parce que je suis mort depuis des années et que j'ai terriblement envie d'y retourner !* s'emporta Boyd tel un enfant en plein caprice. *Et pas tout seul !*

Oscar, estomaqué, dut relire les derniers mots.

– Comment ça, « pas tout seul » ?

– *Estelle Fleetwood veut partir en voyage dans le corps. Ça lui manque, à elle aussi.*

– Depuis quand vous vous préoccupez de Mrs Fleetwood ?

– *Tu voulais connaître ma proposition, tu la connais.*

– Mais je ne peux pas !

– *Et pourquoi ?*

– Parce qu'on ne peut pas partir comme ça dans un corps avec... des livres !

– *Ne me prends pas pour un imbécile, Pill, je te rappelle que, même mort, je suis toujours Médicus ! Je n'ai pas oublié ce qu'on peut faire et ce qu'on ne peut pas faire.*

A priori, la requête de Boyd n'était pas irrecevable, mais Oscar éprouvait le besoin d'en savoir plus. Quelque chose, dans la démarche de l'auteur, lui échappait.

– Je ne comprends pas pourquoi vous voulez pratiquer une Intrusion.

– *Je te le répète : ça me manque. Ça me rappellera de bons souvenirs, et...*

– Et ?

– *Et j'aurai l'impression d'être un peu plus vivant que sur cette étagère, voilà tout !* gribouilla Boyd. *Tu n'es pas obligé d'accepter.*

Boyd n'attendit pas la réponse et se referma d'un claquement.

Oscar prit encore quelques secondes pour réfléchir. Au fond, il ne perdait rien à accepter, quitte à revenir sur sa décision. Il rouvrit l'*Anthologie des Pathologus*.

– Bon, c'est d'accord. Mais si vous ne tenez pas votre parole...

– *Je sais : tu me jetteras au feu. Très bien,* se réjouit Boyd, *je suis pressé de partir ! Quand ?*

– Je ne sais pas quand aura lieu la prochaine Intrusion.

– *Ah non !* s'exclama Boyd. *Pas question d'attendre que la vieille Withers...*

– Si vous l'insultez encore une fois, je change d'avis ! s'emporta Oscar.

– *Bon, ça va, ça va. Disons qu'il n'est pas question que notre voyage dépende de la v..., euh, de Berenice Withers,* se reprit Boyd. *Estelle et moi, on veut juste sortir de cette bibliothèque ; tu n'as qu'à nous emmener à l'extérieur de Cumides Circle et pratiquer une Intrusion sur le premier venu. D'une pierre deux coups : on prend l'air, et on voyage dans le corps !*

Oscar hésita. Emporter deux livres dans un corps, c'était une chose, les faire sortir de Cumides Circle et pratiquer une Intrusion sans le contrôle de Mrs Withers, c'en était une autre. Il se rappela les consignes de la première heure : jamais d'Intrusion sans prévenir le Conseil. *Jamais.*

– *Dépêche-toi, Pill junior. J'entends du bruit, Bones va revenir. Et si tu refuses, je ne te donnerai pas de seconde chance, tu es prévenu !*

– Bon, d'accord, décida Oscar. Je viendrai vous chercher.

– *Quand ?*

– J'essaierai la semaine prochaine. Mais c'est moi qui déciderai.

– *Soit,* concéda Boyd, *mais ne traîne pas : mon offre ne tiendra pas longtemps.*

36

– Ces livres sont stupides, déclara Valentine. Nous, on ne rêve que d'une chose, c'est sortir du corps, et eux, ils veulent y entrer ! Qu'est-ce que tu vas faire ? Tu vas accepter ?

– Je ne sais pas encore, répondit Oscar. Si Alphonse ne connaît rien du Sanctuaire des Connaissances et si Estelle Fleetwood refuse de m'aider, je n'ai plus que Boyd.

– Pourquoi tu n'en parles pas à Mrs Withers ou au Grand Maître ?

– Ils ne veulent rien me dire de mon père, et de toute manière, ils ne me croiront pas.

– Et si Boyd a menti et qu'il ne peut *rien* faire pour le Grimoire ? suggéra Lawrence.

– Il ne prendrait pas le risque de finir dans la cheminée, répondit Valentine.

– Je dois quand même essayer. Finalement, j'ai juste à emporter les deux livres dans un corps, rien de plus... Le Grand Maître et Mrs Withers n'en sauront rien.

– Comment tu comptes t'y prendre ? demanda-t-elle, plutôt excitée par l'enjeu.

– Ce week-end, je vais chercher un volontaire à Babylon Heights.

– Et si personne ne veut servir de cobaye ?

– On n'est pas obligé de demander la permission, répondit-il avec un sourire.

– Un « léger » détail, objecta Lawrence : si tu pratiques une Intrusion sans prévenir le Conseil et que ça se passe mal, personne ne pourra t'aider...

– Si : nous ! affirma Valentine. Tu ne penses quand même pas qu'on va le laisser y aller tout seul ? J'ai même mieux à proposer.

– Quoi encore ? se méfia Oscar.

– On part ensemble à Babylon Heights ce week-end !

Cette fois, même Lawrence leva les yeux au ciel.

– Qu'est-ce que tu racontes ? Oscar ne va pas emporter les deux livres avec lui !

– Non, mais il faut l'aider à choisir celui qui va nous prêter son corps. Et puis...

– Et puis tu meurs d'envie de sortir, voilà tout, la coupa Lawrence.

– Reste ici, alors, si ça te plaît tant d'être enfermé ! Moi, j'ai envie de voir ce qui se passe dehors. Oscar, supplia Valentine, emmène-moi ! Je suis sûre que je peux être utile.

– De toute manière, intervint Lawrence, qui regrettait

déjà sa première réaction, comment veux-tu qu'on sorte d'ici et qu'on monte dans la voiture avec Oscar sans être vus ?

– Fais-moi confiance.

On frappa à la porte de la chambre.

– Monsieur Oscar ? C'est Jerry, vous êtes prêt ?

– Oui, enfin, non, je...

La porte s'ouvrit et ce fut Bones qui apparut sur le seuil.

– Je n'ai pas dit « entrez » ! s'écria Oscar.

– Désolé, répondit Jerry, en retrait dans le couloir. Ce n'est pas moi...

– Je sais que ce n'est pas vous, répondit-il en foudroyant le majordome du regard.

Bones ignora ses récriminations et regarda autour de lui.

– C'est étrange, j'ai entendu des rires dans la chambre, dit-il de sa voix lente. J'ai cru qu'on s'était permis d'entrer sans votre permission, justement.

– C'est moi qui riais, répondit Oscar. C'est interdit ?

Jerry bouscula Bones sans ménagement.

– Je peux prendre votre valise, monsieur Oscar ?

Il la souleva et vacilla, malgré son corps trapu et musclé.

– C'est la première fois qu'elle est aussi lourde ! Vous emportez la bibliothèque avec vous ?

Il la traîna dans le couloir jusqu'à l'escalier, et poussa la valise d'une marche à l'autre.

Bones sortit et Oscar le suivit de près. Jerry, qui suait sang et eau, passa le seuil de la maison et porta la valise jusqu'à la voiture. Oscar ne fut véritablement soulagé que lorsqu'il claqua la portière et que la voiture démarra.

Ils traversèrent la ville en parlant de tout et de rien. Oscar aperçut enfin le clocher rose de Babylon Heights derrière plusieurs rangées de toits. Quelques minutes plus tard, ils arrivaient à Kildare Street. Violette dévala l'escalier et sauta au cou de son frère, les mains chargées de dessins bizarres et de nouvelles inventions. Sa mère l'embrassa.

– Merci, dit Oscar à Jerry qui déposait – ou plutôt qui laissait s'effondrer – la valise dans l'entrée. Vous n'avez pas besoin de la monter dans ma chambre. Je vais la vider ici, il y a tout mon linge sale à mettre dans la buanderie.

– Au beau milieu de l'entrée ? s'étonna Celia.

Jerry ne se fit pas prier et s'éclipsa au plus vite.

– Bon, eh bien vidons-la, cette valise, dit Celia.

– Non ! s'écria Oscar en retenant le geste de sa mère. Laisse, je vais m'en occuper, je...

Un coup porté contre la coque de la valise lui coupa la parole. Celia examina le bagage d'un œil inquiet puis dévisagea son fils. Une série de cris étouffés fit sourire Violette, ravie :

– Génial, tu as rapporté une valise qui parle !

Celia ouvrit le cadenas. Le couvercle se rabattit de lui-même, et deux têtes firent surface comme des zombies.

– Chère madame, chère mademoiselle, se lança Lawrence, c'est très aimable à vous de nous recevoir.

– Soyez le bienvenu, cher monsieur, répondit Celia sur le même ton, quoique stupéfaite. Un petit détail : je ne crois pas vous avoir invité. Puisque mon fils ne m'a pas prévenue, pourriez-vous me dire qui vous êtes ?

– Je m'appelle Lawrence, je suis... je suis...

Lawrence interrogea Oscar du regard. Qu'avait-il le droit de dire ? Que savait la mère d'Oscar ? Les événements avaient été tellement précipités qu'ils n'avaient échafaudé aucun plan. Valentine se releva, elle aussi.

– Et moi, je suis Valentine. En fait, Érythra 34 – 46 – 352°, mais vous pouvez m'appeler Valentine, c'est plus simple.

Celia demeura muette. Elle les observa un instant, saisissant peu à peu le caractère surréaliste de la situation : son fils ramenait deux extraterrestres dans ses valises. Peut-être même plus extraordinaire encore que des extraterrestres : des êtres venus d'un monde intérieur.

– Merci, répondit-elle enfin. C'est vrai qu'Érythra 34

etc., ça n'est pas très pratique. Vous permettez ? Oscar et moi avons à parler.

Violette se planta devant Valentine avec un sourire accroché d'une oreille à l'autre.

– J'adore la couleur de tes cheveux, dit-elle, enthousiaste. C'est trop cool !

– Et moi, j'adore ta ferraille, rétorqua Valentine en cognant contre l'appareil dentaire de Violette. C'est pratique, quand on a besoin de fer comme moi.

– Maman, dit Oscar, je vais tout t'expliquer.

– Trop aimable, vraiment.

– Est-ce qu'ils peuvent rester ici ce week-end ? Si on les ramène à Cumides Circle, Mr Brave va les renvoyer en Hépatolia et...

– Stop, jeune homme, je ne comprends rien. Alors, première chose : Violette, ta nouvelle copine va dormir avec toi dans ta chambre, et tu montres celle de ton frère à Lawrence.

Oscar sauta au cou de sa mère et s'élança avec les autres dans l'escalier. Celia empoigna sa tignasse rousse.

– J'ai dit : *Violette*. Toi, tu me suis dans la cuisine.

37

Lorsque Oscar eut fini son explication, sa mère soupira.

– Si j'ai bien compris, je suis complice de mon Médicus de fils, plus indiscipliné et anarchique que jamais. Tu ne changeras donc pas, mon Oscar ? Mais comment va-t-on se sortir de cette affaire, cette fois ?

Elle regarda autour d'elle, désemparée.

– Bien, une urgence, maintenant : faire un repas digne de ce nom pour cette colonie de vacances ! Il ne me reste plus qu'à filer faire des courses.

– Maman, le steak haché et les frites, ça ira parfaitement.

– Tant mieux, c'était mon idée. En attendant, inutile d'ameuter tout le quartier avec ta copine rouge et ton copain jaune ; je n'ai pas encore préparé de réponse acceptable si on me pose une question... C'est clair ?

– Très clair, confirma Oscar au garde-à-vous.

Le soir venu, la maison s'était transformée en camping. Violette avait cédé son lit à Valentine, ravie d'avoir enfin une amie dans ce monde de garçons, même si la sœur d'Oscar lui paraissait encore plus bizarre que les autres êtres humains. Elle la trouvait drôle et ses remarques étranges et ses habits multicolores, décapants. Valentine venait d'un autre monde, et Violette était une extraterrestre dans son propre monde : elles étaient faites pour s'entendre.

Violette, elle, était heureuse – et surprise – de se rendre compte qu'il existait des filles de son âge susceptibles de la comprendre. Au beau milieu de la nuit, elle avait décidé d'observer la lune et d'attraper la lumière blanche qui s'en échappait, « parce qu'elle est beaucoup plus belle que la lumière des ampoules ou même du soleil ». Valentine, enfermée dans le Grand Réseau Inter-Universel, puis dans l'armoire qu'elle partageait toutes les nuits avec Lawrence depuis son arrivée sur terre, n'avait jamais vu la lune. Elle s'était installée près de Violette, en chemise de nuit, et les jeunes filles s'étaient raconté mille choses délirantes avec un naturel désarmant. Elles auraient bien poursuivi leur conversation toute la nuit si Celia ne les avait pas menacées de les séparer.

Lawrence, lui, avait très vite trouvé son bonheur dans la chambre d'Oscar : les étagères remplies de livres.

– *Voyage au centre de la Terre*... C'est qui, ce Jules

Verne ? On devrait lui expliquer qu'il y a encore plus passionnant à l'intérieur du corps humain.

– C'est un peu tard.

– Et ça, c'est quoi ?

– Tu ne connais pas Spiderman ?! Mais tu vis où, toi ?

– En Hépatolia, répondit Lawrence avec beaucoup de sérieux. Ça parle de quoi ?

– C'est l'histoire d'un héros, mi-homme mi-araignée, qui sauve New York des méchants.

Lawrence se lança dans la lecture du premier volume. Le jeune Hépatolien lisait à une vitesse fulgurante, et releva la tête cinq albums plus loin.

– C'est pas mal, reconnut-il. Prenant, même.

– Non, c'est pas *« pas mal »* : c'est génial.

– J'ai mieux : un héros bien réel, lui, et qui a des pouvoirs encore plus impressionnants ; il voyage dans les Univers intérieurs.

Oscar sourit. À ses yeux, ce qu'il était capable d'accomplir n'avait rien d'exceptionnel. Sa seule ambition était de reprendre le flambeau de son père avec honneur et fierté. Il se glissa dans son lit, et Lawrence s'installa sur un matelas de fortune.

– Drôlement mieux que quelques couvertures au fond d'une armoire, apprécia ce dernier avant de s'endormir.

Le lendemain, ils se levèrent aux premiers rayons de soleil pour profiter de la journée dans les rues de Babylon Heights. Les consignes de Celia étaient formelles : Valentine et Lawrence étaient des cousins anglais éloignés. Leurs parents étaient des gens un peu bizarres, et chez eux, les filles se teignaient les cheveux en rouge et les garçons avaient une drôle de couleur de peau.

– Pas d'explication, précisa Celia. Moins vous en dites, mieux ce sera.

S'ils s'étaient dépêchés de partir, c'était aussi parce que très tôt le matin, le klaxon d'une voiture de sport avait résonné dans la rue comme si son chauffeur s'était assis dessus. Dans la cuisine, ils avaient eu la mauvaise surprise de tomber sur Barry Huxley.

– Tu n'as jamais fait l'effort de le connaître, tu ne lui as donné aucune chance, lui avait reproché sa mère.

– Une chance de quoi ? D'être sympa et intelligent ? Ça s'appelle un miracle, ça, pas une chance.

Ce matin, la confrontation était inévitable.

– Je ne sais pas qui c'est, dit Valentine à l'oreille d'Oscar, mais je sais déjà que je n'ai pas envie de le savoir.

Barry siffla de surprise.

– Dis donc, Celia, t'en as fait deux autres pendant la nuit ou quoi ? Hein ? T'as pas un peu raté la couleur ?

Celia s'activa pour les servir, gênée. Lawrence eut un peu de mal à grimper sur un tabouret haut.

– Hé, mon gars, faudrait voir à perdre tout ça,

heeeein, dit Barry en lui pinçant le ventre. Remarque, c'est pas en mangeant comme ça au petit déjeuner que ça va s'arranger !

Il partit d'un rire tonitruant. Lawrence vira à l'orange et toucha à peine à son assiette. Oscar lança un regard furieux à Barry, puis à Celia.

– Barry, s'il te plaît..., se contenta de dire la jeune femme.

– Ben quoi ? Qu'est-ce que j'ai dit ?

– Des âneries, comme toujours, marmonna Oscar.

Ils étaient déjà au bout du jardin quand il entendit sa mère :

– Ne rentrez pas trop tard !

– À ce soir, répondit-il, en priant pour que cet abruti ne soit plus là au retour.

Dans la rue, Lawrence et Valentine ouvraient des yeux immenses : les maisons en enfilade, les façades colorées, les gens si différents des peuples qu'ils côtoyaient, les voitures qui se frayaient difficilement un chemin à travers la foule, les cris et les rires qui fusaient.

Ils s'arrêtèrent chez les O'Maley.

– Oscar ! se réjouit Jeremy. Tu restes à Babylon Heights ce week-end ?

– Oui, je suis venu avec mes cousins, Valentine et Lawrence.

Jeremy les salua, intrigué.

– Des cousins ? Je savais pas que t'en avais. Vous vous ressemblez pas beaucoup.

– Des cousins éloignés.

– Mais c'est plus le cas, puisque, maintenant qu'Oscar les a rencontrés, ils se sont rapprochés, précisa Violette.

– C'est bon, Violette, s'empressa de dire son frère. Qu'est-ce que vous faites aujourd'hui ?

– On allait vous proposer d'aller à la kermesse de Babylon Park.

Ils partirent ensemble. Jeremy offrit un billet de tombola à Valentine, qui gagna un tire-bouchon qui ne débouchait aucune bouteille mais qui se transformait en stylo. Elle examina un bon moment l'objet et finit par remercier Jeremy.

Oscar et Barth participèrent à une compétition de course en sac. Entre deux épreuves, Oscar aperçut Ayden Spencer, qui l'aborda avec un regard fuyant.

– Salut, Oscar.

– Salut, répondit-il sèchement.

– Tu participes à la compétition ? demanda Ayden avec envie.

– Pas toi ? C'est vrai, faut être courageux pour ça.

– Je peux pas. Le docteur dit que c'est trop dangereux.

Oscar regretta immédiatement ses mots. C'était son

tour : il partit pour sa course. Quand il eut fini, Ayden avait disparu.

Barth proposa à Violette de faire un tour en barque sur le lac. Lorsqu'ils en revinrent, le grand gaillard était trempé.

– Elle avait peur que je fasse mal à l'eau avec les rames, expliqua Barth. Alors j'ai sauté et j'ai poussé la barque.

– Comme c'est romantique ! s'extasia Valentine. Personne n'a jamais sauté à l'eau pour pousser mon Globull...

– Ils sont quand même drôles, tes cousins, insista Jeremy. Ces cheveux rouges, lui qui est jaune, et puis cette tête toute ronde, comme son ventre...

Jeremy avait parlé fort pour couvrir le son de la musique. Lawrence se planta devant lui.

– En Hépatolia, c'est signe de bonne santé. Si j'étais maigre comme toi, on m'empêcherait de travailler.

Lawrence tremblait autant que sa voix.

– Dans notre Univers, c'est toi qui ne ressemblerais pas aux autres, mais on ne se moquerait pas de toi. Tu ne serais ni moins bien, ni mieux : juste *différent*, c'est tout. *Différent.*

Lawrence se réfugia sous un arbre avec un livre. Jeremy regardait ailleurs.

– Il est un peu susceptible, non ?

– Non, il est juste *différent* de toi, répliqua Oscar. Il

vient de te l'expliquer. Toi, quand on se moque de toi, tu t'en fiches ; pas lui. Bon, on rentre.

Les filles se plaignirent.

– Déjà ? Mais on s'amuse bien...

– On rentre, ordonna Oscar.

Lawrence marcha devant le groupe, sans un mot, tête baissée, comme si un poids terrible pesait sur ses épaules.

Le soir, il toucha à peine à ce que Celia leur servit et préféra se mettre au lit très tôt. Quand Oscar monta dans la chambre, Lawrence dormait. Ce n'est que lorsqu'il s'endormit lui aussi que Lawrence ouvrit les yeux. Il passa une partie de la nuit à fixer le ciel et les étoiles à travers le volet entrouvert et il ne sombra dans le sommeil que très tard, sans pouvoir résister à la fatigue, alors que les images de la montagne lui revenaient et qu'il réalisait que son Univers, avec son peuple et ses habitudes, lui manquait.

Le lendemain matin, ils étaient affalés sur la table, avec des cernes sous les yeux. Oscar était fatigué de sa semaine à Cumides Circle, Lawrence n'avait presque pas dormi et les filles n'avaient pas cessé de parler pendant toute la nuit, malgré les menaces de Celia. Lawrence avait retrouvé en partie l'appétit et Celia était plutôt rassurée.

– J'ai trouvé ce paquet pour vous sur le pas de la porte, ce matin, avec un carton agrafé sur le dessus.

Oscar lut le carton et reconnut l'écriture :

« Avec les compliments du Bazar. »

Il ouvrit le paquet qui débordait de sucreries. Il y avait aussi un petit sac pour Valentine avec un bâton de rouge à lèvres à la fraise, accompagné d'un message :

« Pour aller avec les cheveux. »

Oscar tendit une enveloppe à Lawrence.

– Tiens, c'est pour toi.

– Pour moi ?

Lawrence en sortit une série de cartes postales : un Simpson, une affiche de *Spiderman*, une photo de Martin Luther King et une couverture de manga.

– Pourquoi il m'envoie ça ?

Oscar retourna la dernière carte. Lawrence lut les deux lignes à haute voix :

« Ils sont tous différents et je les aime bien.
Jeremy. »

Il sourit, subitement délesté de la fatigue et de l'ombre qui pesaient sur lui.

Une sonnette retentit au même moment : Barth et Jeremy les attendaient sur le trottoir. Jeremy était sur un vélo immense qui comportait trois selles, tandis que son aîné avait accroché une petite carriole au sien.

– Les garçons avec moi, et Barth propose aux filles un tour en calèche. Ça vous dit ?

Valentine et Violette s'installèrent dans la remorque peinte aux couleurs du Bazar.

– Faut bien se faire un peu de publicité, non ? expliqua Jeremy.

Au retour, ils s'établirent dans le jardin. Jeremy finit par poser la question qui lui brûlait les lèvres depuis la veille.

– C'est quoi, Hépatolia ? Et ne me prends pas pour un abruti, précisa Jeremy à Oscar. Tu y croirais, toi, à une ville où tout le monde a les cheveux rouges et la peau jaune ? Vous en avez trop dit ou pas assez, alors, continuez.

Jeremy s'allongea dans l'herbe, ébahi. Il ne savait pas ce qui l'épatait le plus : les pouvoirs de son ami, les origines des deux nouveaux venus ou encore la situation actuelle – qui n'était pas simple : Oscar cachait Lawrence et Valentine dans une demeure de Blue Park et avait pris un engagement vis-à-vis de l'auteur d'un livre... Cependant, Oscar avait jugé plus prudent de passer sous silence l'affaire du Grimoire muet, ses recherches sur le passé de son père, et les détails du « contrat » conclu avec Boyd. Il n'avait pas plus parlé du Sanctuaire des Connaissances

– En tout cas, on peut faire fortune, les copains. On monte un spectacle : Oscar choisit une personne au hasard dans le public et pénètre dans son corps. Et vous deux, vous êtes les extraterrestres qu'il a rapportés de son dernier voyage !

– J'ai une meilleure idée, répondit Oscar.

– Laquelle ?

– J'ai besoin d'un volontaire pour une Intrusion avec les livres de Boyd et de Fleetwood. Tu pourrais peut-être...

– Ah non, pas question ! Je ne veux pas que mon meilleur ami voie ce qui se passe là-dedans, se braqua Jeremy en frappant son torse et son ventre.

– Bravo, se moqua Valentine. C'est ça, un ami, chez vous ?

– Moi je suis d'accord, si ça peut vous aider, proposa Barth.

– Ce qui serait encore mieux, suggéra Jeremy, c'est un volontaire pas trop volontaire qui ne se rendrait compte de rien. J'ai celui qu'il vous faut.

– À qui tu penses ? demanda Oscar, qui surveillait l'éventuelle présence de sa mère à la fenêtre de la cuisine.

– Pavarotti, dit simplement Jeremy.

Violette leva les yeux alors qu'elle était en pleine conversation avec un ver de terre, sous le regard circonspect de Barth.

– Pavarotti ? Le clochard du parc de Babylon Heights ?

– Lui-même, confirma Jeremy.

Pavarotti avait hérité de son surnom en raison d'une fâcheuse habitude quotidienne et immuable : à 23 heures précises, il se redressait sur son banc au milieu du parc, braillait un air d'opéra puis s'effondrait dans le sommeil dix heures d'affilée, après avoir réveillé tout le quartier.

– Mais pourquoi lui ? demanda Valentine.

– Parce qu'il dort si profondément qu'un tremblement de terre ne le réveillerait pas.

Lawrence prit la parole avec sa logique habituelle.

– Petit problème : ce Pavarotti est à Babylon Heights, et nous, à Blue Park. Oscar ne rentre ici que le weekend et il est impossible de sortir deux livres de la bibliothèque pendant deux jours ; Mr Brave s'en rendrait compte.

– On n'a pas le choix, conclut Oscar. Il faut le faire pendant la nuit et près de Blue Park.

Jeremy réfléchit un instant, contrarié.

– Pavarotti ne bougera jamais de son bon vieux banc.

– Il n'a pas de jambes ? déplora Violette. On peut peut-être l'aider avec la carriole de Barth...

Valentine sourit.

– Non, Violette, c'est pas tout à fait ce que voulait dire Jeremy.

– Mais elle a raison ! dit Oscar. Barth, tu crois que tu pourrais pédaler jusqu'à Blue Park avec Pavarotti endormi dans ta carriole ?

Barth croisa le regard plein d'espoir de Violette.

– Ça devrait aller. On peut essayer, en tout cas !

– Dans dix jours, on dort tous les deux chez notre grand-mère parce que mes parents sont à la chorale irlandaise, à Besington Hill, se souvint Jeremy. C'est un mercredi. Elle est sourde comme un pot, on a déjà fait le mur plusieurs fois. Elle ne se rendra compte de rien...

– Mercredi, je ne peux pas vous accompagner, dit Violette, désolée. C'est la nuit où je compte les étoiles.

– Pas grave, la consola Barth. On fera un tour en carriole une autre fois.

Un bruit derrière la haie fit bondir Jeremy, qui n'eut que le temps d'apercevoir la roue arrière d'un vélo qui tournait dans une rue perpendiculaire.

– Quelqu'un nous espionnait.

– Tu vois trop de films, ironisa Oscar.

– J'espère que t'as raison, répondit Jeremy, sceptique.

– Tous avec Pavarotti dans dix jours, mercredi à minuit ?

– Je dirais même mieux, précisa Lawrence : tous *dans* Pavarotti mercredi.

38

Une heure avant le départ, les adolescents se réunirent en présence de Celia pour échafauder un plan de retour à Cumides Circle : il fallait ramener Oscar, mais aussi Lawrence et Valentine.

– On ne peut pas se cacher dans la valise ? suggéra Valentine.

– Non, répondit Lawrence. D'abord, ça fait trop mal quand on nous traîne dans l'escalier, dit-il en montrant de jolis hématomes qui viraient au vert sur sa peau jaune. En plus, si c'est Bones qui prend la valise, il pourrait se douter de quelque chose.

– Voilà ce qu'on va faire, proposa Oscar. Dès qu'on passe la grille, vous filez dans le parc vous cacher dans le feuillage de Zizou, et vous attendez que je vous ouvre la porte de la cuisine.

Ils partirent vers 18 heures : ils avaient largement le temps d'arriver à Cumides Circle avant l'heure fatidique.

Celia gara la voiture juste devant la demeure. Oscar approcha son pendentif de la grille et fit signe à Zizou, qui se déplaça vers l'entrée du jardin.

– Vous pouvez y aller, dit Celia à Lawrence et Valentine, couchés sur la banquette arrière.

Ils se faufilèrent jusqu'à la grille et se réfugièrent sous le feuillage du chêne, tandis qu'Oscar se présentait à la porte de Cumides Circle avec sa valise.

Sans un mot, Bones lui prit le bagage des mains et se dirigea vers l'escalier.

– Je vais à la cuisine, prévint Oscar. Je vais voir Cherie.

– Elle n'est pas là ce soir. C'est moi qui servirai le dîner. Si vous le voulez bien, vous allez me suivre dans votre chambre et je viendrai vous chercher un peu avant 19 heures pour rejoindre Mr Brave dans la salle à manger.

Bones conservait sa manie de donner des ordres enrobés de formules de politesse.

– J'ai faim, décréta Oscar. Je vais chercher quelque chose à manger.

– Vous dînez dans moins d'une demi-heure.

– J'aurai encore faim dans une demi-heure.

Le majordome s'empresserait certainement de déposer la valise dans la chambre et reviendrait l'épier jusqu'au dîner. Il n'y avait pas une minute à perdre.

La cuisine était déserte. Il s'élança vers la porte qui

donnait sur le jardin : elle était fermée. Bones se doutait-il de quelque chose ? Il fit signe à ses amis de faire le tour et de le retrouver sur le perron. Il traversa le hall et plaqua son M contre la porte d'entrée. Valentine et Lawrence se précipitèrent et les trois adolescents s'engouffrèrent dans le séjour. Oscar leva les yeux : la main gantée de Bones glissait déjà sur la rampe d'escalier ; il les avait certainement vus entrer. Oscar se rua sur la commode, en sortit le gant ignifugé et plongea son pendentif dans le feu.

– Qu'est-ce que tu fais ? chuchota Valentine, affolée. Tu vas...

Oscar les poussa vigoureusement dans le salon Jaune en compagnie de Victor, qui se mit à piailler pour l'occasion, et le mur se referma.

Un aboiement retentit, et Oscar aperçut Rolls – ou Royce ? – assis près de lui, un filet de bave pendouillant des babines. Il lui fit signe de se taire et le repoussa dans son panier.

Bones entra sans un mot et se dirigea vers le fond du séjour, près de la cheminée. Il inspecta l'endroit tel un policier sur les lieux d'un crime.

– Qu'est-ce que vous cherchez ? demanda Oscar, assis sur l'accoudoir d'un canapé. Je peux vous aider ?

Bones rebroussait chemin quand un aboiement résonna. Oscar tourna la tête vers le panier : le chien dormait, les yeux mi-clos. Un second aboiement se fit entendre, étouffé. Il guetta la réaction du majordome. Bones laissa tomber son regard mort sur lui, et quitta la pièce.

Oscar remarqua alors le gant, rangé avec précipitation, qui dépassait du tiroir.

La porte s'ouvrit à nouveau : Mrs Withers entra, souriante. Son regard brillait tout particulièrement derrière ses lunettes rouges.

– Bonjour, Oscar. Comment s'est passé ton weekend à Babylon Heights ?

– Très... très bien, bafouilla-t-il. Merci.

– Winston Brave m'a proposé de me joindre à vous pour le dîner, dit-elle avec un rapide coup d'œil derrière le jeune Médicus. Je crois qu'il nous attend, d'ailleurs.

Oscar accepta d'un signe de tête.

– Tiens, s'étonna-t-elle, le tiroir de cette commode est mal fermé. C'est sans doute ma faute, je suis la dernière à l'avoir ouvert et à m'être servie du gant, dit-elle d'un ton léger.

Elle chercha le regard fuyant d'Oscar.

– C'est forcément moi, n'est-ce pas ? Puisque seul le Grand Maître ou un membre du Conseil a accès au salon Jaune.

Elle se pencha pour repousser le tiroir quand un nouvel aboiement retentit. Oscar ferma les yeux, catastrophé. Mrs Withers soupira et sortit le gant. La paroi coulissa. Au fond du salon, Valentine était plaquée contre le mur, tandis que Lawrence était assis sur une chaise, la gueule baveuse de Royce – ou Rolls – sur les genoux. Mrs Withers leur sourit avec courtoisie.

– Je crois que nous allons être plus nombreux pour dîner, dit-elle. En plus, nos invités-surprises viennent de loin, si je ne m'abuse.

Près de la porte, Bones se tenait immobile, un petit sourire aux lèvres.

39

– Si Bones n'avait rien remarqué, combien de temps les aurais-tu cachés ? demanda le Grand Maître.

Winston Brave avait pris place dans son fauteuil, tandis que Mrs Withers faisait mine d'examiner un livre. La bibliothèque était plus silencieuse que jamais. Oscar avait le sentiment de comparaître devant un tribunal, cependant il était prêt à assumer les conséquences de son choix. Lawrence et Valentine étaient restés en arrière, près des tableaux, comme si les illustres Médicus les surveillaient de près.

– Oscar Pill, dit Winston Brave d'une voix plus grave que jamais, un Médicus ne cache rien au Grand Maître, surtout s'il vit *chez lui.* Tu pensais vraiment que je n'en saurais rien ?

– Je ne voulais pas vous cacher quoi que ce soit.

– Alors ?

– J'avais peur que vous ne les renvoyiez dans leur Univers.

– Il est temps de grandir et d'être un peu plus responsable. Tu ne peux pas changer des règles séculaires parce qu'elles ne te plaisent pas et que tu veux ramener des êtres d'un Univers intérieur dans notre monde !

– Ce n'est pas sa faute, monsieur, c'est la nôtre, le défendit Valentine. Il nous a ramenés sans le savoir, en quelque sorte.

– Jeune fille, tu m'as l'air de ne pas beaucoup aimer les règles, toi non plus. Tu parleras quand je t'y autoriserai.

Lawrence prit son courage à deux mains.

– Monsieur, me permettez-vous de vous expliquer ce qui s'est passé ?

– Winston, je vous en prie, intervint Mrs Withers. Il est juste qu'ils se défendent et qu'on les écoute, ne le croyez-vous pas ?

Brave fit un signe de tête à Lawrence.

– Valentine vous a dit la vérité : Oscar n'y est pour rien, c'est nous qui avons voulu venir.

– Vous n'avez rien à faire ici, trancha Winston Brave. Vous n'êtes pas faits pour vivre dans ce monde, vous devriez le savoir.

Lawrence baissa les yeux.

– On voulait juste connaître, découvrir... C'est si sombre, là-bas, sous terre, dans les rivières ou la montagne. C'est pour ça qu'on a demandé à Oscar de nous laisser rester ici et de nous cacher.

– C'est bien ce que je te reproche, dit le Grand Maître en refaisant face à Oscar : ce genre de décision ne t'appartient pas. Tu dois te concentrer sur une seule chose : devenir le Médicus qu'on attend, parce que l'heure est grave. Tu l'as oublié ?

Oscar se tourna vers Mrs Withers. Elle lui sourit et prononça de loin deux mots qu'il déchiffra sur ses lèvres : « Sois sincère. »

– Je sais que c'était à vous de décider, répondit-il, mais... il *fallait* que je le fasse.

– Pourquoi ?

– Parce que...

Oscar chercha une explication convaincante. La vérité, si simple soit-elle, valait plus que tout le reste.

– Parce qu'ils m'ont aidé quand j'en avais besoin, et sans rien attendre de moi. Sans eux, je ne serais peut-être pas revenu.

Il poursuivit d'une voix plus claire.

– Ma mère m'a dit que mon père était comme ça : il donnait sans attendre en retour et il était reconnaissant de ce qu'on faisait pour lui. Elle m'a dit que c'était aussi pour ça qu'il avait été un grand Médicus.

Il hésita avant de reprendre.

– Je n'ai pas oublié le danger des Pathologus, au contraire. C'est pour ça que je voudrais être un Médicus comme mon père, qui reçoit et qui donne.

Le silence se fit dans la bibliothèque. Sur le visage

de Mrs Withers, Oscar crut lire une certaine émotion et de la satisfaction.

– Votre famille sait-elle que vous vous êtes enfuis ? demanda le Grand Maître à Valentine et Lawrence.

Valentine sourit.

– Ma mère a eu plusieurs millions d'enfants, elle ne bouge pas de sa loge, dans la maternité de la Moelle du Grand Humérus ; je parie qu'elle ne s'est même pas aperçue de mon absence.

– Mes parents savaient que je ne voulais pas travailler dans les mines de la montagne, ajouta Lawrence. Que je voulais lire, apprendre et voyager.

Brave croisa les bras dans son dos, sévère.

– Donnez-moi *une* bonne raison de vous garder ici, exigea le Grand Maître.

– Il est encore plus beau de près, susurra Valentine, pétrie d'admiration pour l'homme qui la dominait de toute sa hauteur. Même fâché.

– Ça va pas ? lui dit Lawrence à voix basse. Tu te crois dans un film ? Tu vas nous faire renvoyer en Hépatolia !

– Monsieur, déclara Oscar, s'ils restent avec moi, ils pourront m'aider à voyager en Hépatolia et à rapporter mon Trophée. J'en suis sûr.

Brave les observa longuement, et trancha.

– Soit : vous pouvez rester à Cumides Circle, et vous accompagnerez Oscar lors de sa prochaine Intrusion.

Des cris de joie fusèrent dans la bibliothèque. Il y mit un terme d'un geste sec, le regard rivé à Oscar.

– Mais si tu ne rapportes pas de ce voyage ta Fiole remplie du précieux Nectar, tes amis resteront à jamais dans leur monde intérieur, et ce sera sans appel.

Oscar acquiesça.

– Maintenant, à table, décréta le Grand Maître. Tout le monde.

40

Dès le lendemain, Lawrence et Valentine goûtèrent au plaisir de pouvoir se promener librement dans Cumides Circle sans craindre d'être surpris. Ils évitaient soigneusement Bones, cependant, et préféraient passer une grande partie du temps dans le jardin, quand Lawrence acceptait de faire une pause dans ses lectures.

Oscar les rejoignait dès qu'il le pouvait. À l'heure du déjeuner, mais aussi quand il en avait fini avec les leçons et les expériences d'Intrusion sous le contrôle de Mrs Withers et de Maureen. Il commençait à avoir une bonne maîtrise du voyage dans le premier Univers, et ses guides l'estimaient bientôt prêt à repartir pour rapporter son Trophée. Pour cela, un Médicus ne pouvait pas être accompagné d'un autre Médicus. Mrs Withers était plutôt satisfaite de savoir qu'Oscar aurait deux alliés en Hépatolia.

Une semaine s'écoula et, le lundi soir suivant, avant le dîner, Oscar décida de se rendre à la bibliothèque pour informer Boyd qu'il acceptait ses conditions et lui fixer rendez-vous.

– *Pourquoi pas ce soir ?* écrivit Boyd, déçu.

– Le corps n'est pas disponible avant mercredi. Vous croyez que c'est facile d'organiser ça ?

Boyd gribouilla à toute vitesse, très excité par la nouvelle.

– *Et ça se passera où ?*

– Près du kiosque de Blue Park, c'est plus prudent. Je viendrai vous chercher à minuit, tous les deux. Et je vous préviens, si vous faites du bruit...

– ... *Ça va, tu l'as déjà dit*, ricana Boyd. *On finira en fumée !*

Pendant les deux jours qui suivirent, Oscar eut de plus en plus de mal à se concentrer.

Mercredi après-midi, il rata même son Intrusion dans Royce et lui marcha sur la queue : le chien fit un bond en avant, et Oscar entraîna dans sa chute une magnifique antiquité qui provenait des premiers Médicus chinois.

– Mais qu'est-ce qui t'arrive aujourd'hui, Oscar ? s'étonna Mrs Withers. Tu n'écoutes pas et tu fais tout de travers.

Il bafouilla quelques excuses incompréhensibles.

– Quelque chose ne va pas, devina-t-elle, méfiante. Tu ne veux rien me dire ?

– J'ai juste un peu mal au ventre, mais ça va passer.

– Oscar, depuis ton arrivée, je t'ai toujours soutenu, et le Grand Maître a fait preuve d'indulgence à ton égard, ne l'oublie pas. Mais il y a des limites à tout, alors ne fais rien que tu puisses regretter...

– J'ai juste mal au ventre, s'obstina-t-il. Ça ira mieux demain, vous verrez.

Mrs Withers dut se satisfaire de cette réponse.

– Je crois qu'on va en rester là pour aujourd'hui. Bones t'apportera un remède contre la douleur.

– Non, répondit-il avec un peu trop d'énergie, ça va passer tout seul. Je n'aime pas trop les médicaments.

– Comme tu voudras. Bonsoir, Oscar. À demain.

Il attendit le départ de Berenice Withers pour se rendre dans la bibliothèque. Avant de s'adresser à Boyd, il salua Julia Jacob avec l'ultime espoir d'obtenir des informations sur son père.

– *Désolée, je n'ai rien trouvé de plus récent que les articles qui parlent de son combat victorieux contre le Grand Pathologus. Ensuite, on n'a publié qu'un laconique communiqué pour annoncer sa mort. J'aurais beaucoup aimé vous aider plus que ça.*

– Ce n'est pas grave, Julia, je me débrouillerai autrement.

Il se planta devant les livres de Boyd et d'Estelle Fleetwood.

– Je viendrai vous chercher un peu avant minuit.

Le livre d'Estelle s'agita, mais curieusement, Titus rechigna à se déplacer jusqu'aux étagères.

– Titus, juste ce soir ! implora-t-il. Ensuite, je ne vous embêterai plus.

Titus céda et Oscar sortit le *Traité extraordinaire, tout à fait fascinant et infiniment complet des pouvoirs des Médicus*. À peine eut-il ouvert l'ouvrage qu'Estelle Fleetwood s'exprima d'une écriture précipitée, comme si elle vivait l'urgence de sa vie.

– *Quelle excellente idée a eue ce Boyd ! C'est si rare, chez lui... Mais pourquoi ne nous emmenez-vous pas tout de suite, mon petit ? Si vous attendez minuit, vous risquez de nous oublier et j'en serais particulièrement fâchée.*

– Eh bien, vous attendrez quand même, parce que si je vous sors de cette bibliothèque maintenant et que Mr Brave vient consulter vos livres, on sera fichus.

– *Ça n'est pas complètement idiot*, reconnut-elle. *Vous êtes presque aussi intelligent que moi – enfin, que moi à votre âge, bien sûr, parce que, aujourd'hui, il est évidemment difficile de m'égaler, et...*

Oscar mit un terme à la conversation en refermant le traité, et il rejoignit Mr Brave dans la salle à manger.

Le dîner fut un supplice. D'abord parce que Oscar n'avait pas faim, ensuite parce que Cherie s'était surpassée dans le territoire des mélanges aussi improbables qu'infects. Enfin, comme Mrs Withers, Mr Brave semblait se douter de quelque chose : lui qui, d'ordinaire, parlait peu, assaillit Oscar de questions. Après quelques réponses évasives, Oscar finit par prétexter le même mal de ventre pour quitter la table et se réfugier dans sa chambre.

Ses amis l'attendaient dans un état d'anxiété mêlé d'excitation.

Lawrence avait programmé leur évasion nocturne sans négliger le moindre détail. Il avait pris en compte tous les obstacles possibles : une porte close, l'arrivée inopinée de Bones ou de Mr Brave, mais aussi la chute dans l'escalier, la présence de caméras de surveillance, de rayons de détection, de chiens de garde...

– Voilà, dit-il en agitant un énorme paquet de feuilles. Tout est là, il ne peut rien nous arriver – même si Jeremy et Barth ne parviennent pas à ramener Pavarotti à Blue Park, j'ai une solution !

Il ôta ses lunettes, se frotta les yeux et s'effondra sur le lit, épuisé. Oscar jeta un œil sur la liste.

– « Capteurs thermiques » ? Qu'est-ce que c'est ?

– Ils détectent la chaleur du corps humain.

– Tu es sûr qu'il y en a ici, à Cumides Circle ?

– On n'en sait rien, avec Bones qui t'espionne en permanence. Et tu m'as dit qu'il était possible que Mrs Withers et Mr Brave se doutent de quelque chose ; ils ont peut-être pris des mesures de sécurité supplémentaires...

Oscar n'osa pas le contredire. Il tenta de déchiffrer les formules mathématiques et autres calculs alignés sur les feuilles, puis y renonça.

– Je suis certain que tu as tout en tête, de toute manière.

– Évidemment, confirma Lawrence. C'était juste pour que tu y voies plus clair.

– Sois tranquille, répondit Oscar en échangeant un regard amusé avec Valentine, y a pas plus clair.

À 23 h 45, Oscar s'enveloppa dans sa cape, puis il brandit son pendentif vers la valise. La ceinture des Trophées s'éleva, lumineuse, et vint s'enrouler autour de sa taille.

– Première étape : la bibliothèque. Prêts ?

– Prêts.

Ils longèrent le couloir en file indienne. Lawrence épiait les lieux.

– Ça n'est pas normal, c'est beaucoup trop calme.

– Et tu t'attendais à quoi, à minuit ? murmura Valentine. À un feu d'artifice ? Tais-toi, sinon ça sera beaucoup moins calme...

Le buste de Selenia dormait, la tête inclinée contre le mur de son alcôve. Ils évitèrent soigneusement le tapis et descendirent, puis traversèrent le hall de Cumides Circle comme des fantômes.

– Attendez-moi ici, ordonna Oscar à ses deux amis en entrant dans la bibliothèque.

Un siècle sembla s'écouler.

– Mais qu'est-ce qu'il fiche ? demanda Valentine, impatiente comme jamais.

– Il vaut mieux qu'il prenne son temps, répondit Lawrence. Si d'autres livres aussi teigneux que Boyd l'entendent et donnent l'alerte, on est fichus !

Oscar sortit enfin de la bibliothèque. Il souleva un pan de sa cape, victorieux : il serrait contre lui les deux livres, tout près de son Grimoire.

Ils glissèrent dans la pénombre jusqu'à la porte d'entrée. Oscar apposa son pendentif contre la poignée, et la porte s'ouvrit. Ils dévalèrent les marches du perron. Oscar usa encore de sa Lettre, mais cette fois, la grille demeura close.

– Je vous l'avais dit qu'ils se doutaient de quelque chose, s'affola Lawrence. On va se faire prendre, ils vont nous renvoyer en Hépatolia et toi, tu ne pourras...

La phrase se perdit dans un frémissement végétal, et ils décollèrent du sol : la branche qui les avait cueillis les déposa de l'autre côté de la grille, muets de surprise, au beau milieu de la rue.

– Merci, Zizou ! dit Oscar. On revient dans une demi-heure.

L'arbre inclina sa cime et s'éloigna. Ils traversèrent l'avenue, et Oscar entraîna ses compagnons dans les profondeurs de Blue Park.

Dans trois minutes, il serait exactement minuit.

41

– Où on est ? demanda Lawrence pour la quatrième fois.

– On devrait bientôt arriver au kiosque.

Ils zigzaguèrent entre les buissons en évitant les allées du parc. À la lueur de la lune, Oscar perçut enfin le toit en pointe. Valentine le tira par la manche.

– Là-bas ! dit-elle.

Dans la pénombre, ils distinguèrent du mouvement. Des voix montèrent, plus distinctes.

– Soulève au moins ses pieds, je peux quand même pas le porter tout seul !

– Je te l'ai déjà dit : moi, c'est la tête, toi, les muscles.

Ils sortirent alors de l'ombre et se précipitèrent vers les frères O'Maley, en nage près d'un banc. Malgré son incroyable force pour un garçon de treize ans, Barth croulait sous le poids du clochard profondément endormi. Pour ne rien arranger, ce dernier empestait le vin à des kilomètres.

– Ah, vous voilà, s'écria Jeremy, soulagé. Aidez-nous ! Je ne sais pas si c'est l'alcool qui pèse si lourd, mais à deux, on a du mal...

À cinq, ils finirent par balancer ce pauvre Pavarotti sur le banc.

– Comment était le chant, ce soir ? demanda Lawrence, qui n'avait jamais entendu d'opéra de sa vie.

– Jamais aussi fort ni aussi faux.

Barth bouscula son frère.

– Faudrait pas tarder : si ce soir il décide de se réveiller...

– T'inquiète pas, grand frère : j'ai son biberon, le rassura Jeremy en brandissant une bouteille de vin.

Oscar ouvrit le livre de Boyd. Une avalanche de mots déboula sur la page de garde.

– *Attention, Pill : on ne veut pas d'un aller-retour d'une minute mais une belle Intrusion, une vraie, hein !*

– On y restera le temps qu'on pourra y rester, trancha Oscar. Si vous n'êtes pas d'accord, dites-le tout de suite.

Le traité d'Estelle s'agita dans sa poche.

– *Ah, j'ai bien cru que vous m'oublieriez !* écrivit Estelle Fleetwood lorsqu'il ouvrit son livre. *Dites-moi, vous n'avez pas trouvé mieux qu'un ivrogne ? Je vous rappelle que vous avez l'honneur de voyager avec Estelle Fleetwood, la grande, que dis-je, l'immmmense Estelle Fleetwood, dont le Traité...*

– Si ça ne vous convient pas, je peux encore vous ramener à Cumides Circle, tous les deux, menaça-t-il.

– *Quel sale caractère ! Ça ira, allons-y,* se rattrapa Estelle.

– Attendez ! chuchota Jeremy, qui tourna vivement la tête vers le kiosque. Vite, cachez-vous !

Barth entraîna sa carriole derrière le plus proche buisson. Les autres eurent tout juste le temps de se mettre à l'abri dans un talus. Oscar aperçut deux ombres près du banc, entendit un piétinement, quelques mots étouffés, puis plus rien. Ils patientèrent encore quelques secondes pour sortir de leur cachette. Il n'y avait plus personne, et seul le vent d'été, tiède, faisait frémir le feuillage des arbres.

– Partez tout de suite dans le corps de Pavarotti, conseilla Jeremy. Nous, on surveille. Ne tardez pas !

Oscar prit ses amis sous sa cape.

Un flash éblouit Jeremy et Barth dans l'obscurité de Blue Park. Quand ils ouvrirent leurs yeux ébahis, Pavarotti ronflait allègrement sur son banc, et les autres avaient disparu.

42

Oscar avait choisi son lieu de chute au beau milieu de l'immense unité de transfert des aliments. Ses compagnons n'avaient jamais quitté la montagne d'Hépatolia et le GRIU, et tout dans cette unité leur était étranger. Dans la poche intérieure de la cape, les livres de Boyd et d'Estelle Fleetwood s'agitaient comme jamais.

Oscar fut d'abord surpris par l'odeur, très différente de celle qu'il avait connue dans le corps d'animaux ou même dans celui de Bones. L'activité, elle, était moins fébrile, et l'attitude des ouvriers était étrange : aucun d'eux ne marchait droit. Le mouvement des tapis roulants vers l'unité de broyage était totalement irrégulier, voire anarchique. Enfin, les parois de l'immense grotte étaient curieusement boursouflées du sol jusqu'à la voûte, et quand Oscar posa la main sur l'une d'elles, il sentit une forte vibration, une circulation turbulente de l'autre côté. Il scruta au loin la salle de commandes : elle lui sembla éteinte et déserte.

– Héééé, dites donc, vous, s'exclama un homme en

combinaison, au visage couperosé et qui parvenait à peine à tenir sur ses jambes, kezkeu... kezkeu... kezkeuvoufichez ici, heeeein ?

Il tomba dans les bras d'Oscar en éclatant de rire.

– Soyez gentils, demanda-t-il d'une voix pâteuse, apportez-moi un peu de cette excellente boisson dans les wagons, parce que ça me paraît teeeeeeeellement loin !

Le type partit à nouveau dans un rire interminable.

– Ils sont tous comme ça, ici ? demanda Valentine. On est quand même moins ramollis dans le GRIU...

– Dans la montagne non plus, je n'en ai jamais vu, des types comme ça, confirma Lawrence. Peut-être qu'on les stocke tous ici ?

– Je crois savoir ce qui se passe. Venez par ici, dit Oscar en jetant un coup d'œil dans le wagon le plus proche.

Valentine et Lawrence suivirent son exemple.

– Du vin, constata Oscar avec une mine dégoûtée. Il n'y a que du vin dans tous les wagons ! Pavarotti ne mange presque rien, il ne fait que boire ; du coup, tous les ouvriers sont soûls et font n'importe quoi.

– J'espère que les Érythrocytes de Pavarotti ne sont pas dans le même état... J'aurais honte, à leur place.

Valentine avait raison : les autres Univers de Pavarotti étaient sans doute ravagés par l'alcool. Oscar comprit enfin ce que sa mère avait voulu dire le jour où Violette et lui avaient ri en passant devant un ivrogne en plein délire : « Ne vous moquez pas de lui : ce pauvre homme se fait déjà assez de mal lui-même. »

Au même instant, il y eut du bruit et une bousculade, et des cris retentirent : un train de wagons, incontrôlable, filait droit sur eux. L'unité fut prise de panique, et un mouvement de foule les emporta. Lawrence bascula dans un wagon, et tous les ouvriers se jetèrent à terre pour récupérer le vin qui venait de déborder. Certains se mirent même à lécher le sol. Les wagons s'immobilisèrent enfin, et Valentine et Oscar fendirent la cohue pour porter secours à leur ami. Quand ils réussirent à l'extraire du wagon, Lawrence les regardait avec un sourire un peu bête.

– Dites, vous savez que c'est pas mauvais du tout !

– Lawrence ! T'es aussi soûl qu'eux ! s'écria Valentine.

– Les livres ! s'écria Oscar, catastrophé. Je les ai perdus !

Valentine le dévisagea, interdite. Lawrence lui-même cessa de sourire.

– Comment t'as fait ? demanda-t-elle.

– C'est... certainement pendant la bousculade, répondit Lawrence entre deux hoquets. Il faut... Il faut chercher autour de nous. Hé, les copains ouvriers, aidez-nous... et après, on va boire un coup !

Oscar était déjà accroupi, en train de fouiller entre

les jambes et derrière les wagons, noyé dans la pagaille.

– Oscar, là-bas ! s'écria Valentine.

Au milieu de la masse désordonnée des ouvriers, un homme s'enfuyait. Sa tenue noire était soulignée par un col rouge, et il serrait contre lui les deux livres.

Oscar s'élança à sa poursuite, enjambant les ouvriers ivres allongés à même le sol, suivi par Valentine. Lawrence, encore grisé, tentait désespérément de repérer ses amis dans la foule. Le Pathologus avait du mal à progresser et Oscar, qui gagnait du terrain, parvint à agripper le bas de sa veste. L'homme se retourna brutalement et le saisit par le cou. Oscar croisa le regard rouge et haineux de son agresseur. Il s'empara de son pendentif, et une lumière intense jaillit de la Lettre. Le Pathologus porta la main à son visage en poussant un hurlement.

– Rendez-moi ces livres ! cria Oscar.

Le Pathologus le projeta avec violence sur un tapis roulant. La tête d'Oscar heurta le bord métallique du tapis et il perdit connaissance. Valentine se rua sur l'agresseur et le frappa de toutes ses forces, mais l'homme la balaya d'un bras et l'envoya rouler contre Lawrence.

Quand Oscar reprit conscience, il était allongé dans un bac en métal fixé au tapis roulant, et ses poignets et ses chevilles étaient entravés par une corde noire très serrée. À l'extrémité du tapis, le Pathologus s'était débarrassé de l'ouvrier aux commandes. Oscar filait droit vers les cuves de l'unité de broyage. Il essaya de se défaire de la corde, mais elle était faite d'une étrange matière qui sciait la peau sans se détendre.

– Cette corde te libérera quand je le lui demanderai, lui cria son adversaire : au moment précis où tu basculeras dans une cuve.

Oscar était à un mètre de l'ouverture. Il s'agrippa au bac.

Et, par miracle, le tapis s'arrêta.

Le Pathologus appuya rageusement sur le tableau électronique pour le remettre en route, en vain. Dans la salle des commandes, tout en haut de l'unité, Oscar devina le visage de Lawrence derrière la baie vitrée.

Le Pathologus sortit de sa manche une lame en forme de P, murmura une incantation et lança l'arme. Elle fusa vers la salle des commandes, traversa le verre de protection qui vola en éclats. Lawrence s'effondra. Le P en onyx tournoya et se planta sur une touche d'un clavier : les tapis de la salle se remirent en mouvement.

43

Alors, Oscar vit la ligne de feu traverser la voûte de l'unité de transfert.

– Ne bouge pas ! cria une voix claire à l'autre bout de l'immense hangar.

Au moment où le tapis faisait plonger Oscar dans la bouche béante, au-dessus des cuves, un disque incandescent finit sa course sur ses poignets et trancha la corde. Oscar se jeta en arrière et retomba sur le sol tandis que le bac disparaissait dans l'unité de broyage. Devant lui se tenait un jeune homme enveloppé dans une cape émeraude.

– Ayden ?!

Le Pathologus leur fit face, recula, et prit la fuite.

Embusqués derrière des buissons, les frères O'Maley s'impatientaient.

– Oscar a dit « une demi-heure », marmonna Jeremy. Pourquoi ils traînent comme ça ?

– Ils ont peut-être eu des problèmes, répondit son

aîné. Regarde Pavarotti : il fait des tonnes de grimaces, il se tient le ventre... Ça doit pas se passer comme prévu, là-dedans.

– Ça pourrait bien ne pas se passer comme prévu, ici non plus. J'ai l'impression qu'on n'est pas seuls.

Les frères entendirent nettement des pas.

– Tant qu'on peut tenir, on tient, chuchota Jeremy, ça leur laissera le temps de revenir. J'espère simplement qu'ils ne vont pas tarder...

Ayden s'apprêtait à poursuivre le Pathologus. Oscar le retint.

– À deux, on peut former une Médicus Manta !

– Qu'est-ce que c'est ? Je ne connais pas grand-chose, à part le Disque de Feu avec mon pendentif...

– Enlève ta cape, fais comme moi et répète ce que je vais dire, décréta Oscar.

Il fit tournoyer sa cape au-dessus de sa tête et se souvint de la formule prononcée bien des fois avec Mrs Withers :

Que nos capes s'unissent,
Que nos capes vrombissent,
Qu'elles s'enlacent
Et notre ennemi terrasse.

Ayden l'imita et les deux capes flottèrent quelques instants, l'une face à l'autre, avant de s'unir par le col jusqu'aux pointes. Elles formèrent une immense raie manta dont les ailes se déployèrent et qui prit son élan. Elle frôla le sol à une vitesse fulgurante et vint cueillir le fuyard. Le Pathologus bascula sur les deux capes réunies, et la Médicus Manta s'éleva en prenant de la vitesse.

– Les livres ! cria Oscar. La Manta vous laissera redescendre si vous me les rendez !

L'homme s'agrippa à l'étoffe et jeta rageusement l'*Anthologie des Pathologus*, qui rebondit sur le sol et finit sa course contre un wagon. Oscar la ramassa.

– Il a encore celui d'Estelle Fleetwood, dit-il à Ayden et à Valentine, qui venait de repérer un ascenseur dans la roche.

– Qu'est-ce qu'il y a dans ce livre ?

– Tous les secrets sur les pouvoirs des Médicus. Il faut absolument le récupérer !

– Je vais en salle des commandes pour m'occuper de Lawrence, prévint Valentine. On se retrouve là-bas dès que vous avez le livre d'Estelle !

Le Pathologus profita d'une accalmie pour entailler largement une des deux capes avec un P en onyx, cette matière dure dont étaient faites les armes ennemies. Ayden ressentit une curieuse douleur sur la peau, comme si la déchirure l'avait meurtri à distance. La Manta, blessée, prit de l'altitude. Arrivée au sommet du hall, elle plongea vers l'ouverture située à l'extrémité du tapis roulant, comme un rapace qui fond sur sa proie.

– Qu'est-ce qu'elle fait ? s'inquiéta Oscar. Elle va finir dans la salle des cuves !

Juste avant de s'engouffrer dans l'ouverture, la Manta prit un virage brutal. Le Pathologus lâcha prise et bascula à travers le trou béant en hurlant.

Oscar et Ayden coururent jusqu'au bout du tapis et se penchèrent à travers l'ouverture : dans une des cuves, ils eurent le temps de voir disparaître le Pathologus, bientôt déchiqueté par les lames. La mixture prit une teinte noire et des vapeurs âcres s'élevèrent. Au même moment, un cri aigu s'échappa de la cuve. Une étincelle émeraude monta et vint mourir au sommet, dans la paroi de l'unité de broyage.

– Je... crois que l'esprit d'Estelle Fleetwood vient de disparaître, déclara Ayden.

– C'est ma faute, ajouta Oscar, effondré. Et son livre original vient d'être détruit avec elle... Ayden, qu'est-ce que j'ai fait ?

Ayden posa une main amicale sur son épaule.

– Tu as tout fait pour récupérer le traité d'Estelle. Viens, on ne peut plus rien pour elle, maintenant.

Les capes redescendirent en douceur pour se poser sur leurs épaules, tandis que les ouvriers se remettaient lentement au travail, à peine perturbés par le combat.

– Tu n'as rien ? demanda Oscar à Lawrence, qui venait de les rejoindre, suivi de Valentine.

– Non, ça va. Et toi ? Tu as récupéré les livres ?

Oscar leur montra l'ouvrage de Boyd. Ses amis se turent.

– Il faut y aller, maintenant, dit Lawrence. Il ne reste plus qu'à trouver le Caducée des Médicus. Mais où ?

Tous se mirent à la recherche de la fameuse coupe entourée d'un serpent et surmontée d'un M. Ils eurent beau fouiller dans tous les recoins, jusqu'aux écrans de la salle de commandes et sous les immenses tapis roulants, derrière les wagons ou sur les combinaisons des ouvriers : rien, pas l'ombre d'un Caducée. Ayden commençait à se décourager quand Oscar les interpella depuis le fond de l'unité :

– Venez !

Ils le rejoignirent devant l'ouverture, au-dessus des cuves. Oscar regardait vers le haut. Sur la voûte de la salle des cuves, le symbole brillait encore, comme s'il avait été dessiné avec une poussière d'or.

– C'est le rayon sorti de la cuve, quand le livre y est tombé, qui a tracé le Caducée, supposa Ayden.

– Estelle Fleetwood nous montre le chemin de la sortie, Oscar, dit Lawrence. Elle ne t'en veut pas.

Oscar appréciait l'effort de Lawrence pour le réconforter, mais la perte du livre et la disparition de l'esprit d'Estelle le torturaient. S'il n'avait pas tant traqué la vérité sur son père, il n'en serait pas là, et le livre serait sagement rangé dans la bibliothèque de Cumides Circle. Valentine le bouscula gentiment.

– Jeremy et Barth nous attendent. Ils doivent ramener Pavarotti à Babylon Heights, ne l'oublie pas.

Oscar enveloppa de sa cape ses deux amis, et Ayden et lui se concentrèrent sur le symbole. Une fraction de seconde plus tard, tous les quatre quittaient Hépatolia et le corps du clochard.

44

– Tu m'as trouvé lâche à l'école, l'autre jour, expliqua Ayden dans la pénombre du parc. Mais Mr Brave m'avait donné rendez-vous avec mon père et je ne pouvais pas risquer de me retrouver en retenue, moi aussi. Quand j'ai su que tu étais Médicus, j'ai voulu t'en parler à la kermesse, mais tu ne m'as pas laissé le temps.

– Alors tu es allé chez Oscar, comprit Jeremy. C'était toi qui nous espionnais derrière la haie ?

– J'ai entendu ce que vous disiez, reconnut Ayden, et votre rendez-vous. J'avais une dette envers toi, Oscar, je voulais t'aider. Du coup, j'ai suivi les frères O'Maley, et j'ai vu le Pathologus entrer dans le corps juste avant vous. Tu risquais d'avoir des problèmes, alors je t'ai rejoint.

– Merci, Ayden. Sans toi...

– Pardonnez-moi de vous interrompre, coupa Lawrence, soucieux, mais si je fais bien mes comptes, deux ombres sont passées dans le parc, donc deux Pathologus, et une seule est entrée dans le corps de Pavarotti. Où est l'autre ?

– Et surtout, dit Oscar, comment ils savaient qu'on serait ici, dans le corps de Pavarotti, avec les livres ?

– Tu étais le seul à connaître ce rendez-vous, Ayden, remarqua Valentine.

– Je vous ai pas trahis ! Sinon, pourquoi je vous aurais aidés ?

Lawrence s'assit sur le banc pour réfléchir, juste à côté de Pavarotti, qui dormait à poings fermés.

– Boyd et Estelle Fleetwood auraient pu parler, mais ce n'était vraiment pas dans leur intérêt. Attendez... Il y a une autre personne qui avait toutes les chances d'être au courant.

Du bruit à proximité les obligea à se cacher. Ils entendirent des cris étouffés et ce qui ressemblait à une lutte.

– Sous le lampadaire, murmura Jeremy, à côté des rosiers !

Oscar vit luire un crâne sous la lumière jaune, au milieu de la nuit.

– Bones...

– Bien sûr, dit Lawrence. Qui t'espionne en permanence ? Range les livres ? Écoute à toutes les portes ? Surveille tous tes mouvements ? Il a dû surprendre ta conversation avec Boyd dans la bibliothèque, lundi soir.

Ils scrutèrent les alentours du kiosque : Bones avait disparu.

– Il est sûrement rentré à Cumides Circle, et on a intérêt à faire la même chose, conseilla Lawrence. S'il réveille Mr Brave pour lui dire que notre chambre est vide, c'en sera fini de notre séjour ici.

– J'expliquerai tout à Mrs Withers et au Grand Maître, les rassura Oscar.

– Bones niera en bloc. Pourquoi Mr Brave te croirait-il ? On n'a aucune preuve.

Oscar entraîna ses amis vers le banc.

– Ramenez Pavarotti à Babylon Heights.

Ils déposèrent le clochard dans la carriole sans mouvement brusque.

– Rentre avec Jeremy et Barth, Ayden, conseilla Oscar. Merci, les amis, et dépêchez-vous !

– On ne va peut-être pas passer la nuit ici, nous non plus, suggéra Lawrence.

– Vous n'allez pas partir alors qu'on vient à peine d'arriver, dit une voix derrière eux.

45

Quatre silhouettes se détachèrent dans la pénombre. Oscar sentit son corps entier se tendre.

– Qu'est-ce que tu fiches ici, Moss ?

– Et vous ? Vous traînez souvent dans les parcs la nuit, tes amis et toi ? Ici, c'est pas pour les gens comme vous, je te l'ai déjà dit, Pill. C'est pour les gens bien.

Oscar le considéra en silence. Après le Pathologus dans le corps, c'était Moss en embuscade dans le parc. Deux pièges successifs, et il ne s'était douté de rien. Le temps des explications viendrait, tôt ou tard. Pour l'instant, il devait se sortir de ce guet-apens.

Il reconnut Doherty, Norton – un garçon plus âgé, mais que Moss avait enrôlé dans son clan – et enfin Jimmy Bates, le plus insaisissable de tous – et sans doute le plus dangereux. Quatre gaillards costauds et qui cherchaient à en découdre. Ses amis et lui ne feraient pas le poids.

– Tu as peur de me répondre ? reprit Moss. Comme toujours : tu as peur de moi.

– *Aucun de nous* n'a peur de toi, affirma Valentine.

– T'en mêle pas, lui ordonna Oscar.

– C'est quoi, ça ? Tu les as trouvés où, tes extraterrestres ?

Valentine lui décocha un violent coup de pied dans le tibia.

– De la part de l'extraterrestre.

– Chopez-les ! hurla Moss.

Oscar tendit le livre de Boyd à Lawrence.

– COUREZ et ne vous arrêtez pas !

– On te laisse pas seul ! décréta Valentine.

Oscar détacha sa cape et la fit tourner d'un rapide mouvement du poignet : leurs adversaires se heurtèrent à un bouclier de lumière éblouissant et une violente décharge électrique les projeta en arrière.

– Je vous ai dit de partir ! s'emporta Oscar.

– Pas question, répondit Lawrence. Si tu restes, on reste !

Ils se serrèrent contre lui, derrière le bouclier, encerclés par les quatre garçons.

– Tu vas bien finir par te fatiguer, déclara Moss, patient.

Oscar sentait son bras faiblir. De sa main libre, il brandit son pendentif.

– Regardez bien tout autour, souffla Oscar à Valentine et Lawrence.

– Qu'est-ce qu'on cherche ? demanda Lawrence.

– Regardez encore.

– Là-bas ! cria Valentine.

La Lettre venait d'apparaître sur le tronc de l'Arbre Passeur, tout près d'eux. Oscar cessa de faire tourner la cape et le bouclier disparut.

– Foncez ! cria-t-il.

Oscar pria pour que l'arbre accepte la présence de Lawrence et de Valentine, comme sa cape l'avait fait.

Devant un Médicus, tu t'ouvriras,
Et dans l'ombre de la terre tu le guideras.

Le tronc s'ouvrit et ils s'y engouffrèrent. Le M lumineux apparut sur le sol et au-dessus de leur tête. Oscar eut encore le temps de voir le bras de Moss retenir le panneau qui retombait, et ils entamèrent leur descente dans les profondeurs de la terre.

46

Ils se précipitèrent dans le Scanner du Cœur.

– Au bout, c'est Cumides Circle ! les encouragea Oscar.

Il leva la tête : la cabine s'était refermée et remontait. Moss et sa bande n'allaient pas tarder à les rejoindre. Les M lumineux sortirent le tunnel de l'obscurité pour les guider. Ils coururent à perdre haleine. Oscar se retourna : la cabine venait de s'ouvrir.

– Plus vite, on y est presque !

Moss jaillit dans le tunnel.

– Ils ne peuvent pas s'échapper !

Les trois autres regardèrent autour d'eux, pas rassurés.

– Tu... t'es sûr qu'il faut aller là-dedans ? demanda Doherty en sifflant entre ses dents écartées.

– COUREZ ! leur ordonna Moss.

Ils échangèrent un regard puis s'élancèrent. Au bout de quelques mètres, ils s'effondrèrent comme s'ils avaient heurté un mur. Un mur invisible. Norton resta au sol et regarda ses copains avec un air ahuri.

– Levez-vous ! hurla Moss.

Bates se jeta de nouveau contre cette paroi transparente mais bien réelle, à en juger par la violente douleur qu'il ressentit à l'épaule. Doherty prit son élan et décocha un coup de pied d'une force incroyable. Il poussa un cri et s'écroula : son pied doubla de volume en quelques secondes. Moss frappa des deux poings sur le mur, fou de rage.

– Le Mur des Angoisses, se réjouit Oscar. On est sauvés !

Le mur se mit alors en mouvement et repoussa leurs ennemis vers l'entrée du tunnel. Moss tenta de freiner la progression, en vain. Acculé à la cabine, il n'eut d'autre choix que d'y entrer avec sa bande. La cabine les propulsa vers la sortie et l'Arbre Passeur les recracha au beau milieu du parc. Une branche les cueillit tous les quatre au ras du sol, les balança d'avant en arrière, et les projeta dans les airs.

Ils furent catapultés de l'autre côté de l'avenue. Zizou, aux aguets, les percuta en plein vol. Moss, Doherty, Norton et Bates décrivirent une dernière courbe dans le ciel avant d'atterrir dans la piscine d'une villa. Plusieurs lumières s'allumèrent sur la façade. Rufus Moss et son épouse sortirent du lit en courant et écartèrent les rideaux, ébahis : quatre formes se débattaient dans ce qui restait d'eau au fond du bassin.

L'une d'elles ressemblait furieusement à leur fils.

Au fond du tunnel, les trois amis avaient assisté, soulagés, à l'expulsion de leurs ennemis.

– Dépêchons-nous quand même, dit Lawrence. Je suis sûr que Bones nous attend de pied ferme.

Ils se mirent en route et Valentine trébucha sur une masse allongée en travers.

– Bones !

Oscar s'agenouilla et approcha son pendentif du visage du majordome : il était pâle comme un spectre et sa respiration était faible.

– Un nouveau piège ? se méfia Lawrence.

– Comment il a réussi à entrer dans ce tunnel ? demanda Valentine.

– L'arbre nous a bien laissés entrer. Alors pourquoi pas lui ?

– Vous venez d'un Univers intérieur, ce n'est pas la même chose, supposa Oscar. Et puis mon pendentif est associé à celui de Mr Brave.

– Il a peut-être volé le pendentif du Grand Maître ?

– En tout cas, dit Oscar, Bones n'est pas un Pathologus, sinon je n'aurais pas pu entrer en lui.

– Ça ne veut pas dire que ce n'est pas un traître, objecta Valentine.

– Il faut quand même le secourir. Il sera bien obligé de tout avouer.

Lawrence hésita.

– C'est plus prudent d'aller prévenir Mr Brave, non ?

– Ce sera peut-être trop tard.

Valentine soupira.

– Bon, ça va, on a compris.

– Vous n'êtes pas obligés de m'accompagner, cette fois, leur dit Oscar.

– Et toi, t'es obligé de dire n'importe quoi ?

47

Lawrence et Valentine regardèrent autour d'eux, intrigués. Ils se trouvaient dans un immense espace, haut comme une cathédrale, centré par un cratère. Des colonnes en verre rouge, séparées par des trappes creusées dans le sol, encerclaient le lieu.

– Où on est ? demanda Valentine.

– Dans le donjon d'Hépatolia, lui répondit Oscar. Maureen Joubert l'appelle aussi le donjon Mastik.

– C'est ici que Bones mâche ses repas ? supposa Lawrence. C'est sa bouche ? Pourquoi tu nous as fait atterrir ici ?

– Maureen m'a dit qu'il y avait un raccourci vers le Grand Réseau dans ce donjon. On y trouvera peut-être quelqu'un pour nous dire où il faut aller pour soigner Bones, et ce sera plus rapide.

Ils se mirent à chercher.

– Un passage secret pour aller directement chez moi, répéta Valentine en faisant le tour du cratère.

Ça me dit quelque chose... Je sais : j'ai entendu mes grandes sœurs en parler : il y a un passage sous la langue !

– Il ne reste plus qu'à la trouver, cette langue, conclut Lawrence.

Oscar leva les yeux vers le toit, fait de pétales rétractiles.

– Les aliments doivent tomber de là-haut au milieu de ce cratère et déclencher le mouvement des mâchoires...

– T'as vu des dents, toi ? demanda Valentine.

Lawrence la tira par le bras.

– Viens, on n'a pas le temps.

Déséquilibrée, Valentine mit le pied sur la surface rose et lisse du cratère, bascula et glissa au fond en poussant un cri.

– Ça va, dit-elle, c'est tout mou. Je remonte. Enfin, si j'y arrive : ça glisse...

Elle trouva enfin une sorte de caillou sur lequel elle prit appui. Les trappes s'ouvrirent alors tout autour du cratère, et de gros cubes blancs et bosselés en sortirent, fixés à l'extrémité de bras articulés, telles de grosses tulipes blanches en mouvement.

– Les dents de Bones ! s'écria Oscar.

Les dents se tournèrent toutes vers le centre et projetèrent des rayons violets qui se croisèrent au-dessus du cratère.

– Qu'est-ce qui se passe ? demanda Valentine, inquiète. C'est quoi, ces rayons ?

Sous ses pieds, le sol se mit à onduler, puis à s'agiter plus franchement. Valentine se mit à sauter malgré elle.

– Val est sur la langue, qui la fait sauter pour qu'elle arrive à hauteur des dents ! s'écria Lawrence. Si elle coupe les rayons, elle se fera mâcher !

– Faites quelque chose ! hurla Valentine, qui ne cessait de rebondir.

– Mais qu'est-ce que...

Le cri de Lawrence se perdit dans le cratère, où Oscar venait de l'entraîner. Ils glissèrent et rejoignirent Valentine.

– À trois on est plus lourds, dit Oscar, et la langue va avoir du mal à nous faire sauter jusqu'au niveau des dents.

– Je croyais qu'on devait aller *sous* la langue !

Oscar lança sa cape en l'air. Elle retomba au sol. Il fit une nouvelle tentative.

– Oscar, essaie plutôt de nous sortir de là ! cria Valentine, qui commençait à avoir sérieusement la nausée.

– C'est ce que je fais !

Oscar lança sa cape une troisième fois, mais la langue le déséquilibrait et l'étoffe ne montait jamais assez haut. Lawrence comprit enfin son but.

– Ton pendentif !

Oscar brandit sa Lettre vers le haut du cratère. Une lumière dorée se concentra autour du M, de plus en plus intense, et un rayonnement jaillit vers le toit et coupa les rayons violets. Les tiges en métal se plièrent puis se détendirent, et les trente-deux dents, dont deux en or, s'entrechoquèrent dans un vacarme terrible.

– Il mâche ! Accrochez-vous aux bords ! cria Oscar.

Comme il l'espérait, après avoir mâché, Bones déglutit : le cratère s'ouvrit sous eux et ils se retrouvèrent suspendus dans le vide. Des dizaines de mètres sous terre, près du lac de salive, Oscar aperçut les ouvriers de l'unité de stockage et de transfert qui attendaient que les aliments mâchés tombent du donjon. Il chercha le passage dont lui avait parlé Maureen.

– Ici, s'écria Valentine, ces trous, sous le rebord !

Ils progressèrent lentement pour la rejoindre, à la force de leurs bras. Devant elle s'abouchaient plusieurs tunnels.

– Comment on va... savoir... quel est le bon trou... pour entrer... dans le raccourci ? demanda Lawrence, essoufflé.

D'une main, Oscar s'agrippa solidement au rebord, et soutint son ami de l'autre. Lawrence lui sourit ; l'effort d'Oscar le soulageait un peu. Oscar dénombra les tunnels : il y en avait au moins dix. Il fallait en choisir un au hasard et compter sur la chance.

Valentine leva la tête.

– Tu as bien dit que ce passage permettait d'arriver directement au Grand Réseau ?

– Oui, on devrait tomber sur une rivière souterraine.

Elle se balança alors devant les entrées des différents tunnels.

– C'est celui-ci, dit-elle en indiquant un trou plus petit que les autres.

– Comment tu le sais ? demanda Lawrence.

– Parce que l'air de la mer et de mes rivières, je le reconnaîtrais n'importe où !

– On tente le coup, décida Oscar. À toi l'honneur, Val.

Elle prit son élan en se balançant d'avant en arrière et lâcha le rebord de la langue. Elle se laissa tomber dans le trou, disparut dans le tunnel, puis revint sur ses pas.

– C'est le bon ! À toi, Lawrence.

Lawrence suait à grosses gouttes, le regard rivé à l'unité de transfert, cent mètres plus bas.

– Vas-y, Law, l'encouragea Oscar. Fixe le trou sans regarder en bas. Val te rattrapera.

Lawrence prit une inspiration, fit balancer son corps tout rond et lâcha prise. Ses pieds touchèrent de justesse le bord du tunnel, et il resta en équilibre un instant. Valentine agrippa ses mains, mais sans parvenir à l'attirer à l'intérieur. Un choc fit plonger Lawrence la tête la première dans le tunnel : Oscar venait de lui administrer un grand coup de pied aux fesses.

– Désolé, mais c'était ça ou tu basculais dans le vide. Pousse-toi, maintenant !

Lawrence recula et, d'un bond, Oscar les rejoignit. Juste à temps : la langue venait de se refermer.

48

Ils suivirent les méandres du canal et débouchèrent sur le rivage d'une mer lointaine et agitée.

Des bateaux avaient échoué, des sous-marins étaient couchés sur le côté. Des militaires en uniforme argent, des ouvriers, des civils : une effervescence désordonnée régnait tout autour d'eux. Valentine courut sur le ponton : l'eau rouge semblait s'être retirée comme lors d'une profonde marée basse. Seul le bout de la jetée permettait à quelques bateaux d'être à quai. Un navire militaire, au loin, semblait sur le départ. Une foule se pressait pour embarquer – les soldats, nerveux, avaient hâte de partir.

– On dirait que le niveau de la mer a dramatiquement baissé, s'inquiéta Valentine.

D'étranges débris flottaient à la surface.

– L'oxygène doit manquer partout, supposa Oscar.

Un peu plus au large, il distingua des formes plus longues qui dérivaient : des corps que le courant entraînait. Certains étaient assez proches pour qu'on reconnaisse leur peau jaune. Lawrence pâlit.

– J'espère qu'il n'est rien arrivé à ma famille...

Valentine les retrouva.

– J'ai parlé à quelques personnes. Le sang est sorti du fleuve Porte, près de la montagne ; il a inondé la vallée. C'est pour ça que le niveau baisse dans tout le Réseau. Beaucoup d'Érythrocytes sont morts, eux aussi.

Elle essuya les larmes qui coulaient sur ses joues. Oscar savait ce que la mort et l'absence représentaient, et il se sentit encore un peu plus proche de Valentine et Lawrence face au drame qui touchait leurs semblables.

– Bones perd son sang, c'est ce qui est en train de le tuer. Si on le sauve, on sauvera sans doute vos familles.

– Tu as raison, on va essayer d'oublier sa trahison.

– Où va ce navire ? demanda Lawrence.

– Des régiments de Thrombocytes embarquent pour lutter contre la perte de sang, répondit Valentine. Ça s'appelle une hémorragie, je crois, chez vous, Oscar.

– Qu'est-ce qu'ils vont faire ?

– Boucher et reconstruire le lit du fleuve. Mais le fleuve Porte est très large, ça va être difficile.

– Trouvons un moyen d'y aller, nous aussi.

– Je m'en occupe, déclara-t-elle. À mon signal, vous

allez attirer l'attention de ce type, celui qui se trouve au bord du ponton.

– Mais...

– Law, fais-moi confiance, pour une fois !

Elle se posta près d'un grand Érythrocyte et leva la main discrètement.

Oscar se décida.

– Monsieur, s'il vous plaît ! Mon ami ne va pas bien, est-ce que vous pouvez m'aider ?

Lawrence réagit au quart de tour et s'écroula dans ses bras. Oscar vacilla sous le poids.

– Ça, c'est pour le coup de pied aux fesses de tout à l'heure, chuchota Lawrence.

L'homme courut vers eux.

– Qu'est-ce qui se passe ?

Lawrence se laissa peser encore un peu plus et se mit à gémir. L'homme le souleva pour libérer Oscar.

– Je ne sais pas, répondit Oscar, il a... il a très mal au ventre, dit-il en enfonçant de toutes ses forces un doigt vengeur dans l'estomac de Lawrence, qui poussa un cri de douleur – sincère, cette fois.

L'homme examina Lawrence, surpris.

– Je ne vois rien... aucune blessure.

Lawrence ouvrit un œil et cessa de crier.

– Vous en êtes sûr ?

– Regarde toi-même ! répondit l'Érythrocyte, agacé.

– C'est ça qui est formidable avec les Médicus,

conclut Lawrence en se redressant, à court d'argument : on guérit en un clin d'œil.

Le type les observa d'un regard mauvais.

– Mais qu'est-ce qu'elle fiche, Val ? souffla Oscar. Ça va mal tourner, je le sens...

Un Globull émergea alors de l'eau et s'arrêta pile devant eux. Le cockpit se souleva.

– Montez !

Oscar et Lawrence bondirent dans le sous-marin.

– Ça alors ! s'écria Valentine, médusée. Je ne t'ai jamais vu sauter comme ça, Law !

– Démarre !

Sur le ponton, l'Érythrocyte prit conscience un peu tard du subterfuge.

– Hé, mon Globull !

Le cockpit s'était déjà refermé et Valentine fit plonger le sous-marin.

– De mieux en mieux, ironisa Oscar : on vole des sous-marins, maintenant. Mrs Withers va m'étrangler.

– Pas n'importe lequel, précisa Valentine, ravie : un Globull DR6 quatre places, le tout nouveau modèle.

Le sous-marin partit comme un missile.

– Ralentis, idiote, s'effraya Lawrence. Tu ne sais pas conduire cet engin et tu ne connais même pas le chemin !

– Tu sais ce que c'est, ça ? Un GPS, monsieur le

malin. J'ai déjà entré les données pour nous rendre au fleuve Porte.

Valentine accéléra encore et ils filèrent dans les eaux sanguines, jusqu'au moment où la rivière émergea à la surface de la terre, sous le ciel électrisé d'Hépatolia. La circulation se fit de plus en plus difficile. Ils s'engagèrent dans un canal étroit et débouchèrent à nouveau dans un cours d'eau qui s'élargissait au fur et à mesure qu'ils gagnaient du terrain.

– Bienvenue dans le fleuve Porte, annonça Valentine.

Elle fut obligée de ralentir. Autour d'eux, les sous-marins militaires les dépassaient alors que les autres populations fuyaient en remontant le cours du fleuve. Oscar pointa le doigt sur une embarcation remplie de Thrombocytes.

– Suis-les, Val !

Elle obéit. Très vite, la lumière qui filtrait à travers les eaux rouges faiblit.

– Qu'est-ce qui se passe ? s'inquiéta Oscar.

– Je ne sais pas. Je vais remonter en surface pour voir où on est.

Ils reconnurent le paysage.

– La montagne ! s'écria Lawrence, ému. C'est l'ombre de la montagne sur le fleuve !

Le spectacle était majestueux : le fleuve sinuait dans la vallée, et la puissance de son flot, habituellement, lui permettait d'atteindre l'entrée de la montagne d'Hépatolia. Mais aujourd'hui, il avait perdu de sa force, et le moteur du sous-marin compensait difficilement l'absence de courant.

– L'hémorragie doit être importante, redouta Oscar. Pourvu qu'on n'arrive pas trop tard...

– Regardez ! s'écria Valentine.

Juste avant d'entrer dans la montagne, le fleuve s'étalait en un immense lac de sang.

– On ne peut pas aller plus loin, dit Valentine. Ce n'est plus assez profond, et de toute manière on va bientôt nous obliger à nous arrêter.

– Essaie d'accoster près de ce ponton. On va continuer à pied.

49

La panique régnait sur les lieux de l'hémorragie. Les Thrombocytes tentaient d'endiguer le bouillonnement du fleuve qui débordait de toutes parts. Un groupe s'aligna le long de la berge et repoussa les flots avec de grands boucliers, tandis que d'autres jetaient de la terre pour remblayer le lit du fleuve.

Une explosion résonna tout autour de la montagne.

– C'était quoi ? s'alarma Valentine.

– Ça venait de l'autre côté du fleuve, dit Oscar.

Ils atteignirent un pont. Sur l'autre rive, au sommet d'une colline qui dominait l'entrée du fleuve dans la montagne, ils distinguèrent alors un homme vêtu de noir dont le visage était caché sous une cagoule pourpre.

– Il fait sauter des explosifs au bord du fleuve ! s'écria Lawrence.

Oscar scruta la colline, incrédule : un Pathologus tentait de tuer Bones, qui appartenait pourtant à son camp. Il s'engagea sur le pont en même temps que les troupes de Thrombocytes. Derrière eux, un régiment de Lymphocytes armés venait lui aussi de repérer la présence du Pathologus. Sur sa colline, ce dernier, très calme, les observait. Oscar se méfia.

– Attendez, n'avancez plus...

Le gros des troupes était au milieu du pont. Le Pathologus pressa sur un boîtier et une gigantesque explosion se produisit. Le pont sauta et partit en fumée, et les troupes, décimées, furent englouties dans les eaux du fleuve. Des corps démembrés et des débris de boucliers flottaient à la surface. Un rire cynique puis une voix s'élevèrent de l'autre côté du fleuve.

– Pourquoi ne traverses-tu pas le fleuve avec tes amis pour te mesurer à moi ?

– Espèce de lâche ! cria Oscar, dont la voix était portée par le vent. Si vous n'aviez pas détruit le pont, vous sauriez déjà de quoi est capable un Médicus !

L'homme se mit à rire de plus belle.

– Tu es aussi prétentieux que l'était ton père, mais on a eu raison de lui... Ne t'en fais pas, tu vas très vite connaître le même sort, cria-t-il en brandissant son boîtier. Et vous saurez que notre Prince est libre et que, cette fois, plus rien ne pourra l'arrêter ! Plus rien !

Une autre explosion retentit tout près d'eux, libérant à nouveau les eaux rouges du fleuve dans la vallée. Les sous-marins étaient tenus à distance, tout comme le gros navire de Thrombocytes dont la coque risquait de toucher le fond. Les troupes furent contraintes de débarquer très loin de la zone hémorragique. Lorsqu'elles parviendraient jusqu'ici, ce serait sans doute trop tard : Bones aurait perdu trop de sang.

Une nouvelle détonation souleva une gerbe d'eau qui s'abattit sur les adolescents. Ils s'accrochèrent comme ils purent à ce qui restait du pont pour ne pas être emportés. Oscar leva les yeux vers le ciel noir. Il fallait tenter le tout pour le tout. Il se défit de sa cape et posa son pendentif dessus.

– Monte, ma cape !

L'étoffe se tendit et prit de l'altitude en emportant le précieux pendentif.

– Pourvu que ça marche, murmura-t-il.

Lawrence et Valentine suivirent l'ascension de la cape, confiants. Une bourrasque fit tanguer l'étoffe magique. Le Pathologus fit exploser une charge au loin, puis une autre juste en dessous de la cape. Ils retinrent leur souffle. Une ultime explosion, plus violente que les autres, souffla le tissu. Le pendentif roula dangereusement d'un côté à l'autre, puis bascula dans le vide.

À cet instant, le ciel, chargé d'électricité, fut cisaillé par un formidable éclair qui illumina la vallée et la montagne et vint frapper la Lettre d'or. La cape, proche, fut saupoudrée d'étincelles et quelques flammes apparurent.

Le pendentif se transforma en boule de feu. Il traversa l'atmosphère, laissant derrière lui un cône incandescent, et s'abattit sur la colline. Un cri terrible retentit et la terre vola en éclats. Quand l'éblouissement se dissipa dans un nuage de bruine et de poussière, il ne restait plus rien de la colline et du Pathologus. Sauf une cagoule pourpre, au pied du pont.

Oscar ramassa sa cape, qui avait résisté à la foudre. Il contempla la colline, l'air grave. À cela aussi, il lui faudrait s'habituer : le combat impitoyable et sans merci. Même à douze ans. Une traînée d'or traversa le ciel obscur, et le pendentif et la chaîne vinrent s'enrouler autour de son cou.

Les Thrombocytes eurent enfin accès au fleuve et commencèrent leur pénible travail.

– Ils peuvent encore sauver Bones, estima Valentine.

– Je l'espère, même si c'est un traître. Et j'aimerais comprendre pourquoi le Pathologus voulait le tuer.

– Peut-être que c'était toi qu'il voulait tuer, suggéra Lawrence.

– Non : les Pathologus savaient qu'on voyagerait dans le corps de Pavarotti, mais pas dans celui de Bones.

– Pourtant, celui-ci t'a reconnu...

– Le Grand Maître répondra sans doute à toutes tes questions, affirma Valentine. Et si on rentrait ?

Les travaux de réfection du fleuve portaient déjà leurs fruits : le niveau remontait. Lawrence se hissa sur ce qui restait du pont.

– Pardon de vous ennuyer avec mes remarques, dit-il, mais il y a un problème...

Oscar et Valentine suivirent son regard : le navire ne laissait aucune chance à un sous-marin de repartir.

– Et si on reste sur cette colline, précisa Lawrence, on va finir noyés : le niveau du fleuve remonte, et sans pont, on ne peut pas se mettre à l'abri sur l'autre rive.

– Une seule solution, conclut Oscar. Entrer dans la montagne et redescendre de l'autre côté, par la sortie.

– Tu nous guideras, Law, déclara Valentine. On est chez toi, ici.

Lawrence acquiesça, nerveux.

– Alors dépêchons-nous. Bientôt, on ne pourra plus suivre la berge pour entrer dans la montagne.

50

Ils longèrent le fleuve dont les eaux rouges enflaient, et entrèrent dans une gigantesque caverne au cœur de la montagne. Ils gravirent un escalier qui les menait à une plateforme.

– Surtout, recommanda Lawrence, restez bien derrière moi.

Ils s'engagèrent à travers un véritable labyrinthe. Valentine et Oscar se concentraient pour ne pas être distancés par leur indispensable guide. La température ne cessait de monter. Au bout d'un temps qui leur parut interminable, ils débouchèrent sur un vaste espace construit comme une ruche.

Oscar et Valentine s'arrêtèrent un instant, fascinés par le spectacle. Au fond, le mur était couvert de milliers de loges fermées par une vitre opaque. Derrière, une lueur jaune brillait et baignait le lieu d'une lumière dorée. En bas de chaque loge, un petit orifice avait été creusé, par lequel s'écoulait un liquide ambré : le fameux Nectar d'Hépatolia. Une gouttière recueillait à chaque étage la précieuse bile et la guidait dans des containers chargés ensuite dans des camions. Ces Hépatoliens ne ressemblaient pas à Lawrence : leur peau avait une couleur tout à fait classique.

– Les mines de la montagne, dit Oscar, impressionné.

– Où partent ces camions ? demanda Valentine.

– Sans doute vers le Grand Lac de la Vésicule.

– Nous aussi, on y va, les coupa Lawrence, pressé.

– Lawrence, qu'est-ce qu'il y a dans ces alvéoles ? demanda Valentine.

– Rien. On y fabrique la bile, c'est tout. Maintenant, on y va, sinon quelqu'un va me reconnaître et je ne pourrai plus sortir d'ici.

Oscar ne l'avait jamais vu aussi nerveux. Ils s'apprêtaient à quitter la mine quand il remarqua un échafaudage sur lequel avaient grimpé deux ouvriers. Un bruit de scie et de marteau résonna au milieu du brouhaha. Oscar s'immobilisa. Les ouvriers venaient de démonter la vitre d'une loge : au fond, un homme nu était couché sur une table en pierre, attaché par des chaînes aux chevilles et aux poignets. Son physique, cette fois, était tout à fait semblable à celui de Lawrence. Sous la table, un feu brûlait dans un petit fourneau. Sous l'effet de la chaleur, sa peau perlait et un liquide ambré ruisselait de son corps. Les ouvriers fixèrent un tube dans la bouche du malheureux, sortirent de la loge et remirent en place la vitre.

Valentine et Oscar assistèrent à la terrible scène, pétrifiés.

– Maintenant, dit Lawrence, vous savez comment on produit la bile.

Son regard, fuyant, se perdit dans le vide.

– Je ne suis pas un simple Hépatolien de la montagne, finit-il par avouer. Je fais partie des *Hépatocytes*. Nous sommes différents des autres : notre corps fabrique le Nectar, qui coule de notre peau. Sans nous, la mine ne produirait rien.

– C'est pour ça que ta famille ne voulait pas que tu partes ? demanda Valentine.

– Pour eux, c'est un grand honneur d'être un Hépatocyte. Pas pour moi. Je ne veux pas passer ma vie dans une cellule. J'ai eu peur de vous dire la vérité et que vous me trouviez lâche de m'enfuir.

– Tu n'es pas lâche, s'empressa de le défendre Oscar. Tu es trop intelligent pour rester dans une alvéole, et je te comprends.

– Bien sûr, confirma Valentine. Je n'imaginais pas non plus passer ma vie dans un Globull.

Lawrence leur sourit, soulagé.

– Bon, on a le droit de rentrer « à la maison », maintenant ?

Ils quittèrent la mine en empruntant un nouveau dédale de tunnels jusqu'à l'entrée d'un passage plus large.

– On y est presque, dit Lawrence, essoufflé.

Oscar reconnut le col Hédoc qui donnait sur la grotte où décollaient et atterrissaient les avions. Il ralentit sa course.

– Quoi encore ? demanda Valentine. Qu'est-ce qui...

Elle ne finit pas sa phrase : Oscar souleva sa cape, la première sacoche de sa ceinture s'ouvrit et la Fiole s'éleva dans les airs, aussi lumineuse qu'une flamme.

– Oh non, c'est pas vrai, soupira Lawrence. On ne sortira jamais d'ici !

Oscar s'élança dans le canal Cystic, traversa la passerelle et déboula sur une sorte de balcon, très long, qui faisait tout le tour de l'immense lac intérieur, le Lac de la Vésicule. Des dizaines de mètres plus bas, les eaux jaunes, parfaitement lisses, ressemblaient à un miroir d'ambre.

– Comment veux-tu remplir ta Fiole ? Il n'y a pas d'échelle pour descendre. Allez, viens, ce sera pour une prochaine fois. Compte tenu de ce qui s'est passé, Mr Brave ne t'en voudra pas...

Oscar hésita, déchiré entre sa mission et la sécurité de ses amis. Ils rebroussèrent chemin, longèrent le col Hédoc et traversèrent le hangar jusqu'à la sortie de la montagne. Valentine se retourna.

– Oscar ?

– Je suis là.

Il se tenait un peu à l'écart, immobile dans l'ombre, le regard fixe.

– Val, tu saurais piloter ça ?

Trois avions pointaient leur nez vers la sortie, moteurs éteints.

– Un Globull, c'est quand même plus simple... Mais je peux essayer.

– Non mais ça va pas, tous les deux ? s'écria Lawrence. « Je peux essayer »... Vous vous croyez où ? Ce sont de vrais avions, on n'est pas dans un jeu vidéo ! Et puis d'abord, pourquoi tu veux prendre cet avion ? Il suffit de descendre de la montagne par un chemin que je connais !

Oscar insista.

– Si on veut trouver le Caducée et rentrer à Cumides Circle, on a intérêt à survoler la région.

Son ton était sans appel.

– Quelle tête de mule ! Bon, poussez-vous et allez chercher l'échelle, je vais piloter ! décréta Lawrence en passant devant eux.

– Toi ?! s'esclaffa Valentine. On a dit « piloter un avion », pas lire un bouquin !

– Justement, il se trouve que j'ai lu intégralement le mode d'emploi de ces avions ; j'ai aussi songé à en prendre un pour m'échapper d'ici.

Les deux autres échangèrent un regard inquiet.

– Très bien, dit-il. Puisque mademoiselle est toujours plus douée que les autres, vas-y, je te laisse la place ! Si tu pilotes comme tu conduis tes Globull...

– D'accord, fit Oscar, on te fait confiance.

Ils grimpèrent lestement dans le petit bimoteur.

– Bouclez quand même votre ceinture, prévint Lawrence.

51

Il mit le contact et les moteurs rugirent du premier coup. Il fit tourner les hélices un peu plus vite, et l'avion se mit à rouler en marche arrière.

– Tu es sûr que tu as lu la bonne notice ? s'inquiéta Valentine.

– J'ai droit à une petite erreur, non ?

– De préférence avant qu'on s'envole.

– Il faut dire qu'avec tous ces boutons..., fit-il, un peu perdu devant le tableau de bord. Allez, celui-ci !

L'avion partit enfin dans le bon sens. Lawrence mit les gaz et ils arrivèrent très vite au bord de la caverne. Devant eux, la vallée se déployait, immense.

– Accrochez-vous, on plonge !

Valentine poussa un long cri : l'avion venait de basculer hors de la montagne. Lawrence s'agrippa au manche et tira de toutes ses forces, mais l'appareil piquait du nez vers la vallée.

– Oscar, viens m'aider ! Tire avec moi !

Oscar détacha sa ceinture et ils s'accrochèrent au

manche. L'avion se redressa enfin et remonta vers la voûte sombre du ciel, sous les éclairs. Le spectacle était grandiose et Valentine en oublia sa peur. Lawrence avait stabilisé son avion quand Oscar s'approcha de lui.

– Comment on fait pour tourner ?

– C'est simple, il suffit de pencher le manche comme ça...

Oscar s'en empara alors et l'avion s'inclina brutalement. Valentine, qui avait aussi détaché sa ceinture, se retrouva projetée à l'autre bout de la cabine.

– Hé, qu'est-ce qui se passe ?

– T'es malade ou quoi ? hurla Lawrence, qui ne parvenait pas à récupérer les commandes.

L'avion avait fait demi-tour et fonçait droit sur la montagne.

– Je savais bien que tu manigançais quelque chose ! Arrête, on va s'écraser !

Oscar prit une grande inspiration et visa. À une centaine de mètres de la montagne, Lawrence comprit ce qu'il voulait, et lui reprit enfin le manche.

– Tu ne pouvais pas le dire tout de suite ? Accrochez-vous !

Lawrence pencha un peu plus le manche et l'avion s'inclina sur la droite pour que les ailes passent. Ils s'engouffrèrent à nouveau dans le hangar, dans le vrombissement des moteurs et sans poser les roues au sol.

– Accélère !

Lawrence mit à nouveau les gaz et l'avion rasa la piste. Ils surgirent dans l'immense grotte creusée dans la montagne et survolèrent le Grand Lac de la Vésicule.

– Et maintenant, qu'est-ce que tu comptes faire ? demanda Lawrence.

Oscar ouvrit la première sacoche de sa ceinture. La Fiole, qui s'était éteinte lorsque l'avion s'était échappé de la montagne, brillait à nouveau avec intensité. Il la prit d'une main et, de l'autre, ouvrit la porte de l'avion. L'air s'engouffra et déstabilisa l'appareil, qui tangua dangereusement.

– Mais t'es dingue, on va finir dans le lac ! cria Lawrence.

– Vole le plus bas possible, et toi, Val, tiens-moi par les jambes !

Il se coucha et Valentine se précipita pour saisir ses pieds. Il avait le buste hors de l'avion, et le vent l'aveuglait. L'appareil bourdonnait au cœur de la montagne, et l'écho des moteurs résonnait de toutes parts.

– Plus bas, Law, plus bas !

L'avion plongea, rasa la surface du lac et remonta.

– Encore une fois ! cria Oscar. C'était pas assez près !

Lawrence fit un tour supplémentaire et frôla à nouveau le lac. Oscar tendit le bras aussi loin qu'il put, et son corps glissa un peu plus dans le vide.

– Je vais lâcher ! s'affola Valentine.

– Tiens bon ! Plus bas, Lawrence !

Le jeune pilote serra les dents et descendit davantage.

– Il faut que je remonte ou on va s'écraser contre la paroi !

Dans un dernier effort, Lawrence tira le manche vers lui et l'avion exécuta un looping à quelques centimètres de la roche. Quand il parvint à redresser l'appareil, Oscar leva la main, victorieux : le liquide jaune brillait au cœur de la Fiole. Les cris de joie fusèrent et l'avion quitta la caverne en trombe.

– Lawrence d'Hépatolia, s'écria Valentine, t'es le meilleur pilote que j'aie jamais connu.

– T'en connais pas d'autres.

– C'est vrai, mais tu m'as scotchée !

– Moi aussi, reconnut Oscar. J'en reviens pas...

– Et maintenant, dit Lawrence, en nage, si vous n'avez plus rien d'urgent à faire ici, on se dépêche de trouver le Caducée et on rentre.

Ils scrutaient le paysage avec attention quand les moteurs se mirent à tousser. L'hélice droite s'immobilisa, l'avion pencha sur le côté et perdit de l'altitude.

– Law, cria Oscar, qu'est-ce qui se passe ?

– Finalement, je crois qu'il y a meilleur pilote que moi, avoua Lawrence en tentant désespérément de redresser l'appareil.

– Pourquoi tu dis ça ? hurla Valentine.

– Parce qu'un bon pilote aurait choisi un avion avec le plein de kérosène !

Le second moteur hoqueta puis se tut, lui aussi. Il n'y eut plus que le bruit du vent sur la carlingue de l'avion. L'appareil était en chute libre. Oscar tourna la tête, attiré par un éclat lumineux : sur le sol, quelques gouttes du Nectar avaient roulé et formé un dessin qu'il n'espérait plus revoir : une coupe, un serpent et un M. De l'autre côté du cockpit, la terre se rapprochait à une vitesse phénoménale. Il déploya sa cape au-dessus de ses amis, et quand l'avion toucha le sol et explosa en mille morceaux, il était vide.

52

Bones était toujours allongé et inconscient. Oscar le secoua.

– Bones ! Vous m'entendez ?

Le majordome laissa échapper un gémissement.

– C'est déjà pas mal, dit Lawrence. Et son cœur bat moins vite, on sent mieux son pouls.

Valentine leva les yeux au ciel.

– Le Médicus, c'est lui, pas toi !

– Je constate, c'est tout, je n'ai pas dit que...

– Aidez-moi plutôt à le traîner jusqu'à la porte en pierre, au bout du tunnel, intervint Oscar.

Un grondement l'interrompit.

– Vous avez entendu ?

– Non, pas du tout, répondit Lawrence, qui se passait volontiers d'un quelconque événement imprévu.

– Les M s'éteignent, remarqua Valentine.

Oscar leva son pendentif, mais rien n'y fit : les lueurs faiblissaient en direction de la porte, derrière la statue de Sigismond. Le grondement emplit à nouveau le tunnel et le sol se mit à trembler.

– Qu'est-ce qui se passe ? s'inquiéta Lawrence.

– J'en sais rien, répondit Oscar.

De la terre tomba sur leurs têtes.

– On dirait... que le tunnel est en train de s'effondrer.

Oscar courut au bout du souterrain. Son pendentif dans la main droite, il répéta la formule :

L'âme juste du Médicus tu reconnaîtras
Et au bout du tunnel tu t'ouvriras.

La porte pivota et la statue de Sigismond apparut. Mais cette fois, la tête était baissée, les yeux clos et les bras croisés. Oscar monta sur le socle et posa la main sur celle, glacée, de la statue, mais Sigismond semblait sourd et aveugle à sa requête. Dans le tunnel, les M s'éteignaient un à un.

Oscar rejoignit ses amis à la lueur de son seul pendentif. À l'autre bout, du côté de l'Arbre Passeur, un choc terrible ébranla les parois : la cabine s'était effondrée. Des plaques entières de terre se détachaient, bouchant progressivement le tunnel.

– Je crois savoir ce qui se passe, cria Oscar. Moss et sa bande sont entrés de force. L'Arbre Passeur les a rejetés, mais le secret a été violé et le tunnel est en train de disparaître...

– On va se faire enterrer vivants ! conclut Lawrence.

Oscar saisit Bones par les épaules.

– Vite, aidez-moi à le porter !

– Pour aller où ? demanda Valentine.

Oscar tourna la tête vers un trou sombre. Il allait devoir ignorer la mise en garde de Mrs Withers.

– Ça mène où, à ton avis ? demanda Lawrence, méfiant.

– J'en sais rien, mais on n'a pas le choix.

Ils plongèrent dans la pénombre avec leur fardeau. Oscar guettait le moindre bruit, le moindre mouvement. Son pendentif luttait difficilement contre l'obscurité. Les mots de Mrs Withers résonnaient encore dans sa tête : « Ne cherche jamais à emprunter ce tunnel, et encore moins à traverser la Lettre de Sang : tu serais foudroyé sur-le-champ ! » Il préféra ne pas en parler : le Tunnel Interdit était leur seule échappatoire.

Ils firent encore quelques pas et s'immobilisèrent : tel un rempart de flammes, un M gigantesque venait d'apparaître, menaçant. Le cercle qui l'entourait épousait complètement les parois du tunnel. Ils posèrent Bones sur le sol accidenté. Le majordome laissa échapper un grognement étouffé. Devant eux, le M de feu s'était mis à tourner sur son axe.

– Ne vous en approchez pas, dit Oscar sans quitter des yeux la Lettre géante. N'essayez surtout pas de passer au travers.

Le bruit des éboulements successifs, dans le tunnel principal, leur parvenait comme des coups de tonnerre. Il n'était plus question de faire marche arrière, et une poussière brune envahissait déjà le Tunnel Interdit.

– Si on ne peut pas passer à travers ce M, il faut passer à côté, ou... en dessous ? supposa Lawrence entre deux quintes de toux.

Oscar s'approcha prudemment de la Lettre. Le rayonnement, brûlant, le contraignit à reculer aussitôt.

– J'ai l'impression qu'on a creusé un fossé devant la Lettre.

– Qu'est-ce que c'est, cette chose informe, là ? s'étonna Valentine en avançant la pointe du pied. C'est drôle, on dirait...

Un tentacule fouetta l'air à quelques centimètres de son visage. Oscar et Lawrence la tirèrent en arrière à temps : plusieurs autres tentacules sortirent de terre et fouillèrent avidement devant la Lettre.

– Une... une pieuvre géante, bafouilla Lawrence, terrifié.

Un passage avait en effet été creusé sous la Lettre de feu, et le monstre, impitoyable gardien, occupait tout l'espace. Oscar sentit cette chaleur qu'il connaissait bien, maintenant, au niveau de la taille. Il écarta un pan de sa cape et sa Fiole d'Hépatolia s'échappa de sa ceinture et flotta devant ses yeux.

– Reculez.

53

Ils obéirent.

Oscar ouvrit la Fiole et s'approcha aussi près que possible du fossé. Le monstre, sensible aux mouvements, déploya ses tentacules tout près de lui. Oscar retint sa respiration, parfaitement immobile, et les tentacules se calmèrent.

Il projeta alors une partie du contenu de la Fiole. Un trait de lumière dorée illumina le tunnel comme une étoile filante, et le liquide gicla sur les tentacules et le corps flasque. Attaquée par le Nectar, la chair fondit, décomposée et percée de mille trous. Les longs boyaux s'agitèrent dans tous les sens, puis un premier tentacule tomba sur le sol, suivi d'autres, animés de contorsions et de soubresauts qui faiblirent peu à peu. Au fond du fossé, la masse enfla puis se dégonfla dans un hurlement de bête sauvage, avant de se réfugier dans un coin, laissant le passage libre.

– C'est le moment, déclara Oscar en se précipitant vers Bones. Il se réveille !

Le majordome ouvrit les yeux et marmonna quelque chose d'incompréhensible.

– Essayez de vous lever, dit Valentine en le poussant dans le dos. Allez ! On n'y arrivera jamais si vous ne faites pas un effort...

Bones se redressa péniblement et se laissa traîner jusqu'au bord du fossé. Ils échangèrent un regard et poussèrent le majordome qui tomba lourdement au fond de la tranchée.

– Disons que c'est pour tout ce qu'il nous a fait subir, argumenta Valentine, embarrassée.

– Il faut le faire ressortir de l'autre côté, maintenant, dit Oscar. Ça ne va pas être aussi facile.

– Et si on peut éviter de rester trop longtemps à côté de ça..., ajouta Lawrence en observant avec dégoût la pieuvre et les tronçons de tentacules.

Ils saisirent Bones sous les bras et passèrent sous la Lettre. La chaleur était suffocante et rendait l'effort encore plus pénible. Il fallait désormais hisser le majordome hors du fossé. Oscar joignit ses deux mains pour leur faire la courte échelle.

– Val, grimpe. Toi aussi, Law. Quand vous serez en haut, vous tirerez Bones, et moi je le pousserai. Bones, vous allez nous aider, d'accord ?

Valentine et Lawrence sortirent du fossé et Bones, qui tremblait de tout son corps, leur tendit les mains.

– Encore un petit effort, cria Valentine. Je sais pas,

moi, imaginez qu'on est en train de casser un vase à Cumides Circle et que vous essayez de le rattraper !

Ils agrippèrent enfin le majordome, qui parvint à se tenir sur ses pieds. Oscar, lui, poussait par-derrière, ruisselant. C'est alors qu'il vit l'ombre s'abattre au-dessus de lui. Un choc terrible sur l'épaule le fit chuter à terre, et Bones retomba sur lui comme une souche. Valentine et Lawrence sautèrent dans le fossé pour le libérer du poids écrasant.

– Qu'est-ce qui s'est passé ? s'écria Lawrence.

– J'ai reçu un coup... ATTENTION !

Il poussa Lawrence, qui évita de justesse le choc. Trois tentacules se dressaient à nouveau et balayaient l'espace. Derrière, le corps de la pieuvre avait repris consistance et se traînait vers eux sur le sol boueux, au milieu des reliquats de chair fondue.

– Ta Fiole, vite ! s'affola Valentine.

Oscar sortit le flacon en cristal : très peu de Nectar scintillait au fond. C'était sans doute insuffisant pour vaincre la pieuvre, et sa quête du premier Trophée était anéantie. Pourtant, il déboucha la Fiole sans hésiter. La voix de Lawrence l'arrêta.

– Laisse-moi faire, dit-il, étrangement calme. Ne gâche pas le liquide de ton Trophée.

– Je m'en fiche du Trophée, je préfère qu'on vive !

– Laisse-moi faire, insista Lawrence. Seulement, retournez-vous. Ne me regardez pas.

Il déboutonna le haut de sa salopette en fuyant le regard de ses amis. Valentine et Oscar se tournèrent sans un mot. La salopette tomba sur le sol, puis le T-shirt et le sous-vêtement. Nu, il s'approcha autant que possible de la bête. Pouvait-on fuir éternellement ce à quoi on était destiné ? Il s'était échappé de son Univers pour s'y soustraire, pourtant le sort l'avait rattrapé. Il ferma les yeux et pensa à son père, à sa famille, et à tous ceux, au cœur de la montagne, qui passeraient sans doute leur vie à faire ce qu'il allait faire, lui, pendant quelques minutes et pour la première fois. Son cœur se serra et il leva les bras vers la Lettre de feu au-dessus de sa tête.

Il sentit la chaleur envelopper son corps, et une lueur jaune fit briller sa peau. De petites perles dorées apparurent et confluèrent pour ruisseler le long de son ventre, puis de ses jambes. Une flaque se forma à ses pieds.

Une flaque de Nectar d'Hépatolia.

Le précieux liquide dessina une tache dorée sur la terre, puis un filet s'en échappa en direction de la pieuvre. Les tentacules s'agitèrent, comme si la bête avait senti le danger. Lawrence lutta contre la peur et se tint immobile, exposé aux rayons brûlants du M, et à la merci du monstre. Mais à quelques centimètres du corps gélatineux, le ruisseau de liquide fut bloqué par une pierre. Il changea de trajectoire et s'éloigna de la pieuvre.

– Oscar, murmura Lawrence d'une voix tremblante, aide... le... Nectar...

Oscar rampa en évitant les tentacules et atteignit l'obstacle. Du bout du pied, il déblaya le sol et le liquide progressa à nouveau vers le monstre. La mare s'étendit tout autour et se mit à le ronger de toutes parts. La pieuvre poussa un rugissement terrible et roula sur le côté, baignant dans le liquide doré qui mettait sa chair à vif. Dans un soubresaut furieux, un tentacule frappa de plein fouet Lawrence, qui s'effondra sur le sol. Oscar et Valentine se précipitèrent pour lui porter secours. Lawrence semblait épuisé, mais il leur sourit.

– Finalement, être un Hépatocyte, ça peut servir...

Valentine l'enlaça spontanément.

– Bravo, tu as été génial !

Lawrence passa du jaune au rouge pivoine.

– Tu... tu pourrais me passer mes vêtements, s'il te plaît, Oscar ?

Valentine prit conscience de la nudité de son ami et détourna le regard. Lawrence se rhabilla à toute vitesse, bien que le tissu lui collât à la peau.

À force de patience et d'efforts, ils parvinrent à hisser le majordome et cheminèrent alors dans le Tunnel Interdit à la lueur du pendentif d'Oscar. Ils débouchèrent enfin dans une salle parfaitement carrée – et vide. Le sol était recouvert de grandes dalles qui formaient un damier bicolore, émeraude et beige. Il n'y avait pas d'autre issue qu'une porte en face d'eux. Oscar y courut : elle était fermée. Ils se trouvaient dans un cul-de-sac et, à l'autre bout, le tunnel principal était sans doute totalement obstrué.

54

Désemparé, Oscar s'apprêtait à rejoindre le petit groupe quand il posa le pied sur une dalle qui s'enfonça légèrement. Une autre dalle, au centre de la pièce, s'éleva et une colonne apparut sous leurs yeux ébahis. Ils assirent Bones dos au mur et s'approchèrent de la colonne.

À son sommet était posé un coffre en laque émeraude, si lisse et si brillant qu'Oscar pouvait s'y voir comme dans un miroir. Tout autour de son propre reflet, des visages inconnus passaient comme des images traversent l'esprit.

– Tu as une idée de ce que ça peut être ? demanda Lawrence.

– Mrs Withers et Maureen Joubert ne m'en ont jamais parlé, et je n'ai rien lu au sujet d'un mystérieux coffre.

Valentine fit le tour de la colonne.

– Il y a peut-être un moyen de savoir ce que c'est. Viens voir.

Oscar en fit le tour, lui aussi, et observa l'étrange serrure dans laquelle, en creux, ils reconnurent l'emblème des Médicus.

– Il ne reste plus qu'à y coller ton pendentif, conclut Lawrence.

Oscar sortit sa Lettre sans précipitation, retenu par l'instinct.

– T'attends quoi ? s'impatienta Valentine. Si le coffre contient la clef de cette porte, ça m'arrangerait que tu te décides.

Oscar fixa la serrure. Que risquait-il ? Elle comportait la Lettre de l'Ordre auquel il appartenait. Il tendit le bras.

Une voix grave retentit.

– Non !

Un rayon vert traversa la pièce et arracha le pendentif des mains d'Oscar.

Winston Brave avança, suivi de Maureen Joubert et Mrs Withers, visiblement soulagées de les savoir vivants. Le Maître des Médicus descendit les quelques marches qui le séparaient du damier.

– Heureusement que ton ami nous a prévenus, dit-il.

Oscar aperçut Ayden, en retrait près de la porte, qui lui sourit.

– Lawrence avait raison, déclara Ayden : il y avait deux Pathologus dans le parc, et un seul était entré dans le corps de Pavarotti. Vous étiez forcément en danger. J'ai préféré faire demi-tour et prévenir le Grand Maître.

– Et il a bien fait, ajouta Mrs Withers. Oscar, tu as traversé tant d'épreuves pour parvenir jusqu'ici, il aurait été dommage que tu sois foudroyé par le coffre.

– Foudroyé ? Mais pourquoi, demanda Lawrence, puisque le symbole des Médicus est gravé sur la serrure ?

– Il faut apprendre à observer, répondit Mr Brave. Ne vois-tu rien au centre du symbole ?

Oscar remarqua l'encoche ronde.

– Il y a l'empreinte... de l'émeraude au centre de votre pendentif.

– Ce qui signifie que seul le Grand Maître peut ouvrir ce coffre, confirma Mrs Withers. Si tu avais collé ton pendentif à cette plaque en métal, tu aurais été transpercé par un rayon auquel rien ne résiste. Même si vos pendentifs sont liés entre eux.

Winston Brave s'approcha de lui, sévère.

– Maintenant, Oscar Pill, tu me dois quelques explications.

55

– Boyd avait rendu mon Grimoire muet, conclut-il, alors j'ai accepté son offre.

– En somme, tu as cédé à son chantage, dit le Grand Maître.

– Je n'avais pas le choix. Il fallait que je sache.

Mr Brave secoua la tête.

– Quand apprendras-tu la patience et l'obéissance ?

– Où est le livre de Boyd ? demanda Mrs Withers.

Oscar le sortit de la poche intérieure de sa cape.

– Winston, j'ai du mal à croire que Boyd ait pu tendre un piège à Oscar, dit-elle. Il n'est pas facile à vivre, mais il est honnête.

– Laissons-le s'expliquer, proposa Brave.

Mrs Withers ouvrit le livre.

– Boyd, j'ai quelques questions à vous poser.

La page d'accueil du livre resta vierge.

– BOYD, VOUS AVEZ INTÉRÊT À RÉPONDRE, CROYEZ-MOI.

Comme chaque fois que Mrs Withers était en colère,

sa voix avait résonné dans la pièce à en faire trembler les murs. Les mots apparurent enfin sur la page, en belles lettres précieusement alignées.

– *Bonsoir, madame Withers, il est un peu tard pour discuter, vous ne trouvez pas ?*

Boyd était insolent, comme d'habitude, mais jamais, même dans les meilleurs moments, il n'avait répondu avec une écriture aussi soignée. Quelques lettres apparurent dans un coin de la page, déformées à souhait, avec une formidable tache sous le point d'exclamation.

– *Mmmmh ! MMMMMMMMH !!!*

Mrs Withers referma le livre d'un geste sec.

– Le livre est parasité. On a bâillonné Boyd ; quelqu'un d'autre a répondu pour lui.

– Un autre esprit ? s'étonna Oscar. Mais comment se serait-il glissé dans le livre ?

– Il suffit d'introduire dans la bibliothèque un objet qui abrite cet autre esprit pour que celui-ci passe dans un livre.

Maureen Joubert, qui prenait soin de Bones, s'en mêla.

– La question est : *qui* a apporté *quoi* dans la bibliothèque ?

– Bones, affirma Valentine. Il nous a suivis, et on l'a surpris ensuite avec les Pathologus.

– Jeune fille, tu tires des conclusions hâtives, répliqua Winston Brave : c'est *moi* qui ai demandé à Bones de vous suivre.

– Vous ? s'exclama Oscar. Mais pourquoi ?

– Parce que ton attitude pendant le repas m'a mis la puce à l'oreille. Bones vous a suivis pour vous protéger.

– Alors... quand on l'a vu dans le parc...

– ... il se battait probablement contre le Pathologus restant, conclut Maureen. Malheureusement, Bones n'est pas Médicus et le Pathologus a réussi à entrer en lui. Ça ne vous réussit pas, les sorties nocturnes, dit-elle en souriant au majordome.

Oscar s'adressa à lui, honteux de sa méprise.

– Quand on vous a trouvé inconscient dans le Scanner du Cœur, sous l'Arbre Passeur, vous rentriez à Cumides Circle pour prévenir Mr Brave, mais le Pathologus avait déjà provoqué l'hémorragie...

– Il reste que vous l'avez sauvé, rappela Maureen. Allez, debout, Bones, je vais vous emmener dans votre chambre. Quelques soins complémentaires et demain vous serez un jeune homme.

Bones, pâle, tremblait moins.

– Merci, dit-il d'une faible voix en passant devant Oscar.

Celui-ci devina pour la première fois l'ébauche d'un sourire.

– Alors tout ça, c'était un complot, conclut-il. L'esprit parasite a forcé Boyd à me faire du chantage, c'est ça ?

– C'est très probable, confirma Mrs Withers. On en saura plus en libérant Boyd, dit-elle en observant avec méfiance l'*Anthologie des Pathologus.*

– Comment cet esprit a-t-il informé les Pathologus qui nous attendaient dans le parc ? demanda Lawrence.

– S'il occupe plusieurs objets, répondit Mr Brave, les différentes parties de cet esprit peuvent communiquer entre elles. Quand l'une apprend quelque chose, les autres aussi.

– Alors il suffit que l'un de ces objets se trouve chez un Pathologus pour qu'il soit au courant lui aussi, conclut Ayden.

Oscar réfléchit en silence. Quelques images lui apparaissaient comme des pièces d'un puzzle qu'il ne parvenait pas à reconstituer. La solution lui apparut enfin.

– Moss nous a aussi tendu une embuscade dans le parc. Or, la semaine dernière, je suis tombé sur son père dans la bibliothèque. C'est sans doute lui, le Pathologus que l'esprit a prévenu.

– Prends garde à ne pas porter d'accusation trop vite, toi aussi, répondit Mr Brave. Si le jeune Spencer vous a entendus vous donner rendez-vous dans le parc, qui te dit que Ronan Moss n'en a pas fait de même ? As-tu vu son père déposer quelque chose dans la pièce, pour l'accuser ainsi ?

– Non, avoua Oscar.

Il se remémora la scène avant d'ajouter :

– Il jouait avec la statuette de la bibliothèque, mais il l'a reposée sur l'étagère.

Le Maître et Mrs Withers échangèrent un regard.

– Oscar, dit cette dernière, il n'y a *pas* de statuette dans la bibliothèque de Cumides Circle, et il n'y en a jamais eu.

56

Le Grand Maître s'empara du livre.

– Esprit parasite, vous avez quelques secondes pour vous manifester et vous présenter.

La page resta vierge, cette fois encore. Aucun Pathologus n'oserait s'opposer au Grand Maître des Médicus, encore moins l'esprit d'un Pathologus mort.

– Dans ces conditions, vous ne me laissez pas le choix.

Une brume verte se dégagea de son pendentif et enveloppa le livre de Boyd. Le Grand Maître entama une incantation :

Esprit malsain glissé dans le papier et l'encre,
Puisque ici sans autorisation tu entres,
Tu vas...

Le livre s'agita frénétiquement et Winston Brave l'ouvrit. Les mots s'enchaînèrent de façon précipitée, d'une écriture rouge et tremblante.

– *Pitié, Grand Maître des Médicus, je n'ai pas voulu, on m'a forcé, croyez-moi...*

Brave tendit la main vers la tête de Valentine.

– Tu permets ?

Il défit le ruban qui retenait ses cheveux.

– Il est *tellement* romantique, murmura-t-elle, béate.

Lawrence leva les yeux au ciel. Winston Brave approcha la fleur en plastique qui ornait le ruban.

– Si vous ne voulez pas disparaître à jamais, libérez immédiatement Boyd, ordonna-t-il à l'esprit, et déplacez-vous ensuite dans cette fleur. *Vite.*

Quelques instants plus tard, un flot d'injures et d'éclaboussures d'encre barbouilla la page. Tous sourirent – même le Grand Maître : Boyd, libéré de son bâillon, rattrapait le temps perdu. Une fumée pourpre s'échappa alors du livre vers la fleur. Brave glissa le ruban dans une poche de sa veste.

– Boyd, comment allez-vous ?

– *Formidablement bien, merci !* hurla l'auteur en lettres surdimensionnées. *J'ai juste passé quelques heures attaché et bâillonné ! Comment voulez-vous que j'aille ?!*

– Comment avez-vous osé pratiquer un tel chantage ?

– *Je reconnais avoir voulu profiter un peu de la situation,* avoua l'auteur, moins véhément. *Le jeune Pill avait besoin de moi, alors... Winston, ça fait tellement longtemps que je ne suis pas sorti de cette bibliothèque, c'était l'occasion ou jamais ! Je n'avais pas de mauvaises intentions vis-à-vis de ce garçon, je vous le jure. Mais quand cet esprit de Pathologus est entré dans mon livre...*

– Pourquoi avez-vous obéi à ses ordres ? demanda Mrs Withers.

– *Il a menacé de tout détruire dans mon livre, et puis...*

– Et puis ?

– *Il m'a aussi promis de me révéler certaines choses que je ne connaissais pas sur les Pathologus et que je voulais consigner dans mon livre. Ne m'en veuillez pas, cela vous aurait été bien utile ! Enfin, il y avait le livre d'Estelle...*

– L'esprit l'avait également parasité ? demanda Mrs Withers, surprise.

– *Oui. Il menaçait aussi de le détruire, mais Estelle a été plus rapide que moi ; elle s'est enfermée dans une page blanche en effaçant tout le reste. Du coup, l'esprit en est ressorti, mais il a exigé que je demande à Pill d'emporter les deux livres pendant l'Intrusion. Estelle a cru que l'idée venait de moi, elle ne s'est pas méfiée... Je n'ai pas vraiment pris conscience des intentions de l'esprit.*

Oscar baissa la tête. Les Pathologus espéraient s'emparer du livre d'Estelle Fleetwood et la contraindre à révéler tous les secrets des Médicus contenus dans son traité. Au bout du compte, et par sa faute, l'ouvrage avait disparu et l'esprit d'Estelle était définitivement mort.

– Où est le traité d'Estelle ? demanda Brave.

– Détruit dans une cuve de l'unité de broyage, monsieur, répondit Oscar d'une voix blanche. Je suis désolé.

Tous se turent.

– Oscar et moi devons parler en tête à tête, maintenant, décida le Grand Maître. Berenice, voulez-vous emmener ce petit monde à Cumides Circle ? Ils ont besoin de repos, je crois. Nous nous verrons ensuite, vous et moi, dans mon bureau, si vous le voulez bien.

Elle entraîna les adolescents vers la porte sans un mot.

57

Brave rompit le silence écrasant qui les séparait.

– Estelle Fleetwood était une grande dame de l'Ordre ; c'est une perte terrible et nous allons tous la regretter. Ce livre était l'exemplaire original de son traité.

Le poids de la culpabilité pesait sur Oscar comme du plomb.

– En n'agissant qu'à ta tête, tu as également mis en danger la vie de tes amis, poursuivit le Grand Maître avec dureté, et peut-être bien l'Ordre des Médicus. Car sans le savoir, tu as failli commettre l'irréparable en conduisant les Pathologus à ce que nous possédons de plus précieux.

Oscar le dévisagea, accablé par l'incompréhensible reproche.

– En entrant dans cette salle, tu as pénétré dans le Sanctuaire des Connaissances des Médicus, Oscar Pill.

– Le Sanctuaire ? répéta Oscar, sous le choc. Mais... la pièce est vide !

– À quoi t'attendais-tu ? À une salle remplie de livres ? À des murs couverts d'ordinateurs ? Le Sanctuaire rassemble des connaissances, des lois, des idées, des pensées. Ça ne tiendrait pas dans une pièce, et en même temps, ça n'a ni taille ni volume. Une idée peut être fabuleuse, elle n'a pas besoin d'espace. Un simple *coffre* peut suffire.

Le coffre. Oscar en fit le tour avec admiration.

– Tout... tout est là-dedans ?

– Même le contenu du livre d'Estelle, Dieu merci. Et bien d'autres choses que tu n'imagines même pas. Il n'y a pas une seule connaissance présente dans l'esprit et la mémoire d'un Médicus qui ne s'y trouve. Voilà pourquoi il est si important.

Il passa la main sur une face laquée.

– Rien n'est plus précieux que le savoir, tu t'en rendras compte avec le temps. La force physique, l'argent, le courage, les mots, la technologie... Tout cela n'est rien sans le savoir. C'est pour cette raison que tu dois apprendre, sans cesse, pour grandir et devenir le Médicus que *tu* veux être.

– Je suis désolé que l'esprit d'Estelle Fleetwood ait disparu. Et je n'ai même pas réussi à faire parler mon Grimoire, avoua Oscar.

– Personne ne le pourra. Ni Boyd ni un autre. Sauf *moi*. Pour la bonne raison que c'est *moi* qui ai privé ton Grimoire de cette connaissance.

– Je ne comprends pas, je croyais que Boyd avait parlé à mon Grimoire...

– Boyd est curieux, mais ton Grimoire ne parlera jamais de toi à un autre, et Boyd n'a pas le pouvoir de le rendre muet. Il t'a menti et tu l'as cru. L'esprit du Pathologus a profité de la situation.

– Pourquoi vous avez fait ça ? demanda Oscar, perdu. Pourquoi vous lui avez retiré cette connaissance ?

– Pour te protéger.

– Mais vous avez dit que ce qu'il y avait de plus précieux, c'était la connaissance. Et moi, je veux connaître ce qui est arrivé à mon père !

Il avait presque crié, incontrôlable.

– Oscar Pill, le mensonge est une chose terrible... J'en sais quelque chose. Mais parfois, la vérité peut blesser plus profondément encore. Tu es trop jeune pour affronter certaines vérités qui méritent qu'on s'en protège, ou que quelqu'un le fasse pour soi.

– Je ne comprends rien à ce que vous me dites, s'emporta Oscar. Il n'y a qu'une seule vérité !

– Mais elle peut prendre plusieurs visages. Chacun peut y voir ce qu'il a envie d'y trouver.

– Mais moi, je *veux* savoir.

Après une longue réflexion, Winston Brave se décida.

– D'accord, tu vas voir la vérité en face. Mais je t'aurai prévenu.

Le Grand Maître approcha son pendentif de la serrure. Le coffre s'ouvrit et des centaines de têtes transparentes, dont le cerveau était à nu, s'en échappèrent. Elles flottèrent tout autour d'Oscar et le fixèrent. Le couvercle du coffre se dressa comme un écran. Des lignes dessinèrent des formes étranges et vaporeuses qui se faisaient et se défaisaient.

– Approche, ordonna Brave.

Quand Oscar fut tout près de l'écran, deux mains se formèrent à la surface et en sortirent pour serrer sa tête.

– Tu ne risques rien, le rassura Brave. Je vais sortir. Quand tu seras seul, tu pourras poser ta question au Sanctuaire comme tu le fais avec ton Grimoire. Bonne chance, Oscar Pill. Et n'oublie pas : il y a mille façons d'interpréter la vérité.

58

La porte se referma derrière le Grand Maître, et Oscar se concentra.

Je veux savoir ce qui est arrivé à mon père, se dit-il à plusieurs reprises, les yeux fermés. *Je veux savoir.*

Un courant glacé passa de sa tête vers les mains posées sur ses tempes. Une ondulation verte se propagea à l'écran, puis à toutes les têtes qui formaient un immense cercle autour de lui. Quand l'onde eut fini son tour, l'écran se déploya, et une image se forma.

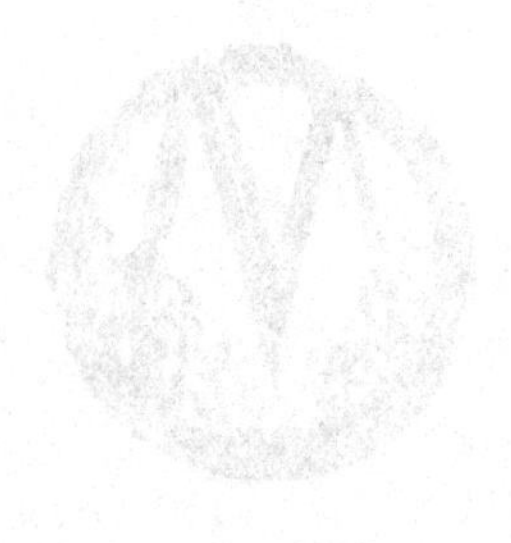

59

Vitali se tient debout, grandeur nature, tellement proche qu'Oscar pourrait le toucher si son corps tout entier n'était pas paralysé. Il veut interpeller son père, mais les mots restent bloqués dans sa gorge. Il est un spectateur transparent, comme les mains et les visages.

De toute manière, son père ne l'entendrait pas : Vitali mène un violent combat contre un homme en noir, très grand, dont il ne voit pas le visage dissimulé sous une capuche. Seuls ses yeux brillent, deux étincelles rouges dans l'ombre. Progressivement, son père prend le dessus. L'homme en noir, terrassé, est emmené par des Médicus.

L'image s'efface pour en laisser apparaître une autre : celle de Mr Brave et de Mrs Withers qui lisent un courrier. Ils semblent totalement abattus.

– Vitali Pill ne peut pas être l'allié du mal, Winston, vous le savez comme moi. Épargner volontairement la vie du Prince Noir ! C'est absurde...

– Ces lettres de Pathologus qu'on a retrouvées chez lui sont accablantes, répond le Grand Maître.

– Ça ne suffit pas pour en faire un traître. Il faut des preuves et un procès équitable. Nous devons réunir le Conseil.

Traître. Oscar sent le rythme de son cœur s'accélérer. Il a encore plus froid.

Les images suivantes sont un supplice : à quelques mètres de lui, son père affronte, fier et immobile, le Conseil suprême de l'Ordre des Médicus. Oscar reconnaît Mr Brave, Mrs Withers et la comtesse Lumpini. Et à côté d'elle, Fletcher Worm. Il est le premier à se prononcer.

– Coupable.

Un à un, les membres du Conseil énoncent leur verdict. Le mot est répété plusieurs fois. Les lèvres de Mrs Withers ne bougent pas. Elle secoue la tête, comme si elle manifestait son refus de la sentence comme de l'accusation. Elle fixe Vitali de ses petits yeux verts, sans haine ni mépris. Ni même de pitié. Elle le regarde sans le voir, absente. Winston Brave est le dernier à prendre la parole.

– Vitali Pill, vous êtes jugé coupable de trahison et de complicité avec les Pathologus. Vous avez volontairement épargné la vie du Prince Noir et profité de votre place au sein du Conseil suprême pour aider secrètement nos ennemis.

Après un silence écrasant, le Grand Maître laisse tomber la sentence :

– Vous êtes condamné à la prison à perpétuité.

Deux hommes retirent la cape des épaules de Vitali et défont sa ceinture. Winston Brave s'en empare et la pose sur un grand Caducée. Il saisit son pendentif, récite une incantation et un rayon émeraude frappe chaque sacoche et brise un à un les Trophées.

Oscar se débat ; il a du mal à respirer. Les mains serrent sa tête un peu plus fort.

Son père est seul dans une cellule sombre et humide, comme l'a déjà montré le Grimoire. L'intensité lumineuse diminue encore et, quand la porte de la cellule s'ouvre, le corps de son père gît sur le sol. Le gardien se précipite.

– Il est mort, s'écrie-t-il, incrédule. Vitali Pill s'est suicidé !

Une silhouette frêle entre. Mrs Withers est spectrale. Elle caresse la joue de Vitali avant de lui fermer les yeux.

– Emportez le corps, dit-elle d'une voix éteinte. Je me charge de prévenir son épouse et le Grand Maître.

60

Oscar se débattit. Les mains se relâchèrent et l'air entra enfin dans ses poumons. Il s'effondra. Autour de lui, les visages avaient repris leur farandole et se précipitèrent dans le coffre qui se repliait déjà. L'objet recomposé sur la colonne, le silence reprit ses droits.

Oscar se releva, tremblant. Il tendit la main, fouilla l'espace du regard.

– Un cauchemar... c'était un cauchemar...

Il toucha le coffre, bien réel. Une colère immense monta en lui. Il poussa un hurlement et se mit à donner des coups de pied dans la colonne, sur le sol, dans les murs.

– C'est pas vrai ! C'EST PAS VRAI !

Il se précipita vers la porte, monta un escalier en colimaçon, enfonça une autre porte et fit irruption dans le bureau du Grand Maître. En face, Mrs Withers était assise, très pâle.

– Oscar, dit-elle, je vais t'expliquer ce que...

– Vous l'avez condamné ! Vous l'avez jeté en prison

alors qu'il avait battu le Prince Noir et il est mort *à cause de vous* ! hurla Oscar.

Il s'enfuit et traversa le hall en courant. Valentine, Lawrence et Ayden, qui l'attendaient avec angoisse dans sa chambre, se précipitèrent dans l'escalier.

– Oscar, attends ! Reviens !

Sourd aux appels de ses amis, il disparut dans la nuit.

– Laissez-le, ordonna Mr Brave. Il a besoin d'être seul.

Jerry et Cherie, alertés par les cris, étaient accourus.

– Suivez-le discrètement en voiture, demanda Mr. Brave. Qu'il ne lui arrive rien.

Jerry s'éclipsa sans un mot. Cherie réconforta les adolescents.

– Qu'est-ce qui s'est passé, monsieur ? demanda Lawrence. Pourquoi il est parti comme ça, sans rien nous dire ?

– Oscar a fait une terrible rencontre : celle de sa vérité. Et ce n'est pas toujours facile.

Valentine s'approcha du Grand Maître, inquiète.

– Il va revenir ?

– Peut-être, répondit Winston Brave, grave. S'il revient, le chemin sera long pour lui. Très long. Et semé d'embûches, de dangers et d'autres vérités plus dures encore. Et il aura besoin d'amis. De *vrais* amis.

– On sera là, affirma Lawrence.

61

Celia se réveilla en sursaut. Le bruit persistait, elle n'avait pas rêvé. Elle sauta hors du lit, enfila une robe de chambre et descendit.

– Qui est-ce ? demanda-t-elle à travers la porte d'entrée.

– Ouvre ! Ouvre-moi !

Son sang ne fit qu'un tour. Elle déverrouilla aussitôt.

– Oscar ! Mon chéri, qu'est-ce que...

Son fils la bouscula, grimpa les marches quatre à quatre et s'enferma dans sa chambre.

Elle aperçut la voiture qui ramenait Oscar tous les vendredis soir. Le chauffeur la salua d'un geste et s'éloigna.

Le téléphone sonna.

Quand elle raccrocha, elle ferma les yeux et se laissa aller contre le mur.

– Je peux ? murmura-t-elle en grattant à la porte.

Elle n'eut droit qu'au silence. Elle abaissa la poignée et entra.

La lumière était éteinte, la clarté de la lune dessinait des ombres étranges sur les murs. Elle s'approcha du lit. Oscar lui tournait le dos, le regard fixe. Elle posa doucement la main sur lui. Il était trempé.

– Tu nous as menti, dit Oscar.

Cette fois, il n'avait pas crié.

– Tu nous as menti, à Violette et moi. Tu nous as dit que papa était mort dans un accident d'avion. C'est faux. Il est mort en prison.

Celia prit quelques instants avant de répondre.

– Je ne vous ai pas menti, mon Oscar. Je vous ai protégés.

Oscar se retourna.

– Mais pourquoi tout le monde veut nous protéger ? Moi, je *voulais* savoir la vérité !

Celia l'attira à elle et il se laissa faire, enfin. Il la serra de toutes ses forces.

– Ils ont dit que c'était un traître, qu'il était du côté des Pathologus et qu'il avait épargné le Prince Noir. Ils l'ont mis en prison et il y est mort. Je suis sûr qu'il n'a rien fait de mal.

– Ton père était quelqu'un de merveilleux et de profondément honnête. C'était ce qui comptait le plus pour lui : être honnête avec les autres et avec soi-même, surtout. Il l'a été *jusqu'au bout*.

Oscar repoussa doucement sa mère.

– Peut-être qu'ils se sont trompés ? Peut-être que

ce sont eux qui n'ont pas vu la vérité comme il fallait ?

– Peut-être, mon chéri.

– Sinon c'est quoi la vérité, maman ? Je croyais qu'il n'y en avait qu'une.

– Tu as raison : la seule vérité, c'est celle qui est au fond de ton cœur. C'est cette vérité que ton père a toujours écoutée. Et si tu es fier et heureux de la suivre, sans nuire aux autres, alors tu fais le bon choix.

Elle caressa le visage de son fils.

– Quoi qu'on dise et quoi que tu entendes sur lui, sois fier de ton père. Il a écouté cette voix, et c'était pour le bien de tous. De la même manière, je serai toujours fière de toi si tu suis ta vérité, peu importe ce qu'on essaiera de me faire croire.

Violette entra dans la chambre, pieds nus et en chemise de nuit. Elle essayait de sourire, mais de grosses larmes roulaient sur ses joues. Elle ne pouvait pas chanter. Sa mère tendit le bras, et elle s'y réfugia. Les trois restèrent enlacés un long moment. Violette finit par parler.

– Dans la cellule de papa, y avait pas de fenêtre ?

Celia voulut répondre, mais sa gorge se noua. Pour la première fois depuis des années, Violette évoquait son père.

– Si, répondit Oscar. Je l'ai vue.

– Alors il n'est pas mort, tu t'es trompé. Il a fait

comme moi : il a rêvé en regardant le ciel, et il s'est envolé.

Oscar parvint à sourire. La poésie de sa sœur lui rendrait *toujours* le sourire.

– T'as raison, dit-il. T'as sûrement raison.

– Maintenant qu'on s'est tout dit et qu'on sait comment s'envoler, tout le monde au lit. Au moins, on n'aura pas perdu notre nuit. Et demain matin, je veux revoir ces sourires. On est d'accord ?

– D'accord, répondit Violette qui prit de l'avance.

– D'accord, céda Oscar.

62

Il resta un long moment éveillé, les yeux fixés au plafond. Il se redressa et aperçut sa cape, qu'il avait jetée avec rage dans un coin de la chambre. Il se leva, fouilla dans la poche et contempla la photo de son père.

Ils se sont trompés, tu n'es pas un traître. Je suis fier de toi, on l'est tous. Et j'espère que tu es fier de moi, toi aussi.

Il glissa l'album sous son oreiller.

Tu verras. J'irai jusqu'au bout et je leur prouverai qu'ils ont eu tort.

Il ramassa sa cape, la plia avec soin et la posa sur une chaise, près de sa ceinture des Trophées. Il effleura la Fiole et contempla les quatre sacoches vides. Il rapporterait tous les Trophées. Tous. Et il reprendrait le flambeau qui s'était éteint dans une sinistre cellule de prison, au bout du monde.

Il s'allongea et ferma les yeux. Une lueur l'obligea

à les rouvrir : au-dessus de lui, une Fiole dorée flottait, rassurante et protectrice.

Elle était bien là, sa vérité, au fond de son cœur. Et il l'écouterait, dorénavant.

Pour tout savoir sur l'actualité d'Oscar Pill
et contacter l'auteur, rendez-vous sur
www.elianderson.info ou Facebook.

Composition Nord Compo
Impression CPI Bussière en janvier 2013
à Saint-Amand-Montrond (Cher)
Éditions Albin Michel
22, rue Huyghens, 75014 Paris
www.albin-michel.fr
www.oscarpill.com
www.elianderson.info

ISBN : 978-2-226-19357-5
N° d'édition : 18881/12. – N° d'impression : 124737/4.
Dépôt légal : novembre 2009.
Loi n° 49-956 du 16 juillet 1949 sur les publications destinées à la jeunesse.
Imprimé en France.

ISBN 978-2-226-19357-5
N° d'édition : [illegible] – N° d'impression : [illegible]
Dépôt légal : [illegible] 2009
Loi n° 49-956 du 16 juillet 1949 sur les publications destinées à la jeunesse.
Imprimé en France.